ROMA LIVRES

# SANS AUCUN REMORDS

DANS LA MÊME COLLECTION

Ilaria Gaspari – L'ÉTHIQUE DE L'AQUARIUM

EDOARDO MASPERO

# SANS AUCUN REMORDS

ROMAN

GRENELLE

*Jusqu'au 31/01/2018, recevez gratuitement le texte original italien en vous rendant sur le lien suivant* www.editionsdegrenelle.fr/collection-roma-livres/

REMERCIEMENTS :

Agatha : à toi je dois toute chose, et chacun de mes sourires.
Luca Caldarola, Piero Poncetta, Jonny Castelnuovo, Fausto Consorti, Giovanni Nava.

« Les personnages et les situations de ce récit étant purement fictifs, toute ressemblance avec des personnes ou des situations existantes ou ayant existé ne saurait être que fortuite. »

*Titre original : Nero catrame*


*Traduction de l'italien :* Laurent Desroches

*Couverture :* Patrizia Marrocco

*Impression :* Peruzzo Industrie Grafiche — Mestrino (PD)



ISBN 978-2-36677-145-9

Dépôt légal : octobre 2017
Imprimé en Italie

*À Fiammetta et à Fede*
*qui m'ont soutenu, encouragé*
*et, plus que tout, écouté*

When I get to the bottom I go back to the top of the slide
Where I stop and I turn and I go for a ride
Till I get to the bottom and I see you again.
*The Beatles – Helter Skelter*

L'homme est presque toujours aussi méchant qu'il lui est nécessaire. S'il se conduit droitement, c'est sans doute qu'il n'a pas besoin de recourir à la méchanceté. J'ai vu des gens pourvus d'une âme douce et innocente commettre les actes les plus atroces pour échapper à quelque danger, qu'il leur était impossible d'éviter autrement.
*Giacomo Leopardi – Pensées (CIX)*

N'allez pas croire que je veuille vous révéler quelque mystère, ou écrire un roman.
*Edgar Allan Poe – Double assassinat dans la Rue Morgue*

This is the way, step inside
*Joy Division – Atrocity Exhibition*

Je cherche une issue de secours à ma vie.
*Uomini di mare – La mia vita*

Une myriade de petits yeux qui brillent dans la nuit. C'est l'image qui me vient à l'esprit lorsque je regarde à travers le hublot de l'avion. Une myriade de petits yeux qui brillent dans la nuit. Qui vous épient comme s'ils vous connaissaient, comme s'ils savaient chaque secret de votre passé, de votre présent et de votre futur. Qui scrutent froidement chaque recoin de votre âme jusqu'à en dénicher la plus vive et criante faiblesse ; et, une fois qu'ils l'ont découverte, c'est comme si elle remontait depuis vos entrailles pour vous exploser dans la gorge, tel un hurlement désespéré que personne n'entendra jamais.

Ces petits yeux me regardent parce qu'ils savent que je suis sur le chemin du retour, moi qui m'étais promis de ne plus jamais revenir. Ils savent que je ne peux plus leur échapper.

L'homme assis à ma droite épluche un journal, dont je peux lire la page de gauche. Il s'agit d'une affiche pour un livre. Je lis le titre : *Le cas Giulia Mandolfini : vérité et horreur cachée.* Giulia Mandolfini est une jeune fille qu'on a violée, puis assassinée. J'étais au courant de cette affaire car pendant mon absence, de temps à autre, il m'arrivait d'acheter un journal italien où l'on trouvait toujours quelques articles qui parlaient de cette fille. Ils en ont même fait un livre, maintenant.

Le type à ma droite interpelle l'hôtesse et lui commande un Sprite.

Vérité et horreur.

Les mots du roman restent figés dans ma tête, comme s'ils avaient été greffés à mon cerveau ou tatoués sur ma peau. J'ai d'ailleurs l'impression que les petits yeux parlent, à présent. Immobiles, dans l'obscurité, ils ont l'air de ressasser : « Vérité et horreur, vérité et horreur, vérité et horreur ». Ils le crient même, en déchirant la nuit.

L'hôtesse revient avec le Sprite ; l'homme la remercie. Il remonte ses lunettes, tourne la page du journal et reprend sa lecture.

Le commandant de bord annonce que d'ici dix minutes nous atterrirons à Milan Malpensa. Les hôtesses nous font signe d'attacher nos ceintures. Je m'exécute tout en me demandant quel effet ça fera de rentrer à la maison, de revoir Arianna, l'amie qui doit venir me chercher à l'aéroport, et puis de retrouver les autres, aussi.

Je ne cesse de penser aux mots « vérité et horreur ».

Je m'aperçois que les manœuvres d'atterrissage sont sur le point de commencer. Je regarde une dernière fois par le hublot et puis… et puis je ferme les yeux.

À peine me voit-elle, Arianna me prend dans ses bras. Elle dit que je lui ai manqué, elle veut savoir comment s'est passé le voyage. Je lui dis, dans un sourire, que tout a été pour le mieux. Elle porte un débardeur qui dissimule à peine son top, un jean moulant et une paire de Converses noires basses, avec les petits anneaux sur les côtés.

Je la trouve identique à notre dernière rencontre, il y a six mois. Ses yeux marron sont les mêmes qu'avant, et je me demande bien pourquoi ils ne m'ont jamais manqué. Ses cheveux lui tombent droit sur les épaules, avec ces reflets châtains qui semblent danser dans le vent. Elle me prend par la main et m'embrasse sur la joue, puis me serre à nouveau dans ses bras. Son corps est plaqué contre le mien et je ressens comme une sorte de poids lugubre qui m'oppresse, mais je ne lui dis rien. Elle répète que je lui ai manqué, et je suis contraint de lui répondre :

« Toi aussi.

— Tu vas devoir me raconter, enfin… nous raconter tout un tas de choses, j'imagine ! s'exclame-t-elle.

— Pas tant que ça, tu sais… lui dis-je.

— T'as plus donné de nouvelles, pourquoi t'as pas posté

des photos de ton voyage sur Facebook ? demande-t-elle avec un sourire perplexe.

— Bah… je sais pas, fais-je en haussant les épaules.

— Mais Adam, personne va savoir que t'as été en voyage ! », s'indigne-t-elle en secouant la tête.

Je hausse à nouveau les épaules, sans répondre. Elle me tient toujours par la main, et je continue à marcher derrière elle.

« Les autres ont trop hâte de te revoir », me susurre-t-elle.

Je lui réponds que moi aussi j'ai hâte, sans trop savoir si je dois la croire ou non. Sur le parvis de l'aéroport, une longue file de taxis. Leurs enseignes lumineuses dardent l'obscurité de la nuit. Devant nous, un homme, la cinquantaine, est accompagné d'une femme bien plus jeune, l'accent sud-américain, une petite robe verte, les jambes élancées.

À son passage, deux chauffeurs échangent un regard furtif et ricanent.

« En tout cas… on n'a pas arrêté de parler de toi ! reprend Arianna.

— Ça me fait plaisir, lui dis-je sachant pertinemment qu'elle ment.

— Quand même, t'es parti longtemps, t'as pas eu le mal du pays ?

— Un peu. »

Nous sortons du parking de l'aéroport et elle déverrouille la voiture. Une Audi Q5 blanche.

« Allez, monte », m'enjoint-elle en ouvrant la portière.

Je mets les valises dans le coffre puis m'installe devant, à ses côtés.

« Tu sais, Adam, me confie-t-elle en allumant le moteur, je te trouve un peu froid…

— Mais non, c'est juste le décalage horaire », lui dis-je.

Elle ne réplique pas, fait mine d'ajuster ses cheveux puis nous partons. Pendant tout le trajet, en attendant la sortie qui nous mènera au centre de Milan, Arianna ne cesse de parler et moi je hoche la tête continuellement ; parfois, j'essaie de feindre l'étonnement et on dirait même qu'elle parvient à croire à mes rires faussement spontanés. J'allume une cigarette en regardant par la vitre, et je comprends qu'il y a une chose sur laquelle elle n'a pas tort : je me sens froid.

*Come as you are*, de Nirvana, passe à la radio.

J'écoute les paroles :

*Take your time, hurry up*
*The choice is yours, don't be late*
*Take a rest, as a friend, as an old memoria.*

J'avale encore deux bouffées de cette cigarette dont je n'ai plus envie et la passe à Arianna, qui tire deux taffes avant de la jeter par la fenêtre. J'observe dans le rétroviseur les étincelles du mégot qui s'écrase sur l'asphalte et disparaît dans la nuit, derrière nous.

Lorsque nous arrivons en bas de chez moi, Arianna me fait la bise et me prévient qu'il y aura une fête, le lendemain soir, chez Francesca.

« T'as intérêt à en être, y'aura tout le monde ! me menace-t-elle en souriant.

— OK, pourquoi pas, lui dis-je.

— Je compte sur toi : habille-toi bien, comme au bon vieux temps, ajoute-t-elle en me faisant un clin d'œil.

— Promis... », lui dis-je.

Elle me sourit et s'approche pour me faire une autre bise.

« Allez, repose-toi mon chou », chuchote-t-elle.

Elle remonte dans le véhicule, fait marche arrière, klaxonne pour me saluer une dernière fois et file. Depuis la place de la descente où elle m'a déposé, j'aperçois ma maison et je me dis, j'ignore pourquoi, qu'elle doit être vide.

Arrivé sur le pas de la porte, je constate que celle-ci est fermée. Je sonne : personne. J'allume une cigarette et je me souviens que ma mère, avant de partir, avait écrit pour me dire que si elle n'était pas là, elle laisserait les clés sous le paillasson du garage. Je descends au garage et récupère les clés. J'ouvre la porte, la referme, puis survole la maison du regard.

Rien n'a changé. Je file dans ma chambre et, là encore, tout est exactement comme je l'avais laissé avant mon départ. Le poster de *Taxi driver* est au sol. Je le ramasse et le raccroche au mur. On y voit De Niro marchant seul dans la rue, les mains dans les poches, le regard hagard, désenchanté, abattu. Le message qui figure sous ses pieds indique : « Un homme seul et oublié qui essaie désespérément d'être vivant ».

Je m'étends sur le lit et je ferme les yeux. J'allume la chaîne et lance *Speaking in Tongues* de Talking Heads. Je me regarde dans le miroir et je constate que j'ai maigri. D'un geste rapide, je me passe la main dans les cheveux, puis je descends au salon ; plus précisément, vers la réserve d'alcool. Je l'examine avec attention.

Plusieurs bouteilles de vodka et de gin sont rangées l'une derrière l'autre.

Je choisis la deuxième, m'en verse un verre plus qu'abondant, le mélange avec un *lemon soda* que je trouve dans le frigo et, ma boisson en main, je retourne dans ma chambre pour m'assurer que l'herbe que j'avais laissée dans le tiroir de la commode, juste avant de partir, s'y trouve encore.

Dieu soit loué, elle y est et je me roule un joint sur-le-champ, avant de sortir sur le balcon pour le fumer. Les étoiles scintillent dans le ciel. On dirait qu'elles respirent en silence. J'aimerais les écouter, mais les mots que j'ai lus dans l'avion me trottent encore dans la tête.

« Vérité et horreur ».

Je fume lentement, me délectant du crépitement de l'herbe qui se consume. Ce n'est pas la meilleure qualité, mais elle se laisse fumer, tout de même. Je savoure mon cocktail pendant que *Burning down the house* de Talking Heads passe en fond. Je me demande ce qu'il se passerait si je le faisais vraiment ; et j'imagine un feu immense dans le cœur de la nuit qui s'embrase et dévore chaque immeuble alentour.

Peut-être devrais-je le faire. Je réfléchis un peu, et même assez sérieusement, mais je conviens finalement qu'il ne doit pas s'agir de la meilleure chose à faire. Je décide donc de ne pas le faire.

Je me réveille sur le canapé et jette un regard alentour. Dans le cendrier, sur la table basse en verre, s'entassent toutes les cigarettes que j'ai grillées aujourd'hui. Je donne un coup d'œil à ma montre : vingt-et-une heures trente-deux. J'ai une demi-heure pour me préparer avant qu'Arianna ne passe me prendre. J'ai donc passé ma première journée à la maison à fumer et à dormir, et l'heure d'aller à la fête a déjà sonné. La domestique philippine, après s'être présentée, m'avait demandé si je voulais manger quelque chose mais je lui avais dit que ce n'était pas nécessaire. Après quoi, j'avais commandé une pizza et j'en avais mangé la moitié – et je m'étais endormi sur le canapé.

« Je devrais prendre une douche », me dis-je.

Dans la salle de bain, je me rase soigneusement, puis je passe sous la douche. En sortant, je m'asperge de Calvin Klein en guise d'après-rasage. Chemise blanche, veste bleue de chez Burberry, pantalon beige Jeckerson et mocassins. Je me regarde dans la glace, qui a l'air étrangement obscure, et sors de la maison.

Je consulte mon iPhone pour la première fois de la journée et je remarque que j'ai été ajouté à un groupe sur WhatsApp, du nom de « Richesse ». Dans le groupe : Blanc, Coco, Ferrari, Arianna, Francesca et d'autres numéros que je ne connais pas. Coco a envoyé la photo d'une fille nue, quinze ans pas plus, en train de se photographier avec son iPhone, devant le miroir de la salle de bains. Je range mon portable dans ma poche en me demandant qui peut bien être cette gamine. En marchant en direction de la place, en bas de la descente, j'aperçois Arianna qui m'attend.

« Ouah ! mate le beau gosse, là ! plaisante-t-elle en recrachant la fumée de sa clope.

— Merci, lui dis-je, t'es pas mal non plus.

— Alors ? Excité pour le grand retour ? », me demande-t-elle.

Je hausse les épaules et marmonne un « ouais » peu crédible.

« Oh Adam, t'arrête de faire ton mystérieux », s'agace-t-elle en me caressant la joue.

Je souris.

« Ça fait je ne sais pas combien de temps qu'on t'attend, et toi tu fais ton renfrogné, me blâme-t-elle encore.

— Cool, Ari, tout va bien, lui dis-je avec une voix apparemment calme, pour la rassurer.

— Ouais, on verra… en tout cas, à la teuf, y'aura tout ce qu'il faut pour passer un bon moment, suffit de demander ! T'as pris des thunes, j'espère ?

— Oui.

— Combien ?

— Deux-cents, je crois.

— Super, c'est bien poussin, lâche-t-elle en m'ouvrant la portière.

— Allez, monte ! »

Je grimpe dans la voiture et nous partons.

« Au fait, attaque Arianna, tu vois qui c'est Robi, le drogué, tu t'en souviens ?

— Oui, dis-je, je le connais bien, on était à l'école primaire ensemble…

— OK, poursuit-elle, il a eu quelques petits problèmes avec la dope… héroïne – précise-t-elle – je sais plus si c'était de la *rose* ou de la *cobret*, en tout cas, ses parents ont dû s'en rendre compte et lui, je crois, il a frappé sa mère, ou un truc comme ça…

— Tu déconnes ?

— Non, je crois qu'il l'a prise à la gorge et plaquée contre le mur, ou menacée avec un couteau, je sais plus.

— Mais t'es sûre ?

— C'est ce qu'il se dit, donc ça doit bien être vrai, conclut Arianna, formelle.

— C'est triste… dis-je à voix basse.

— On trouve tous ça un peu triste, et puis, continue-t-elle en passant la quatrième, avant qu'il ne commence à se piquer, de temps en temps, il emmenait sa came et, franchement, ça valait le détour.

— Et il est où, maintenant ? je demande.

— Dans une communauté quelque part en Ligurie, je crois que son daron l'a envoyé là-bas. Il en avait marre qu'il soit aussi agressif et puis, évidemment, qu'il se pique ; mais bon, qui ne succombe pas à la tentation de temps à autre ? interroge-t-elle d'un air innocent.

— C'est clair », dis-je.

Les voitures, au dehors, nous dépassent comme des flèches.

« En tout cas, il est parti, c'est dommage… de… au fait, tu savais que Victoria était devenue lesbienne ? coupe-t-elle, amusée.

— Non, ça, je savais pas. »

Je me demande : « C'est qui, Victoria ? »

« Bah si, au *The Club*, l'autre fois, elle était tellement défoncée et bourrée qu'elle a commencé à dire qu'elle avait envie de… enfin, t'as pigé, non ? Et que les femmes, contrairement aux hommes, savaient où mettre les mains, elles, je te jure… et elle disait qu'elle avait pas eu d'orgasme pareil depuis… bah en fait, elle savait même plus depuis quand, continue-t-elle, morte de rire.

— Je vois.

— Ouais, d'ailleurs elle est sortie avec Mathilde peu de temps après, et ils ont fait un truc à quatre avec Simo et Ale, les deux videurs du *Club House*… enfin, c'est ce qui se dit, les autres te raconteront tout ça dans les détails ce soir, à la fête », conclut-elle.

J'acquiesce.

« Mais au fait, me lance Arianna, c'était comment niveau drogue où t'étais ?

— Pas mal, les prix étaient plutôt bon marché et y'avait pas besoin de trop en faire pour s'en procurer, comme ailleurs.

— Tant mieux, tant mieux, rétorque-t-elle. Et le charme à l'italienne ? T'as fait des ravages ? », me taquine-t-elle en souriant.

Je me mets à rire et je ne sais pas trop quoi répondre. J'ai bien connu une fille française, mais je n'ai pas envie d'en parler. Très probablement commencerait-elle à me poser tout un tas de questions et elle voudrait bientôt savoir si elle était mignonne, si elle avait un beau cul ou de gros seins et autres considérations du genre ; je préfère donc balayer la question avec un succinct : « Pas mal ».

Elle me regarde en me caressant l'épaule, et ironise :

« Toujours aussi bavard à ce que je vois.

J'acquiesce.

— Toujours », je finis par dire.

Je reste muet pendant les dix minutes qu'il reste de trajet, et Arianna n'en finit plus de déblatérer. Pour ma part, je n'essaie même plus de la suivre.

Nous arrivons à la villa de Francesca, qui se trouve en dehors de Milan, à Bellagio, à vingt-trois heures trente-deux. La grande grille qui signale l'entrée de la demeure est majestueuse, solidement ancrée dans le sol. Je devine un lac, caressé par une faible lueur lunaire, lové dans un calme inquiétant. Arianna m'invite à descendre et à l'attendre pendant qu'elle gare la voiture. Je descends et scrute la grille. J'ignore s'il s'agit de l'effet de l'herbe que j'ai encore dans le corps, mais elle m'apparait tout à coup démesurée, imposante, et sans issue.

J'entends la musique nous parvenir avec une virulence acérée et je sens, alors que j'allume une cigarette, comme un tremblement dans les mains, sans plus parvenir à détourner le regard des barres d'acier aux flèches affilées de la grille.

« Ça roule ? », me demande Arianna. Je lui fais signe que oui ; elle sonne, nous nous présentons et on nous laisse entrer.

La villa occupe une superficie de sept-cents mètres carrés, avec un parc qui s'étend sur plusieurs kilomètres, au-delà des écuries. La piscine mesure environ quatre-vingts mètres, avec une profondeur maximale de deux mètres dix. De nombreux invités dansent autour, alors que le DJ est posté à environ cinquante mètres du bassin. J'ai l'impression de reconnaître des visages mais je n'ai pas envie d'aller les saluer seul. Je préfère attendre qu'Arianna fasse le premier pas.

Le parc paraît immense et, bien qu'il y ait de larges espaces vides, il est rempli de gens qui semblent sortir de terre comme des fleurs fanées. Ils sont presque tous habillés avec classe, portent des costumes de grands stylistes, chacun d'une couleur différente, et des Jeffrey Campbell aux pieds. Ils semblent obscurcir le jardin pourtant, telle une éclipse noire et meurtrière. Sans soucis, sans pudeur, ils se caressent les cheveux, y passent leurs mains en les faisant danser dans le vent, ils se fusillent du regard, cherchent par tous les moyens à imposer férocement leur personne au centre de la fête.

La maison est d'un blanc immaculé, et ses fenêtres dominant la scène ont l'air d'yeux remplis de larmes qu'on aurait contraints à regarder ce même spectacle des millions de fois. Je me rappelle les yeux aperçus dans l'avion. Le DJ passe un morceau que je n'ai jamais entendu.

Arianna est à mes côtés et observe, elle aussi, la situation en balançant la tête au rythme de la musique, quand soudain Francesca surgit, se jette sur elle pour l'embrasser, puis me donne une accolade.

« Vous êtes enfin arrivés ! Vous en avez mis du temps ! », s'exclame-t-elle.

Arianna hausse les épaules et sourit.

« Et toi ? Pourquoi t'as pas donné de nouvelles ? me demande-t-elle en m'embrassant à nouveau.

— T'as raison, j'étais assez occupé, en fait », dis-je en l'embrassant à mon tour.

Francesca me regarde et éclate d'un rire strident.

« Tu me raconteras tout ça, je suis trop impatiente ! Les autres, toute la bande, ils t'attendent à l'intérieur ! ajoute-t-elle, en m'indiquant la maison. À moins qu'ils ne soient assis à une table en terrasse, je sais pas, en fait », pouffe-t-elle.

Elle porte une robe Versace foncée, très courte, et avec un décolleté si large qu'on peut deviner sa poitrine. Aux pieds, des Jeffrey Campbell.

« Bon, prenez un verre, y'a le bar à côté de la piscine ! Naturellement, c'est la maison qui offre mais si vous voulez, comment dire… d'autres choses, vous n'avez qu'à demander à Tim. Il est dans la maison, hésitez pas, dites-lui juste que c'est Francesca qui vous envoie, OK ? » recommande-t-elle.

J'acquiesce et la remercie. Tout comme Arianna qui, au passage, l'embrasse sur la joue. Francesca nous salue, me fait un clin d'œil et s'éloigne en s'écriant : « Amusez-vous bien ! ».

Arianna continue à remuer la tête et à bouger les jambes et, lorsqu'elle se rend compte que je la fixe, elle sourit et me propose d'aller retrouver les autres.

« Mais ils sont où les parents de Francesca ? fais-je.

— Son père est aux Maldives et sa mère à Saint-Moritz, je crois… Pourquoi tu demandes ça ?

— Comme ça.

— Bon, allons voir les autres », coupe-t-elle en me prenant par la main.

J'ai l'estomac lourd et je sens la nausée monter doucement en moi. Arianna me serre la main alors que nous nous dirigeons vers l'entrée de la maison et je remarque qu'il y a plusieurs tables sur la terrasse et, assis à l'une d'elles, je reconnais Blanc.

« Hé Adam, ça va ? demande-t-il en me serrant vigoureusement la main.

— Bien, et toi ça va ?

— Oh ouais, grave… Quand est-ce que t'as atterri ? », me demande-t-il en passant la main dans ses cheveux courts et bruns, dégradés sur les côtés. Il porte une chemise blanche entrouverte sur son torse sculpté et bronzé.

« Hier soir.

— Sérieux, hier soir ?

— Arianna est venue me prendre. »

Je remarque qu'il est passablement défoncé et qu'il n'a de cesse de mélanger son *mojito.*

« Tu veux boire une gorgée ? me propose-t-il en me tendant son verre.

— Oui », je réponds.

Il me lance un sourire ambigu, se passe à nouveau la main dans les cheveux.

« Au fait, tu sais pas la dernière ? lance-t-il, enthousiaste.

— Dis-moi.

— Je vais passer dans *Vogue Italie,* c'est ouf, non ? s'exclame-t-il, aux anges.

— Waouh, félicitations », lui dis-je en regardant les confettis qui jonchent le sol, tout poisseux d'alcool et de cendres.

« Merci, m'accorde-t-il, faut dire que j'ai pas chômé à la salle de sport, celle qui se trouve à côté d'avenue Como, tu connais ? *Virgin Active,* tu connais ? répète-t-il en scandant les mots.

— Non, pas du tout », je réplique. Je me tourne alors en direction de la piscine, où un type a poussé une fille, sans soutien-gorge, dans l'eau. La fille hurle en cachant sa poitrine alors que plusieurs types, cinq ou six je dirais, en profitent pour filmer la scène avec leur iPhone.

« Bah, tu devrais y aller, t'as l'air d'avoir un peu grossi, dit-il en me toisant de haut en bas.

— Tu trouves ?

— Non, pas tant que ça en fait, mais je pense qu'un peu de sport ne te ferait pas de mal… on pourrait y aller ensemble, si ça te dit ?

— D'accord, ça marche, lui dis-je.

— Cool, poursuit-il, y'a plein de gens célèbres qui vont là-bas, tu sais ?

— Genre ?

— Bah, genre... – il s'arrête un instant pour réfléchir – genre, des gens importants, des gens de la télé et tout », assure-t-il en souriant. S'ensuit un moment de silence pendant lequel Blanc finit son *mojito,* puis jette le verre par terre.

« L'autre jour, je me suis coupé, un truc de fou, reprend-il.

— Comment ça ?

— Regarde », me fait-il en montrant son bras : une coupure assez profonde d'où dépassent des petits fils gris, métalliques, tressés entre les veines.

« Qu'est-ce qu'il t'est arrivé ?

— Ils ont mis des pauvres à la table d'à côté au *Wknd*, la baston était inévitable, explique-t-il.

— Comment ça s'est fini ? »

Blanc me fait un clin d'œil en ricanant :

« Mal pour eux, mon pote, très mal pour eux.

— Et Ferrari, comment il va ? je demande.

— Super bien, il est au bar avec Sonia, elle est cinglée mais canon, va lui dire bonjour », suggère-t-il en m'indiquant le comptoir. Je me dirige vers le bar et, passant non loin d'une table où des types jouent à *bière-pong*, j'entends qu'ils parlent de réserver une table à un festival de musique, le *Nameless* :

« Mais une table qui soit loin de la populace et des pauvres », dit l'un d'entre eux, plutôt grand, t-shirt à encolure large et Rolex.

Au bar, je retrouve Ferrari.

« Hé, Adam, alors t'es rentré ? », m'interpelle-t-il, la main posée sur les épaules de Sonia, une jeune fille plutôt jolie, blonde aux yeux bleus, t-shirt cintré noir rehaussant la poitrine, collants, mini-jupe et Jeffrey Campbell aux pieds.

« Hier, dis-je.

— Cool. Je te présente Sonia, poursuit-il en m'indiquant son amie.

— Coucou, roucoule-t-elle en souriant. Mon père est toujours en voyage d'affaires, tu sais ?

— Et quel travail il fait, ton père ? je lui demande.

— Bah, un travail important, réplique-t-elle lentement, un brin théâtrale. Il a plusieurs sociétés, tu vois, mais je sais pas quoi exactement… mais…des grosses sociétés, quoi », ajoute-t-elle en pouffant. Elle remonte sa poitrine puis soupire exagérément en me montrant sa main :

« Tu trouves ça normal, toi, que ces putains de tampons des boîtes de nuit s'en aillent jamais ? »

Je regarde ses mains, fluettes, soignées, et le tampon sur sa peau.

Ferrari l'embrasse, puis propose :

« Allons saluer Coco. »

Nous retournons vers les tables et je remarque que, dans la piscine, la fille en topless est toujours en train de supplier ses amis et n'arrête pas de répéter : « *Laissez-moi sortir, c'est plus drôle maintenant* », et ces mots, j'ignore pourquoi, me font un drôle d'effet ; probablement me rappellent-ils cet article lu dans un journal : une jeune fille avait été jetée, complètement ivre, dans une piscine ; et plus elle se débattait pour sortir, plus les gens, placés à différents endroits de la piscine, s'obstinaient à l'en empêcher. Le jeu s'était poursuivi pendant de longues heures, les personnes se donnaient le mot pour ne pas qu'elle sorte jusqu'à ce que la pauvre fille, déjà mal en point, finisse par se noyer. Ils se rendirent compte seulement à la fin de la fête, alors que le corps flottait le visage vers le bas, qu'elle s'était noyée. Je tourne le regard vers la jeune fille qui se débat dans la piscine, et je l'imagine avalant du chlore et se noyant lentement, pendant que ses poumons se remplissent d'eau.

Coco est assis avec deux filles sur un petit sofa en cuir noir et, dès qu'il me voit, il se lève et me donne une tape dans le dos.

« Te voilà !, s'exclame-t-il en souriant.

— Nous voilà, fais-je.

— Tu vas bien ? Comment c'était ? demande-t-il.

— Ça va, c'était bien, lui dis-je. Et vous, qu'est-ce que vous avez fait ?

— Ibiza, fête, plage ; Cala Comte, tout un tas de soirées au *Circo Loco, Ibiza Global Radio, Tipic, destino* et *closing party* au *Pacha*... T'as raté pas mal de teufs, dit-il en se frottant les narines, très probablement obstruées par la coke. Ouais, des belles soirées, répète-t-il, cette fois-ci en hochant la tête. Je te présente Jade et Samantha », ajoute-t-il en m'indiquant les deux nanas assises sur la banquette. Elles me sourient puis retournent à leur iPhone : elles sont en train d'écouter le message vocal d'une de leurs amies.

Du brouhaha de l'iPhone émerge une voix confuse, aiguë, qui s'affole : « J'étais vraiment total défonce hier soir, les filles, je sais plus ce que j'ai fait ». Les deux copines pouffent de rire. L'une brune, l'autre blonde, elles portent des robes courtes, des chaussettes cuissardes et des Jeffrey Campbell aux pieds. Coco me regarde en souriant, comme pour me demander si je veux me les faire et moi je hausse les épaules. Blanc nous rejoint et je me dis que tous ces gens, vraiment, je ne les supporte pas, alors je lui demande s'il n'a pas un peu de coke à m'avancer.

« Mais bien sûr, répond-il, quand tu veux.

— Maintenant, lui dis-je.

— Viens », propose-t-il en fouillant dans les poches de son jean.

Nous retournons dans la maison, traversons la cuisine et le salon, où trône un téléviseur d'environ quatre-vingt-dix pouces, et nous nous enfermons dans la salle de bains. Blanc prend une petite glace dans un tiroir et sort un sachet de cocaïne de sa poche. À l'aide d'une lame de rasoir, il la divise et la dispose en quatre lignes parfaites, puis en sniffe deux traits. Sa tête est littéralement projetée en arrière et, une fois sa respiration reprise, il se frotte le nez du revers de la main. Je tire les deux lignes restantes, je sens que mes mains se mettent à trembler et que la coke est arrivée directement au cerveau. Ce frisson à peine perceptible qui vous parcourt la nuque… Chaque partie de mon corps est active et réactive, comme si je la sentais palpiter pour la première fois de ma vie : chaque membre, chaque muscle, chaque goutte de sang est sous l'emprise d'une extase indescriptible, quoique lucide. J'ai le cœur qui bat rapidement, subjugué par l'adrénaline qui pulse dans mes veines.

« C'est de la très bonne », commente Blanc en se nettoyant le nez devant le miroir. La lumière éclatante illumine son visage bronzé.

« Ces derniers temps, on trouve de la coke coupée avec du lévamisole ou d'autres merdes du genre qui détruisent tout, faut faire très attention, mon pote », m'avertit Blanc, qui se peigne en reprenant sa respiration.

« Comment te sens-tu ? »

Mon cœur bat la chamade, mais le reste de mon corps palpite de sécurité, de calme, comme empli d'une sérénité profonde. Une positivité intense, euphorique, qui vous donne un sentiment de détachement, quelle que soit la situation : infaillibilité. Je déglutis trois fois pour m'éclaircir la voix tout en cherchant à contrôler cette paix pleine d'adrénaline. Ça faisait bien deux mois que je n'avais pas sniffé. En sortant de la salle de bains, nous voyons s'éclipser, d'une chambre contiguë à la cuisine, un jeune homme en slip, environ vingt ans comme nous, torse nu, chaîne en argent autour du cou, bracelet avec des têtes de mort au poignet.

Il salue Blanc et me sourit. Il s'appelle Marc, lui aussi est mannequin, je crois.

« Comment ça va ? », demande-t-il à Blanc.

Blanc hausse les épaules et répond « bien », en remuant visiblement un peu trop la mâchoire.

« Et toi, Marc ?

— Super. N'entrez pas dans cette chambre, prévient-il en riant.

— Pourquoi ça ? fait Blanc.

— Y'a Sonia qu'est en train de se faire sauter par Ferrari et Alessandro. Moi, je viens juste de finir avec cette *biatch.*

— Je vois », constate Blanc.

Nous sortons et nous asseyons à la table de Coco, Arianna et Francesca. Sur la table, des verres vides, des clopes à peine éteintes qui baignent dans des glaçons fondus et des paquets écrasés de Marlboro Light.

Tamira, une amie de Coco qui habite Porta Magenta, nous rejoint à la table.

Tenue très légère à moitié transparente, rouge à lèvres qui bave légèrement.

Je réalise qu'elle vient de se tirer une ligne, c'est quelque chose d'automatique : un sniffeur de coke reconnaît au premier coup d'œil un autre sniffeur de coke.

« Salut, Adam ! glapit-elle en s'asseyant tant bien que mal sur une chaise.

— Salut, Tamira, lui dis-je.

— Ça faisait un bail qu'on t'avait pas vu, dis-donc !

— J'étais parti.

— Ah ouais ?

— Ouais.

— Ben dis-donc… lâche-t-elle en s'allumant une cigarette. Mais, au fait, c'est vrai que Fred a fait une fête sur son yacht à Porto Cervo ? », coupe-t-elle d'une voix forte. Elle se penche en avant pour se rapprocher du cendrier ; son décolleté laisse poindre une poitrine presque squelettique. Elle a beaucoup maigri depuis la dernière fois que je l'ai vue.

« T'appelles ça un yacht, toi ? lui demande Coco.

— Mais c'est vrai ou pas ? insiste Tamira.

— Oui, admet Blanc. Il l'avait même écrit sur WhatsApp, mais plutôt crever que d'aller chez ce bâtard.

— Et pourquoi personne me l'a dit, à moi ? demande Tamira, en refaisant son maquillage.

— Mais il te l'a dit hier, faut dire que t'étais complètement perchée, lui rappelle Francesca en riant.

— Tu m'étonnes, admet Tamira, je suis sûre qu'on m'a vendu de la coke coupée à l'ammoniaque, ou avec trop de novocaïne, à tous les coups. »

Blanc me lance un regard comme pour dire : « Qu'est-ce que je te disais ? ».

« De quoi vous parlez ? intervient Ferrari, qui vient juste de nous rejoindre.

— Rien, rien, pouffe Tamira en faisant un clin d'œil à Francesca. Bon bref, je vais me prendre un autre verre, bisou tout le monde », claironne-t-elle en s'éloignant.

« Elle était encore destroy ? demande Ferrari à Francesca.

— Oh, m'en parle pas, bougonne-t-elle. Elle est tombée

dans les pommes et on a dû l'emmener à l'hosto en taxi, explique-t-elle.

— Ah bon ?

— Ouais, et le pire c'est que dans le taxi elle s'est pissée dessus », pouffe-t-elle en mettant la main devant sa bouche.

Tout le monde éclate de rire.

« Mais tu déconnes ? demande Ferrari.

— Non, tu veux voir la vidéo ? », propose Francesca en sortant l'iPhone de son sac-à-main.

Tamira revient sur ses pas et Francesca camoufle l'iPhone.

« En tout cas, si l'un de vous croise Fred, vous pouvez lui dire qu'il en a une toute petite. Et que s'il a l'intention de me troncher encore une fois, qu'il ait au moins la décence de m'inviter à ses soirées ! » s'écrie-t-elle, en riant toute seule, avant de s'éloigner à nouveau.

Francesca reprend son iPhone et lance la vidéo. Je me lève, bien décidé à prendre un verre pour me calmer car je me sens particulièrement agité. Au bar, après avoir commandé un *negroni*, je remarque Sonia, la fille que Ferrari et Alessandro ont sautée, toute seule. Elle me montre du doigt plusieurs fois, comme pour me dire quelque chose, puis s'arrête. Elle baisse les yeux, s'assied à terre, les mains autour des genoux. Les gens lui passent devant sans même la remarquer. Je lève les yeux et reste quelques instants absorbé par la nuit, une sphère opaque infinie. Lorsque je baisse à nouveau le regard, j'ignore pourquoi, je sens un trou dans mon estomac. Arianna me rejoint et me demande si j'ai envie de partir. J'acquiesce et descends mon verre cul-sec ; nous allons saluer les autres.

« Demain, apéro à l'*Armani*, ça marche ? propose Coco.

— Ça marche… », lui dis-je.

Je leur serre la main et rejoins Arianna qui me demande si j'ai sniffé, question à laquelle je réponds par l'affirmative. Elle assure que Blanc a toujours de la bonne dope et je confirme : « toujours ». Juste avant de monter dans la voiture, je me souviens que je n'ai plus demandé à Coco qui était cette fille nue dont il avait envoyé la photo sur WhatsApp.

Coco dit que ce n'est pas le moment d'y penser. Et que si je ne peux pas faire autrement que d'y penser, d'y penser une autre fois. Je viens juste de lui demander ce que je devrais faire, selon lui, maintenant que je suis rentré. Si je dois reprendre la fac, ou pas. Nous sommes assis à une table, à l'*Armani Café*. Blanc et Ferrari ont le nez dans leurs iPhone. Ils portent tous deux des t-shirts échancrés Dsquared², des jeans Dondup et des Clarks aux pieds.

Non loin de notre table, se trouvent deux hommes en costard puis, sur les banquettes placées aux bords de la salle, un groupe de jeunes ; une femme seule, à la table du fond, déguste un Martini.

« Faut pas t'en faire. Y'a vraiment pas de quoi s'en faire, continue à répéter Coco. Faut pas t'en faire du tout ; ces choses-là se règlent toutes seules. Et si elles ne se règlent pas toutes seules, quelqu'un les règlera pour nous. Mais… en tout cas, toi, qu'est-ce que tu voudrais faire ?

— J'en ai aucune idée, lui dis-je. Pas la moindre idée. Toi, tu t'es décidé tout de suite ou t'as pris le temps de la réflexion ?

— Le temps de quoi ? Mais qu'est-ce que tu racontes ? Moi, j'ai choisi économie pour une seule et bonne raison.

— Laquelle ? je demande.

— Pour quelle raison veux-tu que ce soit ? intervient Ferrari.

Coco sort son portefeuille de la poche arrière de son jean et le jette sur la table.

— Pour cette raison ! »

Il se tait quelques secondes puis allume une cigarette.

« Et viens pas me dire que je suis matérialiste, cynique, ou une connerie du genre.

— Je ne l'ai jamais pensé, dis-je.

— Chaque chose dans ce bas monde tourne autour de ça, dit-il en agitant son portefeuille Prada en l'air. Et nous, on a de la chance d'en avoir. Peu importe comment les choses évolueront, nous on est à l'abri, même si on voulait vivre de rente toute notre vie. Donc Adam… sois cool. Tu es rentré depuis trois jours et tu te demandes déjà si tu dois aller à la fac ou pas, si tu dois étudier économie ou pas, putain, relax Max.

— Je sais, lui dis-je.

— Attends, deux secondes, coupe-t-il en ajustant son polo Ralph Lauren, je prends un verre et je suis à toi. » Le serveur passe à côté de nous et Coco lui commande un *negroni*, le troisième depuis qu'on est assis.

« Et puis d'abord, reprend-il, tu t'étais pas inscrit à cette putain de fac avant de partir ?

— Si, mais ensuite j'ai laissé tomber.

— Et pourquoi ?

— J'sais pas, lui dis-je.

— Ouais, je vois le genre… »

Le serveur revient avec le *negroni*. Coco lui glisse trente euros et lui fait signe qu'il peut garder la monnaie. Le garçon s'en va tout sourire.

« De toute manière, j'ai pas l'intention de juger si c'est une bonne idée de faire ci ou de faire ça, ni de te dire ce que tu devrais ou ne devrais pas faire… tu viens à peine de rentrer. Arrête de te prendre la tête, c'est tout. Même si tu ne prends pas de décision, si tu perds du temps ou que t'en profites un peu, c'est pas grave. Tu te souviens au lycée ?

J'acquiesce.

— Dans combien de matières j'avais pas la moyenne ?

— Trois ?

— Quatre, mon pote, quatre ! Et ce putain de bac, je l'ai quand même eu à la fin. Et tu sais comment ?

— Je crois savoir, oui… »

Coco lève son portefeuille et l'agite à nouveau en l'air.

« Les réponses se trouvent toutes ici, Adam. Et tu le sais très bien. Parce que le bac, c'est une… comment on dit déjà quand une chose indique une autre chose qui lui ressemble, comment ça s'appelle, putain ?

— Une métaphore ?

— Voilà, c'est ça ! Le bac, c'est une putain de métaphore, une métaphore pour indiquer tout un tas de trucs. Tu te souviens de Clarissa Campeggi ? La grosse ?

— Oui.

— Bon, elle a eu mention très bien, tu te souviens ? Et maintenant, elle est en économie. On a même cours ensemble, parfois, mais c'est pas la question. La question c'est que si Campeggi, aujourd'hui, se mettait à chercher du travail, elle en trouverait jamais de la vie ! Pas même avec sa putain de mention très bien. Alors que toi, moi, Blanc ou Ferrari, on pourrait déjà avoir un boulot, si on voulait !

— Je sais pas... dis-je.

— Comment ça tu sais pas ? Comment ça tu sais pas ? explose-t-il, indigné. C'est pas moi qui ai décrété comment tourne le monde, et pourtant le monde tourne comme ça ; il y en a qui ont de la chance, d'autres un peu moins, d'autres pas du tout. Nous on a de la chance, d'autres moins, d'autres pas du tout. Donc relax Max, parce que pour les gens comme nous, les problèmes ne sont pas vraiment des problèmes. T'as pigé ? »

J'acquiesce.

— Et puis, ajoute-t-il, arrête d'y penser. » Coco fait à nouveau signe au serveur.

« S'il vous plaît, vous pouvez apporter deux *negroni* pour mon ami ? » lui demande-t-il. Le serveur s'affaire. Je jette un regard alentour et mes yeux tombent sur la femme qui est assise au fond de la salle. Elle fume une cigarette et son verre de Martini est vide. Elle lit le journal.

« Tu t'es bien amusé hier soir à la fête ? me demande Coco.

— Oui... », dis-je.

Et, tout en lui répondant, je me demande qui j'essaie de convaincre : lui ou moi-même ? Puis, je comprends qu'il y a une chose sur laquelle il n'a pas tort : qu'il est préférable, en définitive, de ne pas y penser.

*Je me souviens que j'étais allongé sur le lit en train de fumer. David Gilmour chantait* On an Island, *j'étais sur le dos, torse nu, le cendrier sur la poitrine. Mes parents, bien sûr, n'étaient pas à la maison. Je percevais le bruit du vent caressant les brins d'herbes et les feuilles dans les arbres. On était en mars. C'est en mars que j'avais pris la décision de laisser tomber la fac. Je m'étais inscrit en lettres. Je ne sais pas vraiment pourquoi j'en avais décidé ainsi. Je n'avais même pas passé un exam, je ne m'étais présenté à aucun cours. Ou plutôt si, j'avais été à quelques cours. Je me souviens de l'un d'eux, notamment. Le prof avait posé une question du genre : « Qui peut m'expliquer l'appellation de gibelin fugitif adressée à l'encontre de Dante ? ». Et une fille s'était levée devant tout le monde, avait pris le micro et déclaré je ne sais plus quoi à propos de Foscolo. Après son intervention, j'avais pris mes affaires et j'étais sorti de la salle. Alors que je fumais ma clope, je m'étais dit que cet endroit n'était pas fait pour moi. Même si je n'étais allé qu'à un seul cours, j'avais réalisé que le genre de personnes qui fréquentaient l'université, quel que soit le cursus, toutes se croyaient au-dessus du lot, mais pas seulement ; si des étudiants formaient une association, ou même une assemblée, il fallait qu'ils discutent de chaque chose ; et tous parlaient en citant des philosophes ou des écrivains que personne ne connaissait, qu'ils avaient dû aller pêcher sur quelque site internet paumé ; et, une fois exposée la pensée du philosophe de service qu'ils présentaient, naturellement, comme une sacro-sainte émanation de leur propre réflexion, ils concluaient leur discours en lançant : « c'est comme ça, un point c'est tout ». Il y avait également des comédiens assoiffés de succès qui déclamaient du Shakespeare, parce qu'ils « avaient le feu sacré du théâtre qui brûlait en eux » ; des acteurs âgés d'une quarantaine d'années, invités aux cours et qui, par la suite, écrivaient des billets doux aux filles du premier rang ; des chanteurs « confirmés » qui montraient leur vidéo et racontaient l'expérience de l'enregistrement de leur premier CD avec une célèbre maison de disques dont, va savoir pourquoi, ils ne donnaient jamais le nom ; des écrivains acclamés qui ne parvenaient pas à se faire publier parce qu'ils n'écrivaient pas les « habituelles inepties commerciales » ; des catho-communistes qui citaient Scoppola et l'importance de l'Église ; des membres de « Communion et Libération » qui insistaient sur la profondeur de la révélation du Christ dans nos cœurs et sur la nécessité de la pauvreté (bien qu'ils aient leur domicile fixe en plein centre-ville en bénéficiant de loyers réduits) ; des poètes qui collaboraient avec d'autres poètes et écrivains ; des avant-gardistes de la dernière heure qui écrivaient sur les transsexuels et l'homosexualité ; des gays, cigarette au bec, Hogan montantes aux pieds ; des filles qui fumaient de l'herbe afin que « l'inspiration » vienne ; des metteurs en scène qui avaient déjà tourné plusieurs court-métrages, se vantant des « visualisations innombrables » qu'ils comptaient chaque jour sur YouTube ; des gothiques hyper-dark qui restaient dans leur coin ; des interventionnistes qui voulaient bombarder la Lybie ; des pacifistes qui ne voulaient pas bombarder la Lybie ; des stylistes qui s'évertuaient à enseigner « l'art de bien s'habiller » ; des types avec des lunettes de soleil qui sentaient les « vibrations » de l'être dans l'espace, auxquelles, naturellement, ils ne pouvaient s'empêcher de donner forme. Des philologues acharnés qui débattaient de l'importance d'utiliser tel mot à la place de tel autre, « parce que la poésie est une règle, un schéma » ; des artistes qui prétendaient que l'art était mort et que la mission « sacrée » de le sauver de cette vieille tradition obscurcie par le schématisme et placée sous le joug du « déjà-dit », leur avait été confiée ; des végétariens qui restaient après les cours et proposaient de faire partie de leur club et de grignoter tous ensemble des courgettes et des carottes – et, avec un peu de chance, si c'était jeudi, vous pouviez même acheter le poster d'une vache égorgée sur le stand qu'ils avaient dressé. Des antiracistes avec le t-shirt de Malcom X ou de Martin Luther King ; des antifascistes avec des t-shirts de l'URSS qui vilipendaient le matérialisme et le gouvernement technocrate non élu par le peuple qui était alors au pouvoir. Des assemblées passées à boire des cafés et à fumer des clopes pendant que les chefs des partis étudiants se caressaient une barbe hirsute et sauvage, genre Che Guevara, portaient des lunettes originales de chez Mascot façon écailles de tortue, et citaient Marx pour impressionner les petites soixante-huitardes en herbe du premier rang ; et, il va sans dire, des professeurs qui péroraient, péroraient, péroraient… et péroraient.*

*J'avais l'impression qu'il s'agissait d'un immense complot. Les gens, les personnes en tous genres, de toutes sous-espèces ou catégories, de tous âges ou sexes, me dérangeaient au plus haut point. Tous souillés par le besoin d'apparaître exceptionnels, comme pour prouver au monde qu'ils avaient la force de lui survivre. Tous habités par la vaine néces-*

*sité de devoir fuir l'égo des autres. Tous jetés la tête la première dans la mélasse qu'ils avaient eux-mêmes concoctée, et dans laquelle les aveugles et les borgnes dansaient main dans la main. Chaque fois que je sortais de chez moi, le spectacle était le même ; des hommes qui parlaient sans s'écouter, qui cherchaient à faire valoir leur opinion personnelle sur celle des autres, jamais enclins au débat, mais seulement au jugement. Chacun avait son idée sur tout et chacun la proférait au monde comme s'il s'agissait d'une vérité absolue pour le bien-être de l'humanité. Et j'en avais plus qu'assez de cet incompréhensible verbiage quelconque, de ces platitudes qui sortaient de bouches insipides, qui s'ouvraient sans n'avoir jamais rien de concret ni de sensé à dire. Toujours le même et sempiternel blabla. Sans oublier les lieux communs : « L'Italie est un pays de merde, et les politiciens sont tous des salauds, et la mafia par-ci, et la mafia par-là, et les jeunes doivent partir d'Italie, et c'était mieux du temps de Mussolini, et l'Italie n'est pas faite pour la jeunesse », et patati et patata.*

*Des gens sans âme, perdus. Je me levais chaque matin en sachant déjà ce qui m'attendait le lendemain ; comme au lycée, où à part les discours du samedi soir et l'intellectualisme à peine crédible de certains professeurs, le vide était total. Et tout ce dont je me souviens, c'est de cette attitude continuelle à parler les uns sur les autres, sous couvert de prétendues valeurs morales que personne, au fond, ne respectait jamais.*

*La banalité, et la peur d'en être la victime. Tous habités par la même hantise d'être des personnes banales. Tous identiques. Tous esclaves du naïf embarras de devoir faire partie de ce monde. Tous soumis au miasme prosaïque de l'opinion ; l'opinion des parents, des amis, des profs. Tous victimes de la routine qui anéantit l'envie d'élever la voix. Jetés dans l'obscur prosélytisme du jugement, emplis d'une aigreur devenue la norme.*

*À l'université, face à cette horde aussi vaste et féconde d'idées à peu près toutes identiques, face à ce spectacle de gens qui passaient leur temps à s'insulter, à se disputer, et à se calomnier, je compris que cet endroit n'était pas fait pour moi. Et donc, j'avais quitté le navire.*

*Je l'avais décidé ce jour-là, ce jour où David Gilmour chantait* On an Island, *ce jour où je rêvais de m'enfuir à l'autre bout du monde.*

Je reçois un message de Blanc m'invitant à passer chez lui pour le « cadeau de retour » qu'il m'a réservé. Une fois arrivé à son duplex en plein centre, Piazza Affari, il m'ouvre la porte avec un grand sourire et me demande si je suis prêt.

« Bien sûr », lui dis-je.

Dans le salon, assis sur le canapé, je reconnais Frank. Frank, la quarantaine, est un type auquel j'avais déjà eu affaire plusieurs fois avant mon départ.

« Tu te souviens de Frank, n'est-ce pas Adam ? », m'interroge Blanc en prenant une bouteille de Dom Pérignon dans un meuble de la cuisine.

— Oui », je réponds, agité. Je fouille dans mes poches à la recherche d'une cigarette.

Frank me tend la main et je la lui serre. Il porte un costume trois pièces Armani. Cheveux poivre et sel, il mesure environ un mètre quatre-vingt-cinq.

« Adam, c'est ça ? », demande Frank en débouchant la bouteille de champagne. La déflagration émise par la bouteille me rend nerveux. Il pose le bouchon sur la table, qui tangue sur lui-même.

« C'est ça.

— Tu as déjà… eu affaire à mes « petites », pas vrai ? »

J'acquiesce et je remarque que mes mains suent énormément.

« Très bien, Adam… amusez-vous bien, conclut Frank en faisant un clin d'œil à Blanc. Pour l'argent, on s'arrangera plus tard. »

Blanc fait mine d'approuver en me versant une flûte de champagne et le salue. Il claque la porte et je me sens sonné.

« Combien ça va me coûter ? je demande à Blanc.

— Seulement deux-cents euros, le reste c'est pour moi, juste parce que tu viens de rentrer », dit-il en me passant la flûte.

J'accepte, m'inquiétant déjà de savoir où sont les filles.

« C'est pas légal, Blanc.

— Ça non plus », coupe-t-il en me tendant un petit plat en argent contenant six lignes de coke.

J'en tire deux lignes illico, puis le lui repasse. Il en sniffe deux à son tour et propose de garder les deux dernières pour plus tard, pour la « recharge ».

La cocaïne pulvérise toutes mes angoisses et je demande des informations à Blanc sur les filles, comme pour faire monter le désir.

« Elles sont comment ?

— Elles ont seize ans.

— Seize ans ? », je m'emporte, sentant mon cœur battre violemment. Je fais des allées et venues au milieu de la pièce à cause de la coke, mais l'envie de me faire ces filles est plus forte que la peur que quelqu'un puisse découvrir que d'ici peu je prendrai mon pied avec deux prostitués mineures.

« T'es prêt ? me fait Blanc, tandis qu'il ôte sa chemise blanche Ralph Lauren.

— Oui », je réponds.

Blanc empoigne la bouteille de Dom Pérignon et me fait signe de le suivre dans la chambre. Nous entrons dans la pièce où nous attendent deux filles en soutien-gorge, dessous en dentelle, dont une avec des bas noirs et des talons aiguilles. La première est blonde, l'autre brune ; elles n'ont pas du tout l'air d'avoir seize ans. La blonde fait au moins du quatre-vingt-dix de tour de poitrine, poitrine qui semble être sur le point d'exploser dans ce haut trop serré ; la brune, elle, a des jambes infinies, c'est elle qui porte les bas. Je ne sais pourquoi, je remarque le vernis vert sur les ongles de pieds de la blonde. Leurs cheveux sont lisses, la brune a les yeux marron, la blonde bleus et, le temps d'un instant, ils me foudroient ; comme s'ils cherchaient à me dire quelque chose, comme s'ils me demandaient quelque chose… mais cette pensée s'efface à la vue de cette chair parée de nylon suave qui semble prendre feu.

« Eh bien, mesdemoiselles, que la fête commence ! », s'écrie Blanc en déboutonnant son pantalon.

Il s'approche, dévore la brune des yeux, la caresse et lui passe la bouteille de Dom Pérignon. Les filles se regardent dans les yeux et commencent à s'embrasser. Elles se lèchent tour à tour les lèvres, le visage, la poitrine.

La brune saisit la bouteille de Dom Pérignon et boit, puis se met à quatre pattes au-dessus de la blonde : de la poitrine jusqu'au bas-ventre, elle verse du champagne sur son abdomen et se met à la lécher. Elle le refait, encore, pendant que nous nous déshabillons.

Puis, c'est au tour de la blonde : elle s'empare de la bouteille et commence à la lécher, glisse entièrement le goulot entre ses lèvres, se met à asperger le visage de la brune avec le champagne qu'elle vient de lamper. La brune exhibe sa langue, se mouille sensuellement les lèvres, tout en effleurant de sa main le sexe de la blonde, innocemment, sans empressement. Elle continue ainsi à la caresser, pendant que l'autre gémit à son oreille en lui caressant les seins.

Nous lui intimons de lécher le sexe de la brune, et elle s'exécute ; elle lui retire lascivement sa culotte, en lui masturbant le clitoris avec l'index, en lui léchant voracement le vagin à grands coups de langue. Elle écarte les lèvres de son sexe, nous regarde sensuellement : la blonde meurt de plaisir. La brune crache sur sa vulve glabre et recommence à la lécher. Blanc se jette sur le lit, positionne la brune à quatre pattes, puis la pénètre. J'en fais de même avec la blonde ; et pendant que nous les prenons ainsi, l'un en face de l'autre, les deux filles s'embrassent, et jouissent. Blanc ordonne à la brune de mettre ses doigts dans la bouche de la blonde, qui les suce avidement presque jusqu'à l'étranglement. Je serre les cuisses de ma partenaire, en essayant le plus possible de savourer cette chair chaude et parfaite.

J'empoigne la blonde par les flancs et la relève. Je croise son regard, ses yeux bleus ; je ressens le subtil tremblement de la peur qui me glace les artères. Seize ans. Seize ans. Mais non, c'est pas grave. Il ne peut rien m'arriver. Je lui dis de mettre les mains contre le mur. Je prends la bouteille de champagne posée sur le sol et la finis d'un trait. J'agrippe la fille par les flancs et je commence à la pénétrer, en posant ma main contre la sienne, collée au mur. Je la prends par-derrière, et j'aperçois, depuis le profil de son visage, la forme de ses yeux.

« Tourne-toi ! » je lui ordonne. Elle obéit et je continue à la monter, en lui étreignant les reins et les seins quand, soudain, après une dizaine de minutes, je jouis en elle. J'ai le souffle coupé, les jambes frémissantes. Je me retire. Elle se tourne, en sueur, trempée, me regarde à nouveau. Elle a une frange et des petites lèvres. Elle est d'une beauté exceptionnelle. Je détourne le regard. La blonde s'éclipse dans la salle de bains. Et en me tournant vers le lit, je vois que Blanc est en train d'éjaculer sur le visage de la brune. Une fois qu'ils ont terminé, la brune rejoint la blonde aux toilettes. Je m'étends sur le lit à côté de Blanc et, épuisés, nous partons dans un fou rire.

« Putain, soupire Blanc, extasié.

— Tu l'as dit, putain », dis-je à mon tour.

Blanc allume une cigarette.

— Bah, murmure-t-il, si tu veux, on peut se tirer une autre ligne et les baiser encore une fois. »

J'ai le souffle coupé, une légère nausée. Je fais signe que non et lui demande si je peux utiliser la salle de bains... Il m'y autorise tout en léchant le filtre de sa cigarette qu'il plonge ensuite dans la coke. Je file dans la salle de bains des parents et je me lave ; en regardant mon iPhone, je constate que Paolo a écrit : il demande si j'ai envie de passer le voir, demain. Je lui réponds que oui et je reste immobile, pendant cinq minutes, à me regarder dans la glace sans rien dire.

Lorsque je retourne dans la chambre de Blanc, il me propose de l'accompagner avec sa nouvelle Porsche à Piazza Gae Aulenti, pour acheter un peu de cocaïne ou, au pire, un peu de speed. Je fais signe que non et lui propose de nous retrouver le lendemain. Je lui demande si je peux prendre une dernière ligne de coke, il acquiesce tout en s'allongeant sur le canapé d'où il allume la télé. On sonne. Blanc soupire bruyamment.

« C'est qui ? fais-je.

— Oh, ça doit être Pietro.

— Pietro qui ?

— Un gars que j'ai connu aux magasins ou, plus exactement, aux *magaysins*, lâche-t-il en s'étirant de tout son long.

— Ah ouais ? »

Blanc enlève le maillot de corps qu'il venait tout juste d'enfiler et ouvre la porte. Sur le pas, un jeune homme de grande taille, blond oxygéné, septum au nez, t-shirt échancré et pantalon noir moulant. Un sac à bandoulière en cuir noir et une poche Zara.

« Salut, chéri, dit-il en saluant Blanc.

Blanc l'embrasse sur la bouche en lui palpant les parties.

— Pietro : Adam, Adam : Pietro », fait Blanc en guise de présentation.

Le type me serre la main, puis m'embrasse.

« Tu m'avais pas dit qu'on serait trois… chuchote Pietro, en touchant son septum du bout de la langue.

— Non, non, il se casse lui maintenant, on a déjà donné avec Frank.

— Tu veux dire que t'as déjà baisé ? », demande Pietro, irrité.

Blanc sourit et hausse les épaules :

« J'ai une arme secrète, lance-t-il alors en montrant la coke sur la table.

— T'as intérêt… », murmure Pietro en s'asseyant sur le canapé.

Il ajuste sa crête et passe la langue sur ses lèvres.

« Tu veux te le taper ? me demande Blanc.

— Non, dis-je.

— Mais… c'est bien toi qui avais couché avec Teo, le type de la NABA, non ? insiste-t-il.

— Oui.

— Et comment il était au pieu ?

— Je m'en souviens pas », dis-je, me demandant à quand cela pouvait bien remonter.

« Bon », fait Blanc qui se tire une ligne de coke et invite Pietro à l'attendre dans sa chambre.

« Et les filles ? dis-je à Blanc.

— Les putes, tu veux dire ? demande-t-il en allumant une Marlboro Light.

— Oui.

— Je les fous à la porte tout de suite, répond-il.

— Ça vaudrait mieux », intervient Pietro en s'allongeant sur le canapé. Il enlève ses Converse grises, celles avec les anneaux sur les côtés, et bâille. Il raconte qu'il avait acheté un poisson pour son aquarium, mais qu'il l'a oublié dans la voiture et retrouvé mort, la chaleur ayant eu raison de lui.

Je les salue tous les deux et je sors de l'appart. Je fais quelques détours en voiture avant de rentrer à la maison. Immobile dans mon véhicule, j'ai comme la sensation d'être pris au piège du trafic, entre les effluves de fumées et les trams qui labourent le sol sous le crissement frénétique de leurs roues, entre les tags sur les murs et ce clochard qui me lance un regard à travers la vitre de mon Audi, entre l'angoisse qui monte parce que je croise le regard d'un autre quidam et l'effet de la cocaïne qui s'estompe. J'allume une cigarette en observant les personnes aux arrêts de bus ou de tram, deux Indiens là, un Chinois ici, et une dame plutôt âgée, puis je fais cent mètres et me retrouve à nouveau bloqué ; et englué dans le trafic bien que le feu soit au vert, avec ce vent étouffant qui souffle sur la ville, je repense aux yeux de la jeune blonde : on aurait dit qu'elle voulait me dire quelque chose, peut-être voulait-elle me dire quelque chose. La radio passe *Straight to Hell* des Clash ; je tire la dernière ligne tout en pensant qu'avec cette chaleur, cette queue, ces gens asphyxiés par l'asphalte flétri, putride et noirâtre, entre les pots d'échappement et les vitrines de certains magasins où le reflet de ceux qui s'y regardent se déforme et se gondole, il ne pourrait y avoir de chanson plus appropriée à la situation.

Le soir même, je me retrouve à un apéro-piscine, organisé par le père de Charlotte, une camarade de fac d'Arianna, qui est styliste ou quelque chose dans le genre. Le père, lui, travaille pour Mediaset et, aux dires de Charlotte, il s'agirait d'un réalisateur important ayant noué de nombreux contacts à Hollywood. On compte également la présence d'Erik, acteur dans une série de la Rai, qui est en train de raconter la fois où il s'est tapé, avec un pote, une fille du nom de Benny ou Betty, devant le *Lido*, dans son Evoque.

Ferrari est connecté sur Facebook et contrôle combien de likes sa dernière photo a obtenus ; Blanc se bidonne en écoutant les histoires d'Erik, lequel en est à présent à mimer la scène. Il dit qu'il a ouvert la bouche de la fille pendant qu'il la prenait par derrière. Il se passe la main dans les cheveux, dégradés sur les côtés, et ajuste sa chemise. Au poignet, une Rolex qu'il n'arrête pas de tripoter.

Francesca me chuchote à l'oreille que le père de Charlotte a largué sa mère pour se taper Erik.

« Sérieux ? », je demande, en contemplant la ville fardée sous la faible lueur lunaire, soumise au tohu-bohu sourd et palpitant des voitures.

« Il est pas gay, mais il est sorti avec pour obtenir un rôle dans un film », explique Francesca, en allumant une cigarette blanche et longue. Charlotte nous rejoint et nous demande si nous l'avons vue dans la publicité pour Cornetto, la célèbre marque de glaces : aujourd'hui, la publicité est passée sur la Six et elle a déjà reçu plus de trente mille demandes d'amitiés.

Francesca, haut transparent et soutien-gorge en dentelle noire, lui confirme qu'elle l'a vue et qu'elle était superbe.

Charlotte sourit et me demande si c'était chouette là où j'étais, à l'étranger.

« Oui vraiment, dis-je.

— C'est bizarre.

— Oui.

— C'est bizarre, reprend-elle, je savais même pas que t'étais là-bas, et pourtant tu fais partie de mes amis sur Facebook.

— Bah... je m'étais désinscrit pendant mon absence.

Elle prend un air ahuri et tranche :

— En fait, c'est un peu comme si t'avais cessé d'exister pendant six mois ? »

Je ne sais pas quoi répondre ; au final, je m'en sors avec un « oui » des plus empotés.

Francesca me montre un type bronzé aux UV, sourcils aile de pigeon, boucle d'oreille noire en noix de coco, t-shirt court et élégant, tatouages que je ne parviens pas à déchiffrer, et me dit qu'Alessandra se l'est tapé et que c'est le fils d'un procureur. Gaia, une fille des Beaux-Arts, étudiante en *fashion design*, arrive avec un chemisier blanc et une petite cravate rouge :

« On s'amuse bien à l'open bar ? Ce soir, moi j'ai pas mangé ! » trompette-t-elle, en claquant la bise à Francesca. Et je revois ces gamines, lorsqu'on sortait le soir au lycée, qui faisaient semblant d'être soûles pour pouvoir se taper tout ce qui bouge, pour justifier comme si de rien n'était leur soif de sexe. J'allume une cigarette et je me dis que, visiblement, rien n'a changé.

« Y a aussi Tommy, on dirait », insinue Francesca, en indiquant un type à côté de la piscine, lunettes de soleil jaunes et débardeur vert, tatouages, blond, bronzé.

« Il peut aller se faire foutre », coupe Gaia.

Il fait beau. Ni trop chaud, ni trop froid. Nous sommes à l'heure du crépuscule, le fond de l'air est frais. Le ciel se décline en des nuances d'ocre et, depuis la terrasse de Charlotte, en plein centre, la ville semble moins grise, à cette heure. À deux minutes, Palazzo Saporiti, tout paré d'ombres.

« En tout cas, il s'est fait refaire les fesses, tu savais ? lance Gaia, en desserrant sa cravate.

— Les fesses ? glousse Francesca.

— Oui, maintenant il est bi. Il m'a larguée et s'est tapé Simo, confesse-t-elle exaspérée.

— Incroyable ! caquette l'autre.

— Tu m'étonnes », soupire-t-elle.

Silence.

La musique sort des enceintes du DJ. Quelques filles le filment pendant qu'il mixe, et en profitent pour mettre à jour leur histoire sur Instagram. Je regarde l'eau du bassin ondoyer sous le souffle léger du vent et j'ai envie de me tirer une ligne.

« Bon allez, bonne soirée », conclut Gaia en saluant Francesca.

Elle s'éloigne et mon regard s'arrête sur Tommy, qui est en train de héler une fille vêtue d'une longue robe blanche, laissant son dos nu, et à qui il donne un baiser. Ensuite, il embrasse un mec. Ils s'envoient un shooter de rhum et il me semble qu'ils s'embrassent tous les trois en même temps. La jeune fille rit et fait mine de s'en aller mais Tommy la rappelle en s'écriant :

« Allez, Madame, vous êtes top-model, prenons une photo ensemble comme ça on aura plein de likes ! »

Ils prennent la photo.

Ils rient.

Un autre shooter.

Le père de Charlotte appelle sa fille et la présente à des hommes sur la quarantaine qui se répandent en baisemains ; elle rougit et Francesca me confesse qu'elle est horrible, dans la fameuse pub. Je hausse les épaules puis mon regard se pose sur Martina, une ancienne camarade de classe, qui se trouve non loin de la rambarde donnant sur Corso Venezia.

« Eh, Marti ! je la salue.

— Eh, Adam, comment vas-tu ? », demande-t-elle, un pétard à la main. Jean moulant, déchiré, cheveux attachés et petit haut mettant en évidence sa poitrine rehaussée avec un push-up.

« Bien, et toi ?

— Ça va, ça va, lâche-t-elle. Ça va… », répète-t-elle, comme si elle cherchait à se convaincre.

Moment de silence. Je me demande pourquoi j'ai voulu aller la saluer.

« Tout va bien avec Giacomo ?

— Avec qui… ? », demande-t-elle, les paupières mi-closes.

Je remarque qu'elle a un œil tuméfié. J'aimerais lui demander pourquoi, mais je me ravise.

« Giacomo, notre ancien camarade de classe.

— Oh non, je suis avec Marco maintenant, tu vois qui c'est ?

— Marco comment ?

— C'est le fils d'un entrepreneur qui a une société en Chine, il est à la Bocconi, tu vois ou pas ?

— Mais t'étais pas avec Giacomo depuis quatre ans ?

— Si, et alors ?

— Ça allait plus entre vous deux ? dis-je, et j'ai l'impression, j'ignore pourquoi, qu'il s'agit d'une question complètement stupide.

— Moi, je suis encore amoureuse de lui… c'est juste que… comment dire… j'ai connu Marco sur Tinder et il a *un style de vie* qui me correspond davantage, tu comprends ? », finit-elle par dire en ouvrant grand les yeux. J'essaie de comprendre et je me demande encore une fois pourquoi j'ai voulu aller la saluer et, finalement, alors qu'elle écrase son joint, elle explique :

« En fait, le truc c'est que quand Marco et moi on fait l'amour, je pense à autre chose, confie-t-elle en riant, à quelqu'un d'autre… mais tu comprends aussi… demain, je mange chez *Cracco*[1]. »

Elle s'éloigne et je la regarde chanceler de gauche à droite et j'éprouve une sorte de tristesse. J'ai besoin de m'envoyer une ligne et quand je m'informe auprès de Francesca, elle me répond que je peux demander à Charlotte ou même directement à son père, vu que c'est lui qui la fournit.

« Sérieux ? »

Francesca acquiesce et me montre un sachet de 0,8 qu'elle vient tout juste de lui acheter. Elle me raconte que la mère de Charlotte, lorsqu'elle a appris pour son mari et Erik, a joué la fille de l'air en compagnie de son amant, un maître-nageur, et qu'ils font du shopping, en ce moment même, au Japon.

« C'est dingue, non ? », se pâme-t-elle.

J'acquiesce et je ne sais pas pourquoi, je me rappelle la fille de la piscine à la fête de Francesca, et ses mots : « C'est plus drôle maintenant, laissez-moi sortir ».

---

[1] Célèbre chef italien qui participe à de nombreuses émissions télévisées. Il est notamment membre du jury de MasterChef (*NDLR*).

Des volutes de vent s'élèvent, faisant virevolter la jupe d'une fille : tout le monde se retourne et elle rougit de honte. Moi, depuis la terrasse, j'observe la ville enveloppée dans son drap froissé de lumières au néon, que la lune obscure semble vouloir étreindre.

Paolo était mon meilleur ami au lycée. Au départ, il fréquentait Blanc, Ferrari et les autres, mais il avait décidé, un jour, qu'il en avait assez. C'est la seule personne qui m'a écrit pendant que j'étais parti, et nous avons prévu de nous revoir, aujourd'hui même. Je suis assez content, même si j'ai encore cette sensation de pesanteur, comme si je n'avais rien à dire, rien à raconter.

J'allume une cigarette et je regarde la sonnette. Je me demande comment je devrais le saluer, avec un « salut » ou un « hé ! », en l'embrassant ou non. Le problème, c'est ce poids qui m'oppresse. Je n'avais d'ailleurs pas envie de venir, car lorsque je dois sortir avec ce poids et que je suis tenu de parler avec des gens, je tombe dans une souffrance inexplicable. Mais je suis tout de même heureux de revoir un ami. Peut-être que les choses ont évolué pour lui. Depuis qu'il ne sort plus avec nous, plus personne ne l'a vu dans les parages et il n'a maintenu de contacts qu'avec moi. Je sonne et on m'ouvre.

J'entre, la domestique me sourit.

« Vous êtes Adam ?

— Lui-même, dis-je en esquissant un sourire.

— Paolo est dans sa chambre, il vous attend », rétorque-t-elle, en me rendant mon sourire et en m'indiquant la chambre. Je la remercie et me dirige vers la pièce. Paolo est allongé sur son lit et fume une cigarette. La chanson *Sad song* de Lou Reed passe en fond. Lorsqu'il me voit, il se lève d'un bond.

« Adam ! s'exclame-t-il avant d'éteindre la chaîne.

— Paolo !

— Alors ? Ça fait longtemps ! dit-il.

— Très longtemps... »

Il me regarde comme s'il avait du mal à croire que je puisse être devant lui.

« Viens là que je t'embrasse encore ! », s'enthousiasme-t-il.

Il m'embrasse et tout le poids que j'avais avant d'entrer disparaît.

« Merci, Paolo, dis-je, sans savoir vraiment pourquoi.

— Mais de quoi ?

— De rien.

— Bon, dit-il en s'asseyant sur le lit et en m'invitant à m'asseoir sur le fauteuil en face de lui. Raconte un peu ! C'était comment là-bas ? Complètement différent, j'imagine. »

Je m'assieds sur le fauteuil et j'allume une cigarette. Paolo me passe le cendrier en souriant.

« Oui, c'était différent...

— Et t'as déjà vu des gens depuis que t'es rentré ?

— Oui, pratiquement tout le monde : Arianna, Francesca, Blanc et les autres. »

Paolo se tait et commence à hocher la tête.

« Comment peux-tu traîner avec ces gens ? », me demande-t-il gravement.

Je me tais.

« Bordel, Adam, mais tu te rends compte de qui ils sont ?

— Ça va, ils sont pas si horribles que ça... »

Je sens que le poids refait surface. Je sens la boule au ventre, qui remonte dans la poitrine au rythme des pulsations malades du mensonge, les mains tremblantes d'hypocrisie.

« Pas si horrible ? Par qui veux-tu que je commence ? Par Arianna et Francesca ? Tu te souviens de ce qu'elles ont fait en troisième ?

— Je crois, oui.

— C'est toi qui me l'as raconté, Adam.

— Oui, je m'en souviens, bien sûr, dis-je en baissant les yeux.

— Bon, et les autres ? Blanc, Ferrari, Coco... Tout le monde sait ce qu'ils font ! Moi aussi je suis sorti avec eux et je suis sûr que c'est leur faute si Jo...

— Ça suffit, Paolo », je l'interromps sèchement.

Il me fixe puis baisse le regard.

« Tu as raison, tu viens tout juste de rentrer et je te fais déjà la morale. Excuse-moi.

— C'est pas grave… c'est juste que…

— Quoi ?

— Je sais pas, ne parlons pas de Jo.

— D'accord, ça n'a pas d'importance », conclut Paolo en détournant le regard. Il ouvre le tiroir de sa commode et me propose de fumer un joint.

« Ça marche », dis-je.

Il roule le joint et tire deux taffes.

« Allez quoi… dit-il enthousiaste, raconte-moi quelque chose. »

Je n'arrive pas à parler. Je n'en ai pas envie.

« Les choses étaient différentes, finis-je par lâcher.

— Genre ?

— Bah, la première chose qui me vient à l'esprit… – Paolo me passe le joint et je l'en remercie – … la première chose qui me vient à l'esprit, à part la bouffe, la télé ou des trucs du genre, ce sont les groupes.

— C'est-à-dire, les groupes ?

— Bah… les groupes.

— De musique ?

— Mais non ! je m'exclame en riant. Je veux dire les groupes de personnes… »

Je tire quelques taffes sur le joint et je me sens déjà plus léger.

« Comment dire… Tu vois quand tu marches le samedi après-midi le long des canaux du *Navigli*, ou dans nos quartiers milanais, ou même à Côme ?

— Ouais, carrément.

— Bon… Tu vois les groupes de personnes qui pourrissent tous les samedis après-midi toujours aux mêmes endroits, aux mêmes tables, dans les mêmes bars ?

— En gros, toutes les personnes qu'on connaît, quoi !

— Voilà, c'est ça ! »

Je tire encore deux taffes sur le joint et j'ai envie de rire.

« Bordel... Là-bas, c'est pas comme ça ! C'est pas comme ça ! Y'a que dans cette ville. Là-bas, personne ne te regarde de travers parce que tu t'habilles pas comme les autres, ni parce que tu penses différemment ni pour ta manière d'être. Là-bas, personne ne juge les autres. Par contre ici... on attend que la mort nous emporte en buvant des cafés à trois euros et en critiquant le sac Louis Vuitton de la voisine. Tu comprends ce que je veux dire ?

— À ton avis, pourquoi j'ai arrêté de vous fréquenter ?

— Je sais pas, dis-je en mentant.

— Et est-ce qu'au moins tu comprends qu'il vaudrait mieux pour toi arrêter de sortir avec ces gens ?

— Je sais pas trop, dis-je en recrachant la fumée dans la pièce, avant de repasser le joint à Paolo, je n'en ai pas la moindre idée.

— Bon », lâche Paolo en haussant les épaules.

Il allume la télé et nous nous mettons à la regarder. Nous restons silencieux, paisiblement défoncés, devant le JT. Un journaliste parle d'un avion qui se serait volatilisé. Il dit que c'est comme s'il avait disparu dans le néant.

« Écoute Paolo... dis-je en cherchant à construire un discours que je sens devoir engager.

— Dis-moi.

— Non, rien, laisse tomber », je conclus finalement, ayant oublié ce que j'aurais aimé lui dire.

— Allez, raconte...

— Non, non, vraiment...

— OK. »

*Non loin du collège que nous fréquentions, il y avait un mur sur lequel avait été tagué un message : « VOUS ÊTES DÉJÀ TOUS MORTS ».*

*À côté du message, un dessin de Jésus Christ crucifié à l'envers, avec une croix gammée sur le thorax, sans yeux, un vagin à la place du pénis. Non loin du dessin, un autre message : « IL SE FOUT DE VOUS ».*

*Je me souviens que Jo et moi nous passions par là pour rentrer chez nous et nous nous arrêtions à chaque fois pour regarder le mur, deux minutes, sans rien dire. Les messages et les dessins avaient été faits avec de la peinture rouge, mais je me rappelle que quelqu'un s'amusait à nous raconter qu'en réalité il s'agissait de sang.*

*Un jour, alors qu'on était en première, Jo et moi sommes passés par là, par hasard, et nous nous sommes arrêtés pour contempler l'image.*

*Je me rappelle lui avoir demandé pourquoi, selon lui, je ressentais à chaque fois le besoin de m'arrêter pour observer cette scène.*

*« Peut-être… peut-être parce que c'est vrai », s'était-il hasardé.*

*Nous sommes restés, deux minutes encore, à fixer le mur. Comme si nous ne l'avions jamais vu auparavant.*

Paolo avait fait allusion, en parlant de Francesca, d'Arianna et du collège, à une scène dont j'avais été le témoin durant l'année scolaire et que je lui avais racontée. C'est d'ailleurs la seule personne à qui je l'avais racontée.

J'étais en classe en compagnie de mes deux camarades.

Il était environ cinq heures et demie et l'école était pratiquement déserte. On était en permanence car dans notre collège, qui était privé, il était possible de rester jusqu'à six ou sept heures pour faire ses devoirs. Naturellement, nous n'étions pas là pour étudier, mais plutôt parce que nous n'avions pas envie de rentrer chez nous étant donné que, vers sept heures, nous allions prendre l'apéritif avec les autres, au bar *Gentile*. Pour ma part, j'essayais d'étudier un tant soit peu, pendant qu'Arianna et Francesca parlaient entre elles comme si je n'étais pas là. De temps en temps, elles me demandaient ce que je pensais de telle ou telle fille et, si elles la jugeaient détestable, afin de les conforter dans leur jugement, j'étais tenu de répondre : « Non, elle n'est pas jolie, pas du tout. »

Après quoi, toutes deux se fendaient d'un sourire et, les yeux doux, miaulaient : « Oh, c'est bien Adam ! »

La conversation s'arrêta soudain sur Maddalena Caspiri. Caspiri était une camarade de classe. Une fille discrète qui s'occupait de ses affaires ; tout le monde dans la classe la raillait parce qu'elle était grosse, mais elle avait l'air de s'en moquer. Seules les bonnes notes semblaient l'intéresser et les louanges que les profs lui réservaient à elle et à elle seule, car elle était la première de la classe. Jo était bien le seul qui, de temps en temps, lui donnait un coup de main et passait du temps avec elle. Elle ne donnait aucune valeur aux vêtements ou à l'apparence. D'une certaine manière, je l'estimais. Elle ne prêtait aucune importance à ce que les gens disaient dans son dos. Elle s'en foutait. Car elle savait qu'elle était meilleure que les autres.

Elle savait qu'elle valait plus que nous, car elle faisait tout pour se créer un futur radieux, futur qui, pour Arianna et Francesca, aurait été une descente sur des lauriers du fait de leur beauté, alors que pour elle, avec ses bourrelets de graisse, il n'aurait été, aux dires de Ferrari, qu'une montée pleine de merde.

Mais l'espérance l'habitait. J'étais envieux de cette espérance, dont elle ne parlait jamais, mais dont l'existence était palpable.

Francesca et Arianna se mirent à parler d'elle, justement.

« T'as vu comment elle a réagi aujourd'hui, la grosse vache, quand le prof m'a interrogée ? s'irrita Arianna.

— Ouais, tu m'étonnes, j'aurais voulu la tuer ! rétorqua Francesca.

— La prochaine fois, elle va voir, elle se la raconte avec les deux livres qu'elle a lus, mais je voudrais bien savoir qui se la taperait celle-là.

— C'est clair, cette grosse truie.

— En fait, si on y pense, poursuivit Arianna, Ferrari a trop raison quand il dit qu'un cerveau, elles l'ont toutes, mais pas nos culs ! s'esclaffa-t-elle.

— Ah Ah Ah ! Celui-là, il est vraiment bête, mais parfois il dit pas que des conneries ! », répliqua Francesca en éclatant de rire.

Francesca se tourna vers moi et me demanda :

« Et toi, Adam, qu'est-ce que t'en penses ? »

J'essayai tant bien que mal de réviser mon italien. Je baissai la tête et lus une page du livre que j'avais sous les yeux :

*Amertume et ennui / Est la vie, jamais rien d'autre ; et fange est le monde.*

« J'en sais rien, hésitai-je.

— Comment ça t'en sais rien ? Tu préfères une meuf qui résout tes équations ou ça ? me défia Arianna en montrant ses fesses moulées dans un jean moulant qui les mettait en valeur, au-dessus de ses longues cuisses fuselées.

— Mais t'es vraiment qu'une nympho ! l'accusa Francesca en éclatant de rire, une main devant la bouche.

— Ça n'a rien à voir, c'est un constat, c'est tout ! Alors, qu'est-ce que tu préfères ?

— Je sais pas, dis-je encore.

— Bordel, Adam, t'es con ou quoi ? Toi aussi t'es devenu pédé, maintenant ?

— On est déjà deux à aimer la… dans cette classe, ça suffit amplement, non ? gloussa Francesca, qui continuait à rire.

— Vaut mieux avoir ce que tu as… dis-je pour mettre fin au débat.

— Eh ben voilà ! Tu vois quand tu veux ? conclut Arianna en m'envoyant un baiser.

— En tout cas, reprit Francesca, la grosse vache, hier, elle est restée au collège pour étudier, et Veronica m'a dit qu'elle allait rester aujourd'hui aussi.

— Et qu'est-ce qu'elle en sait, Veronica ?

— Parce qu'elle l'a payée, enfin elle voulait la payer pour qu'elle lui passe la version d'aujourd'hui, et elle, elle lui a répondu qu'elle pouvait pas, parce que… je sais plus pourquoi ; en fait, elle voulait pas, cette petite conne. D'ailleurs, hier, Veronica est retournée en classe parce qu'elle avait oublié son iPhone sur la table et elle l'a trouvée, à deux heures, en train de manger un sandwich, toute seule. Elle lui a demandé ce qu'elle faisait là, elle a baissé les yeux, et elle a dit qu'elle préférait travailler ici plutôt que chez elle et quand Veronica lui a demandé pourquoi, elle a répondu : « Comme ça. »

— Je veux bien te croire, ses parents aussi doivent être dégoûtés d'avoir une fille pareille ! s'exclama Arianna. Ils font quoi ses parents, d'ailleurs ?

— Son père est barman, je crois, et sa mère caissière, ou un truc comme ça.

— Comment tu le sais ? demanda Arianna.

— C'est quelqu'un qui me l'a dit, je sais plus qui…

— Mais attends, elle fait comment pour payer la mensualité ? continua Arianna, agacée.

— Je crois qu'elle a une bourse, tu sais, ils en donnent trois, genre…

— Ah ! Donc la grosse vache étudie gratis ?

— Il semblerait bien.

— Mais pour qui elle se prend, celle-là ? Qu'est-ce qu'elle a de plus que moi pour pas payer ? bouillonna Arianna, indignée.

— Ben, pour commencer cent vingt kilos, décocha Francesca en riant.

Les deux partirent alors dans un fou rire. « Elle est trop bonne, celle-là, fit Arianna en embrassant Francesca sur la joue, toujours morte de rire. Je te roulerais une pelle, tiens !

— Tu l'as déjà fait samedi soir, donc du calme ! *Take it easy*, la tança Francesca.

— Ah ah ! Oui, c'est vrai !

— Adam, tu sais qu'on s'est embrassées ? me fit Francesca.

— Oui, on m'a raconté…

— Mais t'étais pas là ! s'écria Arianna.

— Non, non, il était pas là… confirma Francesca, en hochant sensuellement la tête.

— Non, j'étais pas là…

— Tu veux le revoir ? me lança Arianna, en me défiant du regard. Juste parce que c'est toi et qu'on a confiance en toi, susurra-t-elle.

— OK… dis-je dans un sourire.

Arianna se pencha vers Francesca et, lui caressant tendrement le cou, se mit à la lécher doucement. Sa langue se déplaçait lentement, avec langueur, de haut en bas et de bas en haut, suave et humide. Francesca en fit de même sur la nuque d'Arianna puis, se relevant toutes deux, elles échangèrent un baiser sur la bouche, puis un autre, puis un autre encore jusqu'à ce que, les yeux fermés, elles commencent à s'embrasser sensuellement avec la langue, pendant quelques secondes, avant de terminer dans un grand éclat de rire malade et compulsif.

« Non, j'y arrive pas, je suis pas bourrée ! s'exclama Arianna, toujours morte de rire.

— Ah ah ! Moi non plus ! lui fit écho Francesca.

Elles me regardèrent et dirent qu'elles feraient mieux la prochaine fois.

« Et donc, tu disais ? demanda Arianna à Francesca, en ajustant le chemisier blanc qu'elle portait.

— Je disais que si ça se trouve la grosse vache est encore au collège, et qu'on pourrait lui toucher deux mots sur l'attitude qu'elle a eue aujourd'hui.

— Je sais pas, à mon avis elle est pas là…

— À mon avis, si ; l'autre jour, le prof lui a refilé un devoir d'italien qu'elle doit rendre demain, tu sais, la recherche ? Donc bon, si elle travaille au collège, il se peut qu'elle se trouve dans une salle.

— Perso, je ne l'ai jamais vue, et toi, Adam ? Vu que tu restes de temps en temps pour travailler ? me sonda Arianna.

— Non, jamais », dis-je en mentant.

Une ou deux fois, je l'avais vue à la machine à café, mais je n'avais pas envie de lui dire.

« Bon… on pourrait aller voir quand même, proposa Arianna.

— Et si elle y est, qu'est-ce qu'on fait ? s'inquiéta Francesca.

— Tu verras bien… répliqua Arianna avec un sourire malicieux. Bon alors, on y va ? reprit-t-elle.

— Mais oui, allez ! fit Francesca, en se levant de sa chaise.

— Adam, tu viens ?

— Je sais pas… À quoi ça sert d'aller la voir ? Enfin, qu'est-ce que tu veux lui faire ? m'inquiétai-je.

— Comme ça, Adam, putain ! Arrête de chercher une explication à tout ! J'ai envie de la voir, c'est tout ! Je veux juste lui parler, bon Dieu ! riposta Arianna en bougonnant, nerveuse.

— Mais pourquoi ?

— Parce que j'ai envie, Adam », conclut-elle en s'approchant de moi.

Elle se pencha légèrement à mon oreille et susurra :

« Allez Adam, sois gentil, viens et puis c'est tout…

— Allez, Adam ! surenchérit Francesca, viens et puis c'est tout !

— OK, mais à mon avis, elle est pas là., répondis-je.

— Bah, si elle est pas là, tant pis, trancha Arianna, de toute façon dans une demi-heure on a apéro. »

Les filles se levèrent et sortirent de la salle. Je les suivis. Elles marchaient devant moi, habillées presque à l'identique ; toutes deux avec des jeans moulants et des bottines constellées de clous sur les côtés. Arianna portait un haut blanc, alors que Francesca avait un pull rose Ralph Lauren parfaitement assorti aux boucles d'oreille, également roses, qui ondulaient aux lobes de ses oreilles. Elles avaient toutes deux les cheveux lisses ; elles étaient, toutes deux, de jolies filles.

« Bon, lança Arianna, la chasse au sanglier va commencer ! »

Francesca éclata de rire puis la corrigea :

« À la grosse vache, tu veux dire !

— C'est ça, à la grosse vache ! s'exclama Arianna, partant elle aussi dans un fou rire exagéré.

— Toi, Adam, tu regardes dans les salles du premier étage, moi dans celles du fond du couloir à gauche, et toi, Franci, dans celles du fond à droite. Si on ne la trouve pas, on se retrouve ici ; celui qui la chope en premier ne doit surtout pas crier ou se faire repérer, avertit Arianna. Les concierges sont en train de nettoyer le lycée, donc on est tranquilles, mais surtout pas de bruit, et si vous la trouvez, attaquez la conversation ; si les autres sont bredouilles, ils rejoindront celui qui l'a trouvée dans la salle où Caspiri étudie. Compris ?

— Ouais, répondit Francesca, si je ne la trouve pas, mais que toi tu la trouves, je te rejoins, résuma-t-elle.

— Voilà, c'est ça, confirma Arianna.

— Si l'un d'entre nous ne revient pas d'ici cinq minutes, c'est qu'il l'a trouvée, OK ? »

J'acquiesçai.

« *Sure !* lança Francesca.

— Toi, file au premier étage ! m'ordonna Arianna.

— D'accord », dis-je.

Je me demandai pourquoi j'étais en train de faire ça, et je

m'inquiétai d'autant plus du sort qu'Arianna comptait réserver à Caspiri.

« Caspiri n'a rien fait de mal à personne, marmonnai-je, et puis qu'est-ce qu'elles ont contre elle ? Elles ont dit elles-mêmes qu'il valait mieux avoir un beau cul qu'être une tête, alors pourquoi doivent-elles s'acharner sur cette pauvre fille ? Merde, moi je me casse d'ici » me dis-je.

Et le temps d'un instant, j'en fus pleinement convaincu.

Je décidai de ne pas contrôler les classes à l'étage, en priant que Caspiri s'y trouvât, de sorte que je puisse dire aux filles que je ne l'avais pas vue.

« Je préfère encore être tout seul à la maison que d'assister à une telle scène », tranchai-je. Jusqu'à ce que j'entende une voix dans ma tête qui me demandait si j'étais vraiment sûr de vouloir m'en aller. Elle me demandait si je n'avais pas plutôt envie d'assister à cette scène. Si je n'avais pas envie de voir ce qu'elles allaient lui faire. Si je ne désirais pas, au fond, être le spectateur de l'émanation de méchanceté cosmique qui était sur le point de s'abattre dans un trou perdu du monde, dans une ville du nord de l'Italie.

La lâcheté, rançon de la rancœur, le sourire malicieux d'Arianna assoiffée de vengeance. La nature tourmentée de la haine. La voix fiévreuse de la malice conjuguée au désir pervers. Le mal soumis au moment présent ; la fade incarnation du miasme intérieur. Le toc-toc d'une main tremblante qui frappe avec ses ongles à la porte de votre cerveau, désireux d'assister au pire.

« Pourquoi veux-tu t'en aller ? En vérité, tu ne veux pas t'en aller, tu as envie de regarder. Tu as envie de voir », répétait la voix, insensible et froide.

Et je fus victime de la curiosité, irrésistiblement attiré par la voix de la méchanceté.

« Tu as envie de voir le mal, d'y goûter, de l'archiver dans une mémoire de cristal, de l'expier dans tes sanglots. Tu veux en être l'acteur, mais non l'artisan. Le spectateur mais non l'esclave. Tu veux. Tu veux. Tu veux voir ce que ces deux-là vont faire à cette pauvre petite », continuait à répéter la voix, séraphique, impénétrable. « Tu le veux parce que n'importe lequel de tes amis, n'importe lequel de ces types que tu fréquentes, n'importe quelle personne, même, voudrait être à ta place. Sans quoi, tu serais déjà parti. Tu ne les aurais pas suivies, tu leur aurais mis deux claques, tu aurais averti les pions, tu serais peut-être même allé au secrétariat pour aviser le proviseur ou la permanence. En vérité, tu as envie de voir ce qu'elles lui feront. Tu es curieux de savoir ce qu'elles vont lui faire, à la grosse. Ça t'excite terriblement de savoir que tu n'es pas à sa place. Tu te souviens de cette soirée, au *Darian* ? Oui, la boîte de nuit ! La soirée au *Darian* où un jeune homme s'est fait lyncher à mort par un type ? Tu te souviens quand la bouteille se brisa sur le visage du pauvre garçon ? Te souviens-tu, même, qu'un peu de sang avait giclé sur le visage de l'un des curieux ? Te souviens-tu des yeux de ce jeune homme, éclaboussé de sang ? T'en souviens-tu ? Ils étaient VIVANTS. Resplendissants d'un éclat sinistre, brillants de culpabilité. Des diamants dans la fange.

Il savait que ce visage défiguré et dégoulinant de sang n'était pas le sien. Ce visage découpé par le verre, lapidé par l'horreur et la violence, ces dents brisées et ces pommettes détruites contre l'asphalte, ce n'était pas à lui. Te souviens-tu des tessons de verre lardant les joues difformes, la destruction d'un visage jeune, la chair délicate du visage découpée, et le front qui se déchire, tranché à plusieurs reprises par un cul-de-bouteille vaseux ?

Les traits si fins, les yeux si clairs, les lèvres si pourpres... tout cela réduit à un seul et même lambeau lacéré de chair, tout cela à cause d'une minuscule, d'une insignifiante petite bouteille de verre. Le jeune homme qui exhala ensuite son dernier soupir ? Et dire que personne n'intervint pour empêcher le massacre.

Te souviens-tu de la foule ? Te souviens-tu de cette foule qui regardait le spectacle, muette et extasiée ? Il s'agissait d'un orgasme de joie, de vie. Personne, parmi les spectateurs, n'avait jamais senti le battement de la vie aussi intensément qu'à cet instant. Et pourquoi, au juste ?

Parce que les spectateurs, la foule, les gens, se tenaient à distance. Parce qu'ils pouvaient raconter ce qu'ils avaient vu. Parce qu'un souvenir horrible était en train de se former en eux, dont ils étaient les observateurs lâches mais non les victimes. Ils étaient si pleins de vie, eux, comme ils auraient toujours voulu l'être, et tu savais que quelqu'un espérait même qu'il meure, n'est-ce pas ? Quelqu'un l'a dit, l'as-tu déjà oublié ? Quelqu'un a hurlé : « Il va le tuer ! » Mais alors pourquoi n'a-t-il rien fait ? Pourquoi n'a-t-il pas dit, crié même : « Arrête ! Tu vas finir par le tuer ! » ? Parce qu'il le voulait. Parce qu'ils le voulaient tous. Parce que tous, à l'aune de la mort si proche, si brutale, là, sous leurs yeux, ont senti en eux une excitation morbide jaillir du fin fond de leurs entrailles et converger jusqu'à leur cerveau. Les chevilles se sont dissoutes sous l'explosion de la libido. La volupté sadique et farouche, avide du malheur des autres. Et les gens qui sortaient de la boîte et voyaient le jeune homme avant que l'ambulance n'arrive ? Certes, quelques-uns pleurèrent. Mais les seuls sanglots sincères furent ceux de ses amis, coupables seulement de l'avoir laissé seul. Mais les autres, les gens, héritiers de l'hypocrisie qui maltraite et étrangle avidement, ils voulaient voir un homme mourir. Ils voulaient voir un garçon mourir. Ils voulaient voir le dernier soupir d'un jeune homme martyrisé et assassiné, à coups de bouteille, pour une dispute en boîte. Ils voulaient savoir qu'il suffit d'aussi peu pour partir, qu'il n'en faut pas plus pour mourir ; un aussi peu auquel ils avaient échappé, eux. Et ainsi ils se sont repus de ce nectar délectable de boue qu'ils pourront seulement rêver de goûter à nouveau, mais dont ils se souviendront, à travers le regard cadavérique du jeune homme au visage détruit sur l'asphalte, pendant très longtemps. Une fois rentrés à la maison, après les larmes hypocrites, les réflexions sur la tragédie, ils n'auront au final jamais éprouvé autant de plaisir à se sentir, pour la première fois de leur vie, aussi vivants… Et toi aussi, à cet instant, tu as compris que rien n'est plus précaire et illusoire que l'étroit et abyssal désir de l'homme de se sentir, même pour une poignée de secondes, aussi intensément lié à la vie.

« Adam, Adam, tu viens ? », s'écria Francesca en me faisant signe de la suivre.

Elle se mit à trotter à petits pas vers le bout du couloir et, m'indiquant la dernière porte, dit à voix basse : « Elle est là. »

J'entrai et elle en fit de même après moi. Caspiri était assise à la table du fond ; en face d'elle, Arianna était en train de lui parler. Maddalena avait un regard inquiet, et je me souviens que la première impression qu'elle me transmit fut son désir de fuir, loin, ailleurs, où que ce soit. De disparaître.

« Si elle devait s'échapper, je l'arrêterais ou je la laisserais filer ? » me demandai-je.

Arianna était en train de lire ses notes.

« Pas mal, très intéressante cette recherche, vraiment pas mal du tout, ironisait Arianna, tenant dans sa main le travail de Caspiri.

— Merci, balbutia Maddalena, les yeux rivés à terre.

— Mais si j'étais toi, je ferais quelques retouches, tu vois… Là tu as écrit, et je te cite mot pour mot : « La vie, par respect pour le corps comme pour l'âme, est plus morte que vive ; tant et si bien que l'on est en droit d'affirmer que ce siècle est le siècle de la mort… ». Mais à mon avis, tu te trompes. Tu te trompes complètement ! », menaça Arianna, en hochant la tête.

Maddalena restait muette, le regard toujours à terre. Le temps d'un instant, je fus absorbé par le bruit des voitures qui passaient sur la route. Les scooters vrombissants, les radios allumées, les boîtes de vitesses qui s'enclenchaient. En dehors de l'école, la vie continuait, sans que les personnes, au volant de ces voitures qui brûlaient l'asphalte longeant l'établissement, puissent imaginer ce qui allait se passer d'ici peu, dans ce bâtiment auquel elles ne lançaient qu'un regard furtif et indifférent.

« Tu vois, continua Arianna, peut-être que ça vaut pour toi, mais moi, franchement, je ne suis pas si insatisfaite que ça de ma vie… »

Maddalena ne répondit pas. Son regard troublé et soumis était complice de ce silence outrageusement assourdissant.

« Oh, tu m'écoutes ou quoi ? lui demanda brusquement Arianna.

— On va pas tarder à s'amuser, me susurra Francesca en me donnant un coup de coude.

J'acquiesçai, sans mot dire.

« À mon avis, quand on est insatisfait de sa vie, c'est parce qu'on pèse plus de cinquante kilos, tu comprends ça ? », la piqua Arianna, en cherchant à attraper son regard.

Caspiri leva la tête.

J'entrevis ses yeux scintillants, vitreux et meurtris, pleinement lucides. Elle était déjà sur le point d'éclater en sanglots. Francesca elle-même s'en rendit compte.

« Ça y est, ça y est, chuchota-t-elle, elle va pas tarder à chialer ! Je pensais qu'elle aurait tenu une minute quand même, pas trente secondes, et toi ?

— Oui, peut-être, répondis-je.

— C'est bien, me glissa Francesca en me pinçant les fesses.

— Pourquoi tu réponds pas ? Oh ! T'es sourde ou quoi ? », hurla Arianna, en la fixant droit dans les yeux, alors que le regard de Maddalena cherchait refuge entre les rainures grises du carrelage.

« Et moi qui pensais que tu étais une fille intelligente ! En fait, t'es bête, et qui plus est, sourde. Je me trompe ? »

Caspiri ne pipait mot.

« Oh ! T'es sourde ? la tança à nouveau Arianna.

— Non, balbutia-t-elle finalement, je ne suis pas sour… »

Elle n'eut pas le temps de finir sa phrase que déjà Arianna lui sautait dessus. Elle l'agrippa violemment par les cheveux, cherchant à la mettre debout, mais Caspiri, complètement tétanisée par la peur, ne parvint pas à coordonner ses muscles et ses nerfs, qui explosèrent au moment même où elle lui tira les cheveux, provoquant un mouvement terriblement désarticulé qui la fit choir de sa chaise sur le sol. Arianna fut contrainte de s'abaisser et, le temps d'un instant, elle ne tenait plus la tignasse dans ses mains. Elle éclata de rire.

« Mais qu'est-ce que tu fabriques ? Fais gaffe, allez, je te donne un coup de main », s'exclama-t-elle en lui tendant la main. Mais Caspiri éclata désespérément en sanglots :

« Je t'en supplie, laisse-moi tranquille, je t'en prie, va-t'en, s'il te plaît ! » fit-elle en l'implorant, désespérée.

Son front se plissa et ses mots, hachés par l'effroi, se faufilaient à travers ses larmes transparentes.

« Mais je ne te ferai aucun mal ! Tu comprends ça ? l'interrogea Arianna, avec délicatesse. Je ne veux pas te faire de mal, sois tranquille, poursuivit-elle en lui caressant les cheveux. Pardonne-moi si je t'ai tiré les cheveux avant… excuse-moi, je ne voulais pas, c'était pour rire », chercha-t-elle à minimiser, presque sincère. Et pendant que Maddalena était plongée dans ses pleurs prostrés et solitaires, Arianna s'approcha d'elle et lui donna un baiser sur la joue.

« Tu veux bien me pardonner ? », demanda-t-elle dans un sourire.

Caspiri était sous le choc. Sonnée et obnubilée par la peur, abhorrant l'instant même où elle embrassa sa propre soumission. Arianna l'aida à se relever.

« Tu te sens mieux, à présent ? », s'inquiéta-t-elle en souriant.

Arianna lui donna un autre baiser sur la joue, puis un autre encore jusqu'à ce que, lui léchant le coin des lèvres avec la pointe de la langue, elle l'embrassa sur la bouche.

« Tu as confiance en moi ? », s'enquit-elle, en effleurant sensuellement ses lèvres avec le bout de son index. Le visage de Caspiri ne laissait paraître aucune émotion, hormis la peur et la stupeur. Rien, au-delà de la terreur et de la prodigieuse confusion qui barbotaient avidement au fond de ses entrailles.

« Tu es une jolie fille, reprit Arianna, en lui caressant encore les cheveux. Il ne faut pas écouter ce que disent les autres, tu sais ? »

Maddalena ne répondit pas. Ses yeux se perdirent dans le vide.

« Il ne faut pas, tu as compris ? », répéta Arianna.

Caspiri commença à hocher la tête, bredouilla un « me... merci », conséquence de l'effroi qu'elle venait tout juste d'éprouver.

« Bon... reprit Arianna, nous étions en train de parler de ta recherche : à ton avis, c'est du bon travail ? », lui demanda-t-elle.

Maddalena acquiesça.

« Ben... oui, fit-elle, tremblante.

— Oui ? Tu trouves que c'est du bon travail ? » insista Arianna, en continuant à lui caresser ses cheveux gras, d'un blond morne.

« Oui... confirma Caspiri, titubante.

— Donc, c'est une bonne recherche ? Je veux dire... pour toi, elle est bonne cette recherche ? »

Caspiri ne répondit pas et fondit à nouveau en larmes. Cette fois, les pleurs étaient entrecoupés de spasmes.

« Elle t'a juste demandé si ta recherche était bonne ou pas, elle t'a rien dit de mal, intervint Francesca.

— Je vous en supplie... », implora Maddalena d'une voix étouffée, en relevant la tête. Son regard oppressé par la détresse, perdu dans le vide et terrifié par la peur, ternissait ses yeux et, à travers les pupilles vitreuses et soumises, je perçus l'implacable, l'immuable consternation de la jeune fille, apeurée et abandonnée à elle-même.

« Non, non, y'a pas de « je vous en prie » qui tienne. Maintenant, tu vas me dire si oui ou non, il s'agit d'une bonne recherche... sinon...

— Non, je t'en prie, s'il te plaît, non », commença à hurler Caspiri, en pleurnichant comme un bébé.

Je sentis l'essence de cette fragilité se répandre et se volatiliser dans l'air souillé au-dessus de nos têtes.

« Je t'en supplie, ne me fais pas de mal ! Je t'en prie ! continuait-elle à implorer. Je ne t'ai rien fait, moi, s'il te plaît, laisse-moi partir ! »

Arianna l'attrapa à nouveau par les cheveux, en les tirant avec encore plus de violence que la première fois.

« Putain : c'est, ou c'est pas une bonne recherche ? s'emporta-t-elle, en lui tirant les cheveux.

— Oui ! clama Maddalena, à bout. Oui ! C'est une bonne recherche ! Laisse-moi tranquille, s'il te plaît ! Ça suffit ! suppliait-elle en passant des pleurs aux sanglots.

— Eh bien voilà, lâcha Arianna, c'était si difficile que ça ? », lui demanda-t-elle en lui caressant la joue.

Mais elle ne lâchait pas ses cheveux.

« Mais alors, il faut que tu m'expliques une chose, ma petite Maddi chérie, une toute petite chose. »

Les yeux de Caspiri devinrent rouges ; je savais qu'elle aurait voulu hurler, mais il était manifeste que sa voix s'était dissoute au niveau de la gorge.

« Donc, s'il s'agit d'une si bonne recherche que ça, et tu as toi-même dit que c'était une bonne recherche, alors pourquoi… pourquoi ne la manges-tu pas ? », lui lança Arianna en scandant férocement les mots. Maddalena se tourna vers Arianna, et la regarda avec une expression vide. Ses lèvres se mirent à trembler et son visage se crispa dans une immobilité convulsive et désespérée, résultat de l'angoisse qui coulait alors dans ses veines.

« Co… comment ? bafouilla-t-elle.

— Tu as très bien compris, grosse vache, continua Arianna. Pourquoi ne la manges-tu pas ? »

Maddalena comprit qu'à présent elle ne pouvait plus y échapper. Elle savait qu'elle était contrainte de le faire, que quelque chose d'encore plus terrible que ce qu'elle venait déjà d'endurer allait s'abattre sur elle… Et pourtant, malgré tout, une lueur d'espoir brûlait encore en elle qui la poussa à se convaincre qu'elle pouvait encore s'en sortir, qu'elle pouvait peut-être s'échapper, qu'elle pouvait dénoncer ce qu'elle était en train de subir ; et, brusquement, en une fraction de seconde, elle fit un bond et s'élança en courant vers la porte. Mais à peine l'avait-elle rejointe que Francesca, immobile à côté de la sortie, lui donna une telle gifle qu'elle boula à terre en renversant une table. On entendit un bruit retentissant. Arianna me fit signe de regarder par la porte, pour voir si quelqu'un approchait, puis m'ordonna de fermer à clé. Je jetai un coup d'œil. Personne. Et lorsque les filles me demandèrent si quelqu'un arrivait, je confirmai que non. Arianna regarda Caspiri, étendue à terre, noyée dans ses larmes.

« Qu'est-ce que tu fais, tu retournes les tables maintenant, grosse vache ? s'indigna-t-elle en la toisant de la tête aux pieds.

Elle la gifla au visage, sur la bouche : un léger filet de sang coula.

À présent, Maddalena ne faisait que pleurer et implorer pitié.

« On dirait une vache qui va à l'abattoir », fit remarquer Francesca à Arianna.

Arianna se mit à rire : « Une vache énorme qui va être découpée en petites rondelles, ajouta-t-elle.

— Je vous en supplie, par pitié, stop, implorait Caspiri, s'étouffant dans ses propres sanglots. Je n'en peux plus, s'il vous plaît, s'il vous plaît... »

Pourquoi ne se taisait-elle pas ? Comment ne pouvait-elle pas comprendre que tout ce qu'elle devait faire était précisément se taire ? Pourquoi ne le comprenait-elle pas ? Pourquoi ne comprenait-elle pas que ses hurlements de terreur n'étaient pour Arianna et Francesca que des chants de plaisir, et que ses larmes étaient l'eau la plus limpide avec laquelle les deux filles étanchaient leur soif ?

Francesca releva le t-shirt de Maddalena, laissant son ventre nu.

Maddalena ne bougea pas et ne se débattit même pas. Elle resta tout simplement immobile ; affligée par les pleurs, paralysée par la peur.

« Ah, c'est donc ça qu'on mange ? », dit-elle.

« Oui, c'est ce que nous mangeons, songeai-je. Nous nous nourrissons des pauvres, des désespérés, des affamés. La souffrance du juste, telle est notre pitance. Nous aimons nous repaître de l'espoir que Maddalena porte en elle. C'est de cela que nous nous nourrissons, de l'impuissance des autres, c'est cela qui nous donne notre force. »

« Eh ouais, là va falloir un sacré régime ! », reprit Francesca, en donnant un violent coup sur le ventre de Maddalena.

Le choc émit un bruit sourd, un *paf* à fendre les murs.

Caspiri se plia en avant en exhalant un « Oh » qui la laissa sans souffle.

Elle commença à haleter lourdement, agenouillée, hors d'haleine, faible et soumise. Le visage blême de tant d'humiliation.

« Merde, elle va tomber dans les pommes là, s'inquiéta Francesca.

— Mais non, mais non, elle tombera pas dans les pommes », coupa Arianna.

Et Arianna avait vu juste.

Lentement, Caspiri reprit ses sens et sa respiration se fit plus régulière, ses muscles réabsorbant peu à peu de l'oxygène.

Mais ses yeux devinrent inexpressifs. Fixes et vides, comme égarés.

Je ne parvenais même plus à y voir une étincelle de vie.

« Alors, écoute-moi bien : si tu fais ce que je te dis, tout ira bien. D'accord ? », l'intima Arianna.

Caspiri ne répondit pas. Elle acquiesçait, assujettie et docile.

« Donc, maintenant tu te mets à quatre pattes, lui ordonna Arianna. Comme un bon petit toutou. Enfin, comme un gros toutou… Moi, je déchire une moitié de ta recherche en petits morceaux, et toi tu en manges quelques-uns, comme un gros toutou bébête à sa maman, pigé ? »

Maddalena se positionna comme cela lui avait été ordonné, sans pleurer. Tout espoir, à présent, l'avait abandonnée.

« Gentille, gentille », lui dit Arianna en lui caressant la tête.

Je m'avançai de quelques pas pour regarder les yeux de Maddalena, mais elle ne me rendit pas mon regard. Elle ne regardait nulle part. Un regard mort.

Elle errait dans le monde où on l'avait jetée. Un monde qu'elle n'aurait jamais voulu connaître ni effleurer. Un monde dans lequel elle n'aurait jamais voulu vivre. Un monde dans lequel elle n'était qu'une victime. Quelque chose en elle, ce jour-là, mourut à jamais, et nous en fûmes les seuls assassins. Arianna se dirigea vers la table où était posé le devoir de Caspiri, prit une feuille et la déchira en deux. Elle en jeta une moitié dans la corbeille et réduisit l'autre en morceaux minuscules qu'ensuite elle prit dans sa main.

Elle s'approcha de Maddalena et lui tendit sa main pleine de bouts de papier.

« Tiens, grosse chienne : mange ! », ordonna-t-elle.

Caspiri se mit à les manger un par un. Elle en recracha quelques-uns, mais avala les autres.

« Maintenant, pendant que tu finis de manger, tu me lèches gentiment la main ! commanda-t-elle encore. Maddalena s'exécuta. Arianna fit un signe à Francesca qui, après avoir sorti son iPhone, se mit à photographier la scène.

« Gentille, gentille », disait Arianna en caressant les cheveux de Maddalena, en lui donnant de légères tapes sur la tête, comme pour dire qu'elle avait dûment accompli sa mission. Elle s'agenouilla ensuite devant elle, la fixant droit dans les yeux.

« Maintenant, écoute-moi bien… deux choses… la première : ne t'avise jamais plus de me corriger en classe. La seconde : si tu parles à ce connard de barman qu'est ton père ou à cette connasse de caissière qu'est ta mère de ce qui vient de se passer, mon amie Francesca, qui t'a photographiée pendant que tu mangeais le papier et que tu me léchais les mains comme une bonne grosse vache, enverra les photos à tous les groupes WhatsApp qu'elle a sur son téléphone et tu deviendras la risée de la ville entière, c'est clair ? Et n'importe quelle personne qui te croisera, te cataloguera immédiatement comme la grosse vache mangeuse de papier. Tu seras marquée pour toujours, ma chérie… Et donc de deux choses l'une : ou tu te tais, ou ça va mal finir pour toi. D'autant que… ça finirait vraiment très mal, t'as bien compris ? », la menaça-t-elle encore.

Maddalena acquiesça, toujours à quatre pattes. Les yeux incolores.

Arianna se leva et somma Maddalena de ne pas bouger. Elle se dirigea vers la trousse de Caspiri, prit une paire de ciseaux, retourna sur ses pas et s'assit à califourchon sur son dos, comme si elle montait un cheval. Elle lui infligea une violente tape sur les fesses puis fit une queue-de-cheval de ses cheveux. Elle demanda à Francesca d'aller vers la corbeille et de prendre le sac poubelle que les femmes de ménage y avaient mis quelques heures auparavant, lorsqu'elles avaient nettoyé la salle.

Francesca prit le sac, et Arianna lui demanda de le maintenir exactement au-dessous de la queue-de-cheval de Maddalena.

« Et maintenant, annonça Arianna, tenant dans une main les ciseaux et dans l'autre la queue de cheval de Maddalena, on va même te rendre plus jolie, grosse vache ! »

*Couic.*

Le son sec d'un coup de ciseaux imparable.

Arianna tenait dans ses mains la queue-de-cheval tout juste coupée de Maddalena, qu'elle jeta ensuite dans la poubelle.

« Et voilà ! », s'écria Arianna en se relevant et en se frottant les mains.

Elle se tourna vers Maddalena et lui dit :

« Évidemment, ça aussi ça reste entre nous. »

Elle l'empoigna, la releva et conclut : « Prends tes affaires et dégage. »

Les cheveux de Maddalena tombaient à présent sur ses épaules, mal taillés et dépeignés, formant un hideux carré qu'elle semblait avoir fait elle-même.

Caspiri fit un signe de la tête et se dirigea lentement vers ses affaires : elle les prit une à une et sortit de la classe. Elle ne regarda aucun de nous trois. Je l'observai marcher dans le couloir, chancelante et épouvantée. Je sus ce qu'elle ressentait. Elle ne ressentait rien. Le vide. Non pas la douleur, l'humiliation ou la souffrance. Juste le vide incommensurable et prodigieux qui, depuis la nuit des temps, a servi de glaise aux dieux pour modeler notre âme. Une morte-vivante dont un morceau d'âme avait été violé. Voilà ce à quoi je songeai en la voyant marcher au loin. Une morte-vivante à laquelle on avait arraché l'hymen de l'innocence. Une victime du monde, pour ce qu'il a été, est et sera toujours.

Une victime sans péchés, qui vivra les prochains jours de son existence dans un vide abyssal, qui petit à petit lui dévorera les entrailles, jusqu'au point de lui faire haïr le reflet qu'elle croisera dans le miroir, une victime dont nous nous sommes nourris, nous, sans retenue, sans pitié.

Ce fut la première fois de ma vie que je sentis mourir quelque chose. Ce fut la première fois de ma vie que je sentis que j'avais, d'une certaine manière, assassiné quelqu'un. Oui, ce jour-là, quelque chose de Maddalena fut à jamais perdu. Et c'est nous qui l'avions assassinée, c'est moi qui l'ai assassinée.

J'avais quinze ans. Pour la première fois, j'avais aperçu le visage pâle et sombre de la mort s'emparer de l'âme d'une jeune fille qui n'avait jamais fait de mal à personne.

Ce fut la dernière fois de ma vie que je vis Caspiri. Le jour suivant, elle ne se présenta pas en cours, et deux jours plus tard, elle avait changé d'école. Plus personne ne parla d'elle, et bien vite, tout le monde l'oublia, comme on oublie une personne emportée par la mort. Car la mort, comme le fut le visage de Maddalena lors de l'humiliation subie, est sans visage.

« Bon, c'est l'heure de l'apéro ! s'exclama Arianna en regardant sa montre.

— Qu'est-ce qu'on fait, on y va ? interrogea Francesca.

— *Sure !* répondit Arianna en souriant. Et toi, Adam, tu fais quoi ? Tu viens avec nous ? », me demanda-t-elle.

Je les regardai toutes deux sans trop savoir quoi répondre.

Je finis par lâcher : « Je suis déjà avec vous. »

Apéro-piscine chez Chiara, non loin de Piazza San Babila, après être passé chez *Mam's Burger* pour un petit casse-croûte de faim chimique, quelques bouchées que je ne dois qu'à la marijuana étant donné que, dernièrement, l'appétit m'a totalement abandonné. Je suis en compagnie de Claudio, fils d'un producteur de musique chez Universal, qui me fait écouter un morceau dance de l'un de ses amis qui bientôt « va tout casser ». Il précise tout de même que c'est seulement grâce à lui s'il va bientôt tout casser.

« Ah bon ? lui fais-je.

— Bah oui, rétorque-t-il en plaquant ses cheveux en arrière, les connaissances, mon vieux, les connaissances. »

Puis il me demande en quel honneur je me retrouve chez Chiara, et je lui réponds que je suis un ami de Ferrari.

« Mais c'est vrai qu'ils l'ont pris dans une série de la Rai ?

— Oh ! J'en sais rien.

— Mais si... avec son père, ils vont bien le prendre. »

Je hausse les épaules et bredouille un « probable ».

« Tu te rends compte, reprend-il, que ce monde foisonne de types qui s'imaginent encore que sans connaissances on peut réussir dans la vie ?

— Qu'est-ce que tu veux dire ? je lui demande.

— T'as très bien compris », dit-il en riant, avant de se diriger vers la piscine, en passant la main dans ses cheveux. Je me rends compte que je suis resté seul et que je ne connais personne, et c'est à cet instant que Francesca se pointe et me demande si j'ai envie d'aller m'allonger avec elle sur les chaises longues, à côté de l'hydromassage. Nous passons au milieu de la meute et, à peine allongés, une certaine Tania nous rejoint.

« Oh ! Tania, la salue Francesca en l'embrassant.

— Ça va ?

— Oui, ma belle, et toi ?

— Oui, oui », rétorque Francesca.

Tania porte une mini-jupe léopard, des talons aiguilles et une petite veste noire.

Elle s'assied avec nous et me tend la main.

« Tania, dit-elle en souriant.

— Adam, fais-je à mon tour.

— Nous nous sommes déjà rencontrés ? m'interroge-t-elle.

— Peut-être, oui.

— Ben, faut dire que je connais tellement de monde, ajoute-t-elle en pouffant.

— Ça marche le blog ? », l'interroge Francesca.

Tania ajuste sa veste, pose sa cigarette dans le cendrier puis mime le geste de l'argent avec sa main, en souriant.

« Sérieux ? lui fait Francesca.

— Eh oui... sourit-elle encore.

— Explique-lui ce que tu fais, dit Francesca.

— Ça dépend s'il a envie de le savoir ! répond Tania. Tu veux le savoir ? », me demande-t-elle sur le ton de la provocation.

« Oui, je veux le savoir, dis-je.

— Bah... tout a commencé par un blog, ensuite je suis passée sur les réseaux sociaux, genre Facebook. J'ai deux ou trois pages, disons plusieurs pages, sur Facebook, qui s'appellent « Vérités dérangeantes ». En bref, ce sont des pages qui correspondent aux provinces, ou aux petites villes, par exemple : « Vérités dérangeantes Mantoue, Vérités dérangeantes Rimini », une sorte de *Spotted* provincial, tu me suis ?

— Oui.

— Voilà, moi je m'occupe de ces pages. Ces pages servent à recevoir des messages de personnes qui habitent dans ces villes, sur lesquelles elles peuvent balancer d'autres personnes.

— Comment ça ?

— Bah... par exemple, imagine que tu saches qui s'est tapé Francesca hier soir, lance-t-elle en dévisageant Francesca avec un sourire malicieux ; ou disons que tu connais un secret de Francesca, ou l'une de ses peurs, une « fragilité », et tu veux... la révéler aux autres. Tu m'écris un message et moi je le publie. Comme ça, ta petite Francesca, en une minute, aura la réputation dé-sin-té-grée, s'extasie-t-elle, en scandant les syllabes.

— Mais... pourquoi devrais-je faire ça ? je lui demande.

— Eh Coco, réplique-t-elle en écrasant sa cigarette, ça j'en sais rien, moi ! On me paie pour publier ces messages, voilà tout ! Les paiements, naturellement, ne se font pas de personne à personne… le fait est que… enfin, surtout dans les villages, mais dans les villes aussi, tu sais, il n'y a rien de mieux à faire que de raconter des histoires sur les autres… je veux dire, regarde », dit-elle en me montrant son iPhone. Le symbole des messages Facebook indique 432.

« Tu vois, continue-t-elle, quatre-cent-trente-deux messages de personnes qui veulent balancer sur les autres, tu comprends ? D'ailleurs, tu peux bien dire « peu importe ce que les gens pensent de moi », mais Adam, tu t'appelles Adam, c'est bien ça ? s'interrompt-elle en se recoiffant.

— Oui.

— Adam… la vérité c'est que quand tu surfes sur le net, tu es à la merci du monde entier. Tu y es soumis, tu en as peur. Tu crois que mes pages sont suivies seulement par ceux qui aiment les potins ? Eh bien non, elles sont aussi suivies par des personnes qui se foutent de ces « rumeurs », mais qui, au fond, ont peur d'être prises à partie. La peur crée de l'attention.

— Je comprends, lui dis-je, en regardant vers le centre de la terrasse. Deux grands mecs sortent de derrière la baie coulissante : l'un d'eux remonte sa braguette et sourit en donnant une tape sur l'épaule de l'autre.

« Eh oui, reprend-elle, mais la chose la plus incroyable, vraiment incroyable… ce sont les histoires entre « bandes ». Tu reçois le message d'un gars, imaginons qu'il s'appelle Marco, qui est en compagnie de Jacopo, Luca etcétéra, etcétéra… photos de groupe, beuveries mémorables, grosses soirées en boîte, et puis, tu vas lire le message : voilà-t-il pas que Marco balance que Luca a une petite bite, et qu'il s'est tapé ce gros boudin de Silvia ; t'as même pas eu le temps de lire qu'à peine deux heures plus tard arrive le message de Luca qui dit que la mère de Jacopo s'est tapé Niccolò… que la meuf de Marco s'est fait sauter par Jacopo, ce genre de trucs, quoi… ou que Luca chiale, ajoute-t-elle en ricanant, je te jure, quelqu'un m'a écrit « Jacopo pleure lorsqu'il est seul, il souffre de dépression ».

Prenons deux filles, qui sont censées être les meilleures amies du monde, et en fait… la première traite l'autre de lesbienne, de salope et ainsi de suite. Tu vois le genre ?

— Je crois… je crois que oui.

— Il n'y a pas de jouissance plus grande que de détruire la réputation de celui que tu jalouses. Et, à notre époque, la jalousie est le nectar des relations. Partout », précise-t-elle, en m'offrant une cigarette. Je l'accepte et elle me l'allume. Un type se pointe, assez grand, bronzé aux UV, qui embrasse Tania.

« Je te présente mon copain, Simone, il collabore avec moi sur ces pages. »

Simone me sourit et me lance : « Ça te choque ?

— Non, non, dis-je, le regard posé sur les bouteilles de rhum vides, entassées au bord de la piscine. Au comptoir, des filles descendent des shooters de liquide vert et caquettent.

« Tu vois, c'est ainsi que tourne le monde, sinon il ne tournerait pas », reprend Simone.

J'acquiesce. Francesca semble avoir perdu tout contact avec la réalité, à cause du Valium, je suppose, qu'elle dit avoir fauché à sa mère.

Tania et Simone plongent dans la piscine. Moi, je m'étends sur une chaise longue, avec mes lunettes de soleil sur le nez : j'ai comme l'impression de ne rien voir. Je remarque qu'il y a une bouteille de Belvedere sur une table, j'y ajoute un peu de *lemon* et de la glace pilée. Ferrari me rejoint et dit qu'il m'a vu en compagnie de Tania et Simone.

« Exact », je confirme.

Il sourit et me demande si j'ai envie d'un petit milligramme de lithium, histoire de me relaxer, et je lui dis que ce n'est pas nécessaire. J'entre dans la maison de Chiara : des gens sont agglutinés autour d'un ordinateur, sur Facebook, et s'amusent à insulter les posts qu'un gars a publiés. Je passe dans la cuisine pour boire un verre d'eau et Chiara se pointe, sans chaussettes, pantalons noirs très courts, soutien-gorge noir, qui me demande : « T'es qui, toi ?

— Je suis un pote de Ferrari. »

Elle acquiesce avec un air à la fois blasé et circonspect, puis hausse les épaules.

On entend le bruit de quelque chose qui se casse dans le salon et Chiara ferme les yeux, comme pour se faire violence, et marmonne :

« Ils vont finir par casser les murs de la maison, bientôt. »

Dans le salon, il y a deux vases brisés, et trois mecs, torse nu, chaîne en argent et perles, qui s'excusent : « Oh Chiara, on est complètement défoncés ». Elle regarde les vases, visiblement sous le choc, et je décide de m'en aller ; mais avant que je ne parvienne à m'éclipser, Ferrari, tout juste entré dans la maison, me fait signe de le suivre dans une chambre. Nous pénétrons dans la pièce, qui doit manifestement être, au vu des photos, la chambre des parents de Chiara. Un tapis roulant au fond de la chambre, des haltères, une télé soixante pouces et un tableau abstrait, dirais-je, accroché au mur blanc. Dans la chambre, Josh, fils d'un entrepreneur ou de l'un des journalistes les plus puissants d'Italie, selon les rumeurs qui circulent, s'active à enlever le tableau du mur.

« Qu'est-ce que vous foutez ? je demande à Ferrari.

— On vole l'argent au papounet de Chiara », explique Josh.

Derrière le tableau, un coffre-fort : Josh est en train d'introduire les différents chiffres de la combinaison.

« Comment vous avez fait pour savoir le code ? j'interroge.

— Oh, fait Ferrari, une fois, Chiara était tellement défoncée à la méthédrine qu'on lui a fait cracher le morceau.

— Ferr, t'as pas besoin d'argent, pourquoi tu fais ça ? »

Il lève les bras, hoche la tête, et esquisse une grimace.

« Parce que je m'ennuie, Adam », répond-il en haussant les épaules.

Le coffre-fort s'ouvre. Je sors de la maison pour changer d'air et prendre un verre, mais je sens que l'oxygène me manque.

Je suis tenté de m'en aller, mais je me souviens qu'un type a garé sa Mercedes Classe G devant ma caisse, et je n'ai absolument pas envie de lui demander de la déplacer.

Un garçon et une fille passent, elle dans une petite tenue à rayures, lui avec un t-shirt assez large, qui s'agace : « Je déteste cette putain de ville, allons à Saint-Moritz, à la montagne ».

Je mélange ma boisson et, spontanément, des souvenirs de ma maison à la montagne me reviennent à l'esprit.

*Lorsque j'étais enfant, ma famille et moi allions souvent manger chez mes grands-parents. C'était une époque heureuse, on était tous ensemble, on parlait de tout et de rien, et moi je jouais avec mon grand-père dans le jardin. Je me rappelle encore le jour où il m'a appris à faire du vélo. Apeuré et hésitant, je pédalais lentement, maladroitement, et il me suivait en souriant, lui, les bras ouverts, prêt à me tirer d'affaire au cas où je serais tombé. Le soir, il jouait un morceau à la guitare, ou bien il me racontait comment, enfant, il devait s'occuper de sa famille et de ses frères. J'étais totalement fasciné par ses histoires, qui étaient si réelles, si pleines de vie. Les moments les plus beaux, je les ai passés dans nos maisons à la mer ou à la montagne.*

*Je me souviens qu'après cette époque, lorsque mes parents commencèrent à se disputer, nous rendions de moins en moins visite à mes grands-parents. Ma grand-mère tomba malade, je crois, mais mes parents ne m'ont jamais précisé de quoi. Dans le souvenir qu'il m'est resté de certaines conversations, je revois mon père exhortant ma mère à ne pas dire de sottises, que la dépression n'était pas vraiment une maladie. Et le mot « dépression » me trotta longtemps dans la tête, au cours de ma vie. Les dernières vacances passées tous ensemble furent des plus chaotiques ; nous étions à la montagne, et ce fut l'ultime voyage que je fis avec toute ma famille. J'ai encore cette image de mon grand-père, seul, assis à une table, qui m'embrasse et me confesse : « Les enfants, pour des grands-parents, sont l'espoir, alors que les petits-enfants sont la relève de la vie ». Ma grand-mère, désormais, ne parlait plus, et le dernier souvenir que j'ai d'elle est celui de sa silhouette allongée sur un fauteuil, les jambes posées sur une table basse, vêtue d'une longue robe de chambre, le regard vitreux, las, vide. Je lui avais demandé : « Mamie, ça va ? », et elle avait essayé de me sourire, sans y parvenir. Lorsque nous avions décidé de rentrer en ville, au moment des adieux, mon grand-père avait retenu ses larmes tant bien que mal et j'avais éclaté en sanglot en le voyant si triste. Depuis le siège arrière de la voiture, je l'observai tandis qu'il s'asseyait et fermait les yeux, dans l'attente de quelque chose d'horrible, d'inéluctable, qui n'allait plus tarder à se manifester.*

*J'entends encore mes parents, pendant le trajet, parler d'héritage. Deux mois plus tard, ma grand-mère mourait, mais mes parents refu-*

*sèrent de m'emmener à l'enterrement car, selon eux, j'étais encore trop petit. Et ainsi, la dernière image que j'ai de ma grand-mère est ce visage fatigué, pâle, inexpressif. Une esquisse de sourire, qui semblait vouloir dire qu'il n'y avait plus rien, dorénavant, qui méritait d'être craint.*

Je me suis levé aux alentours de midi et, vers midi et quart, je reçois un appel de Blanc qui me dit que l'on doit aller payer Frank pour le service rendu. Il a précisé que je dois débourser, comme convenu, deux-cents euros. Je lui dis qu'il n'y a pas de problème, et vers quatorze heures trente, il passe me prendre. Une fois arrivés à Bosco Verticale, Frank nous ouvre, tout sourire. Cheveux gominés et chemise blanche. Bague en or à l'index et une barbe de trois jours qu'il n'avait pas l'autre jour. L'appartement s'ouvre sur un grand duplex où sont disposées, au centre de la pièce, une télévision HD d'environ quatre-vingt-dix pouces et de curieuses statues indiennes.

Frank a l'air de bonne humeur et nous demande comment ça va.

Blanc fait une sorte de moue ennuyée et hausse les épaules.

« Et toi, Adam ? La fête a été à ton goût ? », demande-t-il.

J'acquiesce tout en fixant un éléphant doré placé à côté du téléviseur.

« Très bien… en tout cas, ça fait mille », déclare Frank, gentiment.

Blanc sort quatorze billets de cinquante et un de cent, et moi j'allonge un billet jaune.

« Euh… fait Frank en hochant la tête, contrarié. Pour cette fois, ça passe, mais je préfèrerais en petites coupures, dit-il en comptant l'argent.

— Pourquoi ? dis-je.

— Parce que c'est comme ça. »

Blanc fume une cigarette. Deux filles sortent d'une porte, et je les reconnais immédiatement : ce sont celles avec qui Blanc et moi nous sommes envoyés en l'air. La blonde, mini-jupe et haut plutôt transparent, s'approche de Frank, suivie de la brune.

« Te voilà, princesse, lance Blanc à la brune. Elle sourit et prend l'argent sur la table mais Frank arrête sa main.

« On ne salue plus les clients ? En voilà des manières ! s'exaspère-t-il.

— Salut », chuchote la brune, visiblement embarrassée.

Frank desserre l'étreinte et elle prend l'argent. La blonde s'approche de moi et je sens mon cœur s'emballer.

« Salut, lâche-t-elle.

— Salut », dis-je à mon tour.

Elle porte une paire de lunettes de soleil bleu ciel, mon regard passe de ses yeux à ses jambes, elle s'en aperçoit et se dirige vers Frank pour prendre son argent. Il lui donne une tape sur les fesses, geste auquel elle répond par un sourire malicieux.

« Adam, tu as quel âge, toi ? me demande-t-il.

— Dix-neuf.

— Tu vois, Silvi, il n'en a que trois de plus que toi, donc arrête de dire que je te refile que des quadras », la taquine Frank. Silvi ricane et se verse un peu de gin dans une tasse de café, qu'elle allonge avec une goutte de Schweppes qui se trouve sur la table. Elle continue à me dévisager. Moi, je fais tout ce que je peux pour éviter son regard et je ressens le besoin de me tirer encore une ligne.

« Trêve de blablas, fait Frank, il faut que je vous fasse voir un truc, attendez-moi ici. »

Nous sommes dans le salon et Silvi est toujours avec nous : sa présence me dérange. Depuis la terrasse, passant par la baie coulissante, se présentent deux types en costard qui s'assoient sur le canapé en cuir, et Silvi se place entre eux. L'un des gars se couche en posant sa tête sur les valseuses de l'autre, pendant que Silvi reste là, allongée, les jambes appuyées sur la table basse en verre. Je constate qu'elle a toujours les ongles de pieds vernis de vert. Je me retourne et je vois Frank, souriant, un pistolet à la main. Mon cœur se met à battre violemment, mes mains deviennent moites. Il l'agite en l'air, je regarde Blanc et je constate que lui aussi est quelque peu paniqué.

« Tranquilles, les gars ! Je veux juste vous le faire voir, y'a pas de lézard, dit-il en l'astiquant avec un chiffon.

— C'est quel modèle ? demande Blanc.

— Un Beretta M9, rien de bien méchant. Je dois trouver quelqu'un qui me le garde parce que l'un de mes petits gars, l'autre jour, a dû s'en servir du côté de Porta Romana, et ils lui ont tiré dessus, le pauvre.

— Que s'est-il passé ? demande Blanc.

— Après l'avoir attaché au lit et sodomisé, le client n'a pas voulu le payer. Et quand le pauvre gamin, en plus des marques de ceinture dans le dos, s'est retrouvé avec les poches vides, vous comprendrez bien qu'il a pété les plombs. Sauf qu'il a tiré le deuxième, l'inexpérience, que voulez-vous… », explique Frank en épluchant une orange.

— Et que se passera-t-il à présent ? je demande.

— Ça va mal finir pour le client, et si le gamin devait l'ouvrir… alors ils seront deux.

— Tu n'encoures aucun risque ? », lui lance Blanc.

Frank avale un quartier d'orange puis enlève sa bague en or, et l'examine pendant une dizaine de secondes.

« Non, affirme-t-il, sûr de lui, il sait déjà ce qu'il doit dire, qu'il s'est prostitué de son plein gré, etcétéra etcétéra… et puis je lui ai déjà trouvé des remplaçants », conclut-il en lançant l'orange aux deux garçons sur le canapé. L'un d'eux l'attrape au vol, me regarde puis m'envoie un baiser.

« Tu veux un travail ? demande Frank.

— Ça dépend si c'est bien payé », riposte Blanc.

Frank acquiesce en souriant, et dit : « On en reparlera ».

Blanc fait une grimace et se sert une goutte de Schweppes puis me fait signe qu'il est temps de partir.

« Quand est-ce qu'on se revoit ? nous interpelle Frank.

— Bientôt, répond Blanc, avec fermeté.

— Et nous, Adam, quand est-ce que nous nous revoyons ? », m'interroge-t-il.

Blanc et moi nous nous regardons, puis je réponds : « Bientôt ».

Frank sourit, nous ouvre la porte, nous souhaite de passer une bonne soirée, et nous rappelle qu'en cas de besoin, nous avons son numéro.

*Jo et moi étions dans le train en direction de Milan. Le premier train de la journée. Nous revenions d'une soirée qui avait eu lieu la veille, je crois, à Côme. Je ne sais plus vraiment pourquoi nous avions décidé de prendre le train pour rentrer. On était en décembre.*

*Nous écoutions de la musique lorsque le train, qui avait brusquement freiné, s'immobilisa. Tout le monde sursauta, mais après quelques minutes, les critiques des passagers allèrent bon train et, comme toujours, en plus des soupirs, on entendit de nombreuses plaintes. Les personnes, lasses, probablement rescapées d'une nuit de sommeil agité, devaient se rendre au travail, elles qui s'étaient engagées à apprendre les rouages d'une existence morne et aride. Emmitouflées, enlisées dans l'apathique désamour de la routine.*

*Certains menaçaient de porter plainte contre la compagnie, d'autres clamaient qu'il n'était plus acceptable d'arriver toujours en retard au travail, que c'était une honte, et ainsi de suite.*

*Tout le monde devait arriver au travail à l'heure. Tout le monde devait se présenter avec ponctualité au bureau.*

*Personne ne pouvait ni ne devait perdre de temps. Le temps, pour les gens, était ce qui garantissait leur droit à la vie : l'unité de mesure, de poids et de grandeur de leur bonheur. Affairés et confus, ils ne pouvaient se permettre de pointer en retard ; la feuille de pointage qui était là pour prouver qu'ils avaient bien rempli leurs devoirs de gentils citoyens.*

*Lorsqu'un contrôleur passa à l'étage supérieur du train, où nous étions assis, quelqu'un demanda la raison de ce retard. Le contrôleur répondit qu'un jeune homme s'était jeté sous le train. Il ajouta que, d'ici peu, nous devrions descendre et que, pour arriver à destination, il nous faudrait changer de voie et de train ; lequel, toutefois, ne serait pas arrivé avant une bonne heure.*

*Au départ, les gens se turent, ensuite le murmure sourd de leurs commentaires reprit son vol, bondissant d'un siège à l'autre.*

*Sur les banquettes de quatre où Jo et moi étions installés, il y avait un homme et une femme, lui costard-cravate et attaché-case, elle sac-à-main Monclair blanc, jupe Valentino, talons hauts, lèvres refaites.*

*L'homme commença à bougonner, en regardant compulsivement sa montre.*

*Jo se mit à battre frénétiquement le sol du pied, comme s'il était en proie à une crise d'angoisse. Anxieux et agité, il essayait de se distraire en regardant par la fenêtre. Au moment où je croisai son regard, je constatai que son visage semblait recouvert d'un voile de détresse. Je compris qu'il avait peur de ce que pourraient dire, d'ici peu, cet homme et cette femme.*

*Et quelques secondes plus tard, l'homme craqua : « Mais bon sang, il pouvait pas choisir un autre moment, celui-là, pour se tuer ? »*

*La femme à ses côtés manifesta son approbation avec un rictus : « Ah ! j'vous jure », murmura-t-elle, en hochant la tête, indignée.*

*Jo se leva, prétextant qu'il devait aller aux toilettes.*

*Lorsqu'il revint, ses yeux étaient humides.*

Blanc nous raconte que le shooting pour l'*Elite Model Management*, l'agence dont il est l'un des mannequins, a été un succès total, qu'il a déjà encaissé le chèque et qu'il s'est acheté, pour l'occasion, un nouveau costume. Il ajoute qu'une nouvelle séance est prévue, demain, et que les autres mannequins ne sont qu'une bande de crève-la-faim et de bites molles.

Coco tâte sa veste : « Armani ? demande-t-il.

— Évidemment, répond Blanc en souriant.

— Pas mal, pas mal », continue Coco, en se passant la main dans les cheveux. À son poignet gauche scintille une Daytona à vingt-mille euros, sinon plus, et Ferrari, qui l'a remarquée, lui glisse : « Sans Rolex le Coco ».

Coco acquiesce et lui fait un clin d'œil ; Blanc, lui, fusille du regard Ferrari qui a osé déplacer la conversation de son nouveau costume à la Rolex de Coco.

« En tout cas, reprend Blanc, y'avait une lopette russe qui était en train de mater le costard, et donc, bah... j'ai décidé de l'acheter parce qu'il ne le méritait pas. Il ne savait pas à qui il avait affaire cet enfoiré de communiste de merde.

— Ça va, on sait que t'es plein aux as », dit Coco, en feuilletant le menu.

Nous sommes assis au *Brambi's Café*, l'un des restaurants les plus chic de Milan, et la conversation porte principalement sur les vêtements et sur le programme de la soirée.

« À propos, reprend Blanc, j'ai posté une photo de mon costume bleu foncé Ralph Lauren sur Instagram, vous avez fait gaffe ? »

Nous acquiesçons tous mais Coco ponctue : « Sans likes, d'ailleurs. »

— Mais tu plaisantes, s'emporte Blanc, deux-cent-trente en deux heures et d'ailleurs je pourrais vérifier à combien on en est maintenant, même si j'ai pas franchement envie. » Mais avant même qu'il n'ait terminé sa phrase, il a déjà sorti l'iPhone de sa veste, se connecte sur Instagram, touche l'écran et s'exclame : « Trois-cent-cinquante-sept, les mecs, et à ce que je vois, y'a même quelques *biatchs* de seize ans... ce que je peux les aimer. »

Coco me demande ce que je pense de sa nouvelle Rolex.

« Pas mal du tout, lui dis-je, en examinant la Daytona.

Il sourit puis pose la même question à Ferrari qui lui répond : « Tu lâches jamais l'affaire, toi ».

La salle est bondée. Nous attendons pour commander depuis dix minutes. Il faut dire que nous avons réservé au dernier moment et, pour nous assurer une table, nous avons dû allonger un billet de cinq-cents au patron, un ami de Blanc.

« Oh les gars, regardez celle-là », s'exclame Ferrari, en indiquant une serveuse, une fille pas franchement à son avantage, qui court dans tous les sens pour prendre les commandes. Elle est plutôt fluette, ne mesure pas plus d'un mètre soixante et porte des lunettes. Je me demande comment elle a fait pour se faire embaucher au *Brambi*, étant donné que l'une des marques de fabrique de la maison est précisément l'excellence esthétique de ses serveuses.

Ferrari, Blanc et Coco prennent très mal la chose. « On va s'amuser un peu », fait Blanc, en braquant les yeux sur elle. Il se retourne brusquement et fait signe à la serveuse, qui accourt immédiatement à notre table. Elle porte la chemise blanche du restaurant avec l'écusson *Brambi's Café* cousu au niveau du cœur.

J'aperçois les gouttes de sueur qui perlent sur son front, la respiration haletante qui l'opprime. Je pose ensuite mon regard sur des gars de notre âge, assis à la table d'à côté. Ils portent tous des chemises, des Rolex, des pantalons moulants et des Stan Smith aux pieds. Ils parlent d'une table à réserver à l'*Armani privé*, et l'un d'eux en apostrophe un autre :

« T'es qu'un pauvre merdeux si t'as même pas les couilles de claquer mille cinq-cents boules, tu peux aller te faire foutre, immigré de merde. »

Un jeune homme blond platine, avec quelques tatouages sur l'avant-bras, rit bruyamment, puis sort son iPhone et photographie le plat que le serveur vient juste de lui servir. Coco me pince la cuisse et me glisse :

« Ce blondinet en a plein les fouilles. »

J'acquiesce puis me tourne à présent vers deux personnes âgées, un homme et une femme, assis l'un en face de l'autre, l'air triste, qui n'échangent pas un mot. L'homme tourne lentement sa cuillère dans son assiette, lamentablement, tristement et, je ne sais pourquoi, j'aimerais du fond du cœur qu'il dise quelque chose à sa femme.

« Adam, qu'est-ce que tu prends toi, bordel ? me demande Coco en me donnant une tape sur l'épaule.

— Hein ?

— Qu'est-ce que tu prends ? fait Blanc en me fixant du regard.

— Pour moi, filet de saumon à la plancha, dis-je.

— OK, dit Blanc, et vous ? demande-t-il en s'adressant à Coco et Ferrari.

— Pour moi, répond Coco, *Mezze Maniche* à la sauce aux légumes, thym et crème de parmesan.

— Pour moi, poursuit Ferrari, tagliatelles au ragoût de homard canadien et zeste de lime.

— Un Arnard Montjovet pour arroser tout ça… et ce sera parfait », conclut Blanc.

La serveuse nous adresse un sourire, reprend les menus, et passe rapidement à une autre table.

« Que le spectacle commence, lance Blanc, attendons juste deux minutes. »

La serveuse continue à courir comme une damnée d'une table à l'autre.

Je me rends compte à présent seulement que le restaurant n'a jamais été aussi plein, les prix, il faut bien le dire, n'étant pas des plus abordables.

« Vous avez déjà vu le *Brambi's* aussi bondé, vous ? », je demande aux autres.

Coco me fixe et me fait un clin d'œil : « On est dans une ville riche, tu sais bien », lâche-t-il.

Je le regarde, tout en jouant avec mon verre en cristal.

La serveuse se déplace maintenant vers une autre table et Blanc lui fait signe :

« En fait, on s'est trompés dans la commande, pourrions-nous changer, s'il vous plaît ? »

Elle acquiesce, réticente : « Oui, je vous demande deux petites minutes et je suis à vous », répond-elle, avec un sourire contraint, mais Blanc l'interrompt et précise gravement : « En fait, deux minutes, c'est beaucoup trop pour nous… on est du genre pressés. »

Elle sourit, gênée, cherchant à dédramatiser la situation et à cacher son embarras ; elle finit par sortir son bloc-notes et nous demande ce que nous désirons. Coco change alors sa commande. Il prend bien son temps, passant lentement d'un plat à un autre : il a compris que son indécision ne fait qu'augmenter l'impatience de la serveuse. Une fois qu'il a choisi, il lui signale qu'à la place des « *Mezze Maniche* à la sauce aux légumes, thym et crème de parmesan », il préférerait la « friture de calamars et de crevettes roses avec julienne de courgettes ».

Elle lui adresse un petit sourire, corrige la commande et se dirige vers la cuisine.

« Cette pétasse, je vais la rendre folle, se marre Blanc, en me touchant le coude.

— Je n'ai aucun doute là-dessus, dis-je.

— À quelle heure elles arrivent, les filles ? intervient Ferrari.

— Elles nous attendent en centre-ville, vers 22h30. Donc, y'a l'temps », répond Coco en dégustant son blanc à cent-dix euros que le sommelier vient tout juste de nous servir. La serveuse ressort de la cuisine et, dès qu'elle s'approche de nous, Ferrari lui fait signe. Elle nous rejoint avec un sourire visiblement feint, puis demande gentiment : « Oui ?

— Excusez-moi, lui fait Ferrari, à dire vrai les Tagliatelles au ragoût de homard, ça me botte plus trop, j'opterais plutôt pour un tartare de bœuf à la piémontaise.

— Vous êtes sûr ? », rétorque-t-elle en écrivant sur son carnet, et en affichant à nouveau le même sourire affecté. Il acquiesce. Elle fonce pour la troisième fois en cuisine, dissimulant tant bien que mal son agacement.

« OK... fait Blanc, je suppose que c'est à mon tour, maintenant ?

— *Yes*, c'est à toi chef », s'exclame Coco, qui se délecte de son verre d'Arnard Montjovet.

Blanc aperçoit au fond de la salle le propriétaire du restaurant, qui est aussi son ami, et lui fait signe. Le patron nous rejoint et lui donne une tape sur l'épaule :

« Très cher Blanchini, que puis-je pour vous ? »

Blanc s'éclaircit la voix et déclare :

« Écoute, Roby, tu sais que nous sommes d'excellents clients, mais plus que d'excellents clients, nous sommes avant tout des clients sincères. Nous venons ici environ deux fois par semaine, et y'a des gens, si tout va bien, qui viennent une fois dans leur vie et encore, donc... bref, il faut que je te dise une chose, faut vraiment que je te la dise : tu vois cette fille, là-bas ? la nouvelle serveuse, là ? », dit-il en indiquant la fille qui a pris nos commandes.

Roby, la quarantaine, bronzage aux UV, tribal sur le torse, phrase tatouée sur le bras gauche et Rolex Submariner à plus de trente-mille euros au poignet, hoche la tête. À en juger par l'aspect de ses narines, je comprends qu'il vient tout juste de sniffer, mais la chose ne me scandalise pas le moins du monde.

« Tu veux dire, Maria ? », s'étonne-t-il en la montrant.

La serveuse remarque son geste et le scrute, inquiète, se sentant déjà victime du regard inquisiteur de son patron.

« Eh bien tu vois, reprend Blanc, on peut pas dire que le service soit top. Nous sommes ici depuis maintenant... – il dégaine lui aussi sa Rolex – disons vingt minutes... et elle n'est pas venue une seule fois prendre notre commande, tu trouves ça normal, toi ? Pas même une fois ! », s'écrie-t-il, indigné. Roby se caresse la barbiche, son regard trahit son irritation. Il donne une nouvelle tape sur l'épaule de Blanc et, en souriant, nous rassure :

« Ne vous inquiétez pas, je reviens tout de suite. »

Nous le voyons trotter en direction de la serveuse, dont il s'approche tout en lui faisant signe. Il lui fait part de la situation et Maria, comme nous venons de découvrir qu'elle se nomme, l'observe confuse et abasourdie. Après quoi, elle tourne le regard vers nous, comme pour nous demander des explications et Blanc lui adresse un sourire narquois, alors que Roby continue à la sermonner, je suppose – j'en mettrais même ma main au feu.

Maria essaie bien de se défendre, mais Roby l'interrompt. Je crois qu'il est en train de lui dire que nous faisons partie de ses meilleurs clients, et lui intime l'ordre d'aller à notre table et de s'excuser. Elle comprend alors qu'elle n'a pas d'autre choix, qu'elle doit se soumettre à toute cette farce, se dirige vers notre table, suivie de Roby. Arrivés face à nous, Roby toise Maria, sévère :

« Écoutez, Maria dit qu'en vérité les commandes ont été prises… vous êtes sûrs de ne pas avoir commandé ? », demande-t-il embarrassé.

Blanc sourit :

« Enfin Roby, si je te dis que nous n'avons pas commandé ! », réplique-t-il en tournant le regard vers Maria à laquelle il demande avec courtoisie :

« Excusez-moi, qu'avez-vous noté ? »

La serveuse sort son carnet de la poche arrière de son pantalon et se met à lire :

« Tartare de bœuf à la piémontaise, friture de calamars et crevettes roses avec julienne de courgettes, filet de saumon à la plancha, tagliatelles à l'œuf mariné et…

— Non, non, non… l'interrompt Coco, sans même lui laisser le temps de finir sa lecture, ce n'est pas du tout ce que nous voulons manger », continue-t-il en hochant la tête.

Maria le regarde, complètement décontenancée :

« Mais… il s'agit de la deuxième commande que vous m'avez passée, je suis venue trois fois pour prendre votre commande », rétorque-t-elle, confuse.

Nous nous regardons immédiatement tous, perplexes. Blanc hoche la tête et Ferrari, la fixant dans les yeux, lui murmure :

« Non, ma chérie, t'as dû te tromper de table.

— Roby, lâche alors Blanc, le service laisse quelque peu à désirer dernièrement et personnellement, je ne me sens plus traité à ma juste valeur, tout comme les autres je suppose… peut-être vaudrait-il mieux que nous nous retirions car j'ai l'impression que nous dérangeons plus qu'autre chose… conclut-il en faisant semblant de se lever.

— Non, non, mais vous plaisantez ou quoi ! l'interrompt Roby. D'ailleurs, permettez-moi de vous offrir quelque chose, un champagne ça vous dit ? », nous propose-t-il en grinçant les dents, le regard assassin tourné vers Maria.

« Mouais… on va dire que ça va… lâche Blanc, un Veuve Clicquot fera l'affaire.

— Parfait ! s'exclame Roby, soulagé. Veuillez l'excuser, mes amis… poursuit-il en foudroyant Maria du regard. Prends immédiatement la commande, lui ordonne-t-il en cherchant à masquer son agitation.

La serveuse, devant son chef, nous demande donc ce que nous voulons et nous lui faisons la liste des seuls plats qui sont restés au menu, ceux que nous aurions aimé prendre dès le départ mais que nous avions écarté pour rendre le jeu plus drôle.

« Alors, commence Blanc, pour moi spaghettis aux câpres de Pantelleria, anchois et tomates de San Marzano.

— Pour moi, intervient Ferrari, spaghetti de Versilia aux olives de mer.

— Pour ma part… bredouille Coco, en feuilletant le menu, oreille d'éléphant à la milanaise avec tomates cerises et roquette.

— Et pour vous ? me lance la serveuse, au bord des larmes.

— Pour moi, langoustines et crevettes à la plancha », dis-je en évitant son regard.

Une fois la commande passée, Roby arrache le carnet des mains de Maria :

« Est-ce que, par hasard, ces messieurs avaient commandé l'un de ces plats, auparavant ? la semonce-t-il. Non, tu n'en as pas marqué un seul, donc à présent, excuse-toi et admets que tu t'es trompée. »

Je remarque que Maria est en train de se mordre la lèvre inférieure, comme pour évacuer la frustration plus que légitime et la sensation d'impuissance à laquelle elle doit faire face. En dépit de cela, elle nous regarde l'un après l'autre et nous demande pardon.

« Ça passe pour cette fois, mais nous n'avons plus de temps à perdre », lui fait Blanc, en ouvrant grand les yeux.

Roby acquiesce et fait signe à la serveuse de courir en cuisine puis, après s'être une nouvelle fois excusé pour le désagrément, ordonne à un autre serveur de nous apporter la bouteille de Veuve Clicquot promise. Il se retire après nous avoir serré la main. La soirée continue tranquillement et les plats nous sont servis par un autre serveur.

Lors du dîner, les sujets se concentrent principalement sur le programme des soirées du lendemain et du surlendemain.

« Demain, y'a une teuf chez Tiffany, lâche Blanc, les yeux braqués sur son iPhone.

— Mais demain c'est mercredi – je me hasarde.

— Et alors, où est le problème ? réplique Blanc irrité. Mercredi *Old Fashion*, jeudi *Divina*, vendredi *Gattopardo* ou *Armani* et samedi, on se laisse porter par l'inspiration ! Où est le problème ? répète-t-il.

— Non, non, aucun problème, dis-je en buvant mon verre de champagne.

— Y a des trucs à faire tous les jours, insiste Blanc. T'as oublié ça pendant ton absence ? me demande-t-il, en souriant.

— Plus ou moins, dis-je.

— Et alors, tous chez Tiffany, conclut Coco.

— C'est qui cette Tiffany ? demande Ferrari.

— Une copine d'Arianna qui est mannequin, bonnasse de chez bonnasse, explique Coco. Ses parents sont sur la Côte d'Azur et ont laissé libre la maison, comme toujours, on a qu'à y aller, non ?

— Ouais, ça marche, fait Blanc.

— Pour moi aussi ça marche, concorde Ferrari. Adam ?

— Oui, d'accord », dis-je.

À la fin du dîner, je m'écarte momentanément du groupe pour aller aux toilettes me tirer une ligne et, à ma sortie, je tombe sur Maria qui est en train de nettoyer une table. Nous sommes maintenant les derniers clients encore présents dans la salle et le restaurant, resté vide, est sur le point de fermer.

Ferrari et Coco sont debout non loin de notre table et Blanc s'approche de Maria.

« On a fait un pari Blanc et moi, voyons qui va gagner, me glisse Ferrari dans un sourire.

— Quel genre de pari ? je lui demande.

— Regarde », rétorque-t-il en m'indiquant Blanc.

Blanc est maintenant face à Maria. Il la fixe, prend son portefeuille, en extrait quatre billets de cinquante euros. Le visage de la serveuse change d'expression, s'illuminant d'espoir. Blanc lui tend un billet de cinquante et, au moment même où elle est sur le point de lui dire « Merc… », il le remet dans son portefeuille et en fait tomber, sous ses yeux, un de dix. La serveuse le dévisage interloquée et, déçue, après quelques secondes, se penche pour ramasser l'argent. Blanc couvre alors son visage de ses mains et, en éclatant de rire, se tourne vers Ferrari en hurlant : « Putain, je peux pas y croire ! T'es qu'un sale bâtard ! T'avais raison ! Incroyable ! Elle les a ramassés ! »

Le regard enragé, il se retourne alors vers la serveuse et se met à lui crier dessus : « Mais pourquoi t'as fait ça, putain ? Tu peux me dire ce que dix euros peuvent bien changer à ta vie, bordel de merde ? J'en dois cent-cinquante à mon pote, maintenant, je dois cent-cinquante putain d'euros à mon pote parce que t'es tellement dans la dèche que t'as pas pu t'empêcher de les ramasser, tu comprends ça ? »

Maria le regarde épouvantée, et face à cette humiliation, éclate en sanglots :

« Va te faire foutre, connard !, s'exclame-t-elle avant de disparaître.

— Oh la vache ! » lâche Blanc en remettant sa veste Armani, pendant que Ferrari lui fait signe de payer le pari perdu.

Blanc sort trois billets de cinquante et les jette par terre :

« Tiens, enfoiré, t'as qu'à faire comme cette connasse ! », lâche-t-il en riant.

Ferrari le regarde puis éclate de rire : « Va te faire foutre », réplique-t-il sans ramasser l'argent.

Nous décidons de partir. Nous allons voir Roby et payons l'addition. Blanc lui dit que nous avons laissé cent-cinquante euros par terre, ce qui devrait suffire pour régler la bouteille qu'il nous a offerte. Roby s'excuse encore pour les désagréments et, nous ouvrant la porte, nous salue avec un chaleureux : « Vous êtes toujours les bienvenus ».

Nous sortons et allumons tous les quatre une cigarette.

« Incroyable, ne cesse de répéter Blanc, quelle connasse, elle les a ramassés !

— Vraiment incroyable, concorde Coco.

— Ah au fait, reprend Blanc en tirant sur sa clope, combien on a dépensé ?

— Cinq-cent-soixante-douze, précise Ferrari.

— Tu t'occupes de mettre la photo du ticket sur Instagram ? lui demande Blanc.

— Je m'en charge, intervient Coco. Qu'est-ce que j'écris comme commentaire ?

— Bah, comme d'hab… « sans richesse », c'est pas mal, non ? nous interroge Blanc.

— Oui, ça va, font Ferrari et Coco.

— Toi Adam ? me demande Blanc.

— Ça va, oui, je réponds.

— Bah voyons, t'es pas du genre à contredire toi, hein ? me lance-t-il, provocateur.

— C'est vrai », lui dis-je en tirant une bouffée et en recrachant la fumée dans l'air.

La nuée qui s'élève dans le ciel s'estompe de plus en plus puis, perdant sa propre consistance, disparaît totalement.

Après le dîner, nous retrouvons les filles, avenue Como : elles font la queue devant l'*Olly*, où l'on célèbre l'*Erasmus night.*

Arianna a l'air particulièrement perchée, vêtue d'un short en jean très court et de chaussures à talon. La file d'attente n'en finit plus ; un videur baraqué, rasé, est aux prises avec un groupe d'adolescents qui veulent entrer à tout prix, bien qu'ils soient manifestement trop jeunes. Une bande de filles portant des hauts très courts et des mini-jupes, descendent d'une Audi Q5 en pouffant : je me souviens de cette chanson qui scande « salopes en Porsche » et je ris en douce.

Finalement, après une dizaine de minutes, Arianna, Francesca et Alessia, une copine de Francesca qui étudie économie et management des entreprises, Coco, Ferrari, Blanc et moi entrons. Une fille blonde, la poitrine ferme, vêtue d'une robe rouge scintillante, nous accompagne à une table. J'ai du mal à m'habituer à l'obscurité des lieux.

Une fille aux cheveux argentés, gominés et montés en crête, portant des lunettes fluo en forme de cœur, trébuche et fait tomber son cocktail par terre. L'une de ses amies la soutient pour ne pas qu'elle tombe. Blanc me dit que cinq bouteilles de Dom Pérignon ont été commandées et me demande si je veux participer. Je lui fais signe que oui et il ajoute que ça fera cinq-cents billets par tête de pipe. Je lui passe cinq billets verts et il me claque une bise. Je m'assieds sur la banquette, en grillant clope sur clope. Les danseuses sur les cubes se trémoussent lascivement, sensuellement, et portent des masques en plastique, couleur noir asphalte. Un type plutôt grand, la boule à zéro, tatoué, empoigne une bouteille d'un litre et demi de Belvedere et la verse dans la bouche d'une jeune fille asiatique – je ne saurais dire si elle est Japonaise, Chinoise ou Philippine ; je la vois qui s'allonge ensuite sur le sol. Le DJ, cheveux gominés, bracelets en argent, ongles tout de noir vernis et t-shirt déchiré orné d'une tête de mort, hurle quelque chose que je ne parviens pas à saisir et danse avec deux minettes en déshabillé blanc. Les verres de la table d'à côté sont servis et les types trinquent tous ensemble ; lorsque le photographe se pointe pour les immortaliser, ils prennent tous la même pose, une main sous le menton, l'autre mimant le signe des cornes. Ils agitent des cierges magiques et se laissent photographier. Des filles, environ vingt-cinq ans, improvisent des moues provocatrices face à l'objectif, cherchant à tout prix à masquer leurs fragilités.

Je remarque deux hommes, la quarantaine, avec deux jeunes filles pâles. Rouge à lèvres vif, cils teints, je me demande si elles ne sont pas plus jeunes que moi. Je regarde ces deux types en costard-cravate qui m'agacent, ces « éternels jeunes » qui sont incapables de sortir de leur pieu sans un 0,3 de coke.

Blanc me demande si j'ai envie de voir quelque chose et je hausse les épaules. Il précise que Frank nous attend. Nous sortons de notre salle privée ; après avoir traversé la piste de danse, nous faisons signe de vouloir entrer dans la salle. Un videur bloque l'entrée mais lorsque Frank sort, il nous laisse passer. Il s'agit d'une grande salle avec des banquettes tout autour et des tables noires, des bouteilles vides dans des bacs à glace fondue. Des cierges magiques éteints par terre, une bouteille de Crystal brisée sur le sol.

Frank nous met une main sur l'épaule et hurle, car la musique est excessivement élevée :

« Ici, c'est *la crème de la crème.* »

Je reconnais un présentateur télé, un de ceux qui animent les jeux qui passent en *prime time,* assis à côté d'un politicien, je crois, qui me semble avoir été interviewé par ce magazine d'enquête, les « Hyènes ». Il faisait partie de ceux qui ne savaient pas de quoi il avait été question le matin même, à l'Assemblée. Une fillette d'environ douze ans, étendue sur leurs jambes, dort. Elle a le ventre plat, un piercing au nombril : quatre lignes de coke sont étalées sur son corps. J'ai du mal à croire que tout cela soit réel. Je suis plutôt ivre et j'essaie de les observer mais ma vue est trouble : je ne parviens pas à comprendre si tout cela est réellement en train de se produire. Ce sont vraiment eux, les deux, là ? Je le demande à Blanc. Il confirme en souriant.

« Les téléspectateurs ne s'imaginent sûrement pas ça, hein ? »

Je regarde d'abord Blanc puis me tourne à nouveau vers les deux « VIP ».

« Cesse de les regarder, m'ordonne Blanc, s'ils se rendent compte que tu les zieutes, ça va mal finir pour toi. »

Je détourne immédiatement mon regard et baisse les yeux. La musique est forte et résonne dans mes tympans. J'ai peur de croiser le regard des deux hommes, alors je file aux toilettes pour me tirer une ligne. La tête de la fille pendouille dans le vide. À mon retour, je remarque la présence de deux mannequins sud-américains, ainsi que celles d'un noir extrêmement maigre avec un-t-shirt au-dessus du nombril, d'un homme travesti en femme, et d'un type d'environ vingt-cinq ans, musclé, tatouages sur les bras, moustaches fines, qui dit au Noir que Benedetta, l'une des deux top-modèles, sera la prochaine Belen.

Le présentateur télé est en train de lécher les lèvres de la fillette inconsciente et dont la tête se balance dans le vide. Ensuite, lui et le politicien se lèvent et la laissent tomber, comme s'il s'agissait d'un vulgaire paquet, sur la banquette. J'essaie de m'approcher tout en m'allumant une cigarette : la fille me tourne le dos, son visage est enfoui dans la banquette. Un type s'approche d'elle, lui baisse sa culotte et tire une ligne de coke sur sa fesse gauche : c'est un homme d'une quarantaine d'années, cheveux poivre et sel, que Blanc affirme être celui qui vient de décrocher des marchés publics grâce à de nombreux pots-de-vin. Il précise que c'est le père d'un certain Francesco di Lima, qu'il possède plusieurs sociétés immobilières. Le type fait signe au videur et celui-ci, grand, costaud, charge la fille sur ses épaules, et ils disparaissent. Je retourne aux toilettes et j'ouvre les robinets au maximum, puis me mets deux doigts au fond de la gorge pour me faire vomir. En sortant, je sens que mes yeux sont écarlates, rouge sang : j'ai envie de pleurer, je ne sais pourquoi. Je retourne m'asseoir à notre table. Ferrari verse du vin aux filles qui en profitent pour photographier les bouteilles avec leur iPhone. Moi, je me mets à boire comme un trou, pour oublier les visages du politicien et du présentateur télé. Ensuite, je vois Ferrari qui se prend en photo avec un rappeur très célèbre ; le rappeur prend la bouteille de Dom Pérignon, en boit une gorgée interminable, puis s'en va.

Arianna se pointe et me lance :

« Blanc est en train de se taper le DJ avec Coco, tu sais ?

— Sérieux ? fais-je.

— Ouais, ils sont avec Frank à l'étage.

— Et nous ?

— Quoi nous ?

— T'as pas envie ? », dis-je à Arianna.

Elle émet un rire strident et m'embrasse. Elle propose de partir. Nous sortons et attendons qu'un taxi arrive, sous un abri, car le déluge a commencé à s'abattre. J'aperçois un Indien, un bouquet de roses à la main, qui s'approche d'un groupe de jeunes, ceux-là même qui étaient à côté de notre table ; l'un deux attrape les roses et les jette par terre, puis lui lance une sandale à la tête. « Dégage », lui hurle-t-il. L'Indien reste coi, regardant ses roses détruites, décaties, délavées. La pluie déchire les pétales et l'asphalte semble les avaler. Lorsque nous montons dans le taxi Mercedes, Arianna et moi continuons à nous embrasser ; arrivés à Cadorna, mon regard tombe sur un graffiti : « Oublie tout ». La nausée refait surface, j'explique qu'il est préférable de nous revoir le lendemain.

Elle s'insurge : « Tu déconnes ? »

Je fais signe que non et elle me sort : « Va te faire foutre, de toute manière, y'a toujours Mattia pour moi ».

Je descends du taxi, vomis dans la rue puis arrête un autre véhicule ; et lorsque j'arrive à la maison, je la trouve déserte. Dans la cuisine, je casse quelques verres, mais comme je l'imaginais, personne n'est là pour contrôler ce qui s'est passé. Je file au lit.

Me voilà donc chez Paolo, il est environ dix-neuf heures trente. Je suis passé le saluer avant de me rendre à la fête, chez Tiffany. Nous avons fumé un joint et regardé un peu la télé.

Maintenant, on est passés sur Facebook. Nous sommes devant son iMac, occupés à éplucher la faune qui peuple la page d'accueil de mon profil. La page est pleine de photos et d'humeurs en tous genres, comme toujours. Une fille qui ne doit pas peser plus de cinquante kilos a posté une photo d'elle portant un mini-débardeur, qui laisse entrevoir son nombril et son ventre complètement plat, un short et des chaussures de sport. Sous la photo, elle a écrit ce commentaire : « *En piste : fini les étés de grosse !* ».

Une autre fille, qui apparaît en bikini sur sa photo de profil, lunettes Ray-Ban, une bouteille de Crystal à la main, décrit son humeur : « *Au final, les mots ont un poids, c'est vrai, mais parfois il suffirait de s'embrasser pour effacer les mille et une erreurs commises !* ».

Un couple, Carla et Alberto, qui sortent avec nous à Milan, ont posté une photo d'eux à Pantelleria avec le commentaire suivant : « *I call it Magic* ».

« Mais c'est Carla Lenardi ? demande Paolo.

— Oui, c'est elle – je confirme.

— Mais tout le monde lui passe dessus, pourquoi est-ce qu'elle met des photos de Pantelleria avec son mec ? » Je hausse les épaules.

Ferrari a posté une photo de lui et de Blanc où on les voit empoigner une bouteille de Dom Pérignon, avec le commentaire suivant : « *Bonjour richesse* ».

Une fille en soutien-gorge et culotte a posté une photo d'elle face à un miroir tenant son portable d'une main et de l'autre son chat, en dessous elle a écrit : « *Oh minette, t'es toujours entre les pattes* ».

Des filles, mini-jupes de chez mini-jupe, talons et maquillage à gogo, ont posté une photo tandis qu'elles prennent l'apéro avenue Como, avec le commentaire suivant : « *Pré-soirée* » ; quelques heures plus tard, les mêmes filles ont ajouté une autre photo dans les chiottes de la boîte, en précisant : « *En soirée* » ; enfin, elles en ont posté une dernière alors qu'elles sont allongées sur le lit : « *Going to bed* ». Je me demande comment il est possible de passer une bonne soirée, si on la passe à se taguer continuellement. Un R.P. m'a invité à l'événement « INSANE SATURDAY », dans une boîte que je ne connais pas.

Un autre R.P. a posté une photo d'une dizaine de Crystal et a écrit en dessous :

« *Samedi, réouverture de la cabane, retour à la maison ! Ça repart sur des chapeaux de roue* ! »

Le bar *François* m'a envoyé une invitation pour le jeudi alcoolique, quatre cocktails dix euros ; le bar *Vero* pour le vendredi alcoolique, cinq verres à dix euros ; le bar *Candia* pour le samedi alcoolique, dix shots à dix euros.

La page d'un journal a partagé un article dont le titre est sans appel :

« L'ALCOOLISME SE PROPAGE CHEZ LES JEUNES, QUELLES EN SONT LES CAUSES ? »

On se demande bien, oui, quelles en sont les causes.

Une fille a commenté la photo de profil d'une de ses amies : « *Ma puce, t'es la plus belle* ». La fille du profil a répliqué : « *Non ma puce, c'est toi la plus belle* ». Et l'autre a continué : « *C'est pas vrai, c'est toi la plus belle !* » et ainsi de suite pendant une dizaine de commentaires.

Un type, sur ses photos de profil, se définit comme un artiste conceptuel et a posté des photos de la Street Art de Berlin. Il a également mis la photo d'un homme noir étendu à terre, les pieds nus, la tête contre l'asphalte, recroquevillé sur lui-même, et a commenté : « *Trop de pauvreté dans ce bas monde* ».

« Je me demande bien s'il lui a aussi donné à manger, ou s'il s'est contenté de prendre la photo », ironise Paolo en hochant la tête.

— Je doute qu'il lui ait donné à manger », lui dis-je, en faisant défiler la photo suivante que l'artiste a postée : on le voit sirotant du champagne dans l'un des restaurants les plus célèbres de Berlin, en compagnie d'une autre artiste conceptuelle.

Deux filles d'environ treize ans, qui ont falsifié leur date de naissance pour pouvoir s'inscrire à Facebook, ont posté une photo d'elles à une fête brandissant un écriteau sur lequel on peut lire :

« *ON AIME LE SEXE ET ON DIT DES GROS MOTS* »

Une fille a ainsi décrit son humeur : « *J'ai eu mes exams, je suis la fille la plus heureuse du monde* » ; dix minutes après, elle a rajouté : « *J'aimerais tellement que quelqu'un m'embrasse* ».

Une autre fille a écrit que « *Le bonheur est réel seulement s'il est partagé* », attribuant l'aphorisme à Bukowski.

Un gars a écrit : « *J'ai le permis, ce soir je me murge à mort* ».

Un pote de Ferrari a commenté : « *Trop de Cartier sur des femmes sans foi ni loi* », et enfin un autre a posté une photo de lui aux chiottes, avec ce commentaire : « *Moments de joie intense* ».

« Même quand on va chier on poste ses photos sur Facebook, maintenant, dit Paolo.

— Et en plus il a cinquante likes, dis-je en faisant défiler la page.

Il y a un débat assez violent sur l'immigration, le foot, la politique entre des personnes qui ne se sont jamais vues. On discute de tout, et chacun, naturellement, est bourré d'expérience et connaît la vérité. Les gens s'étrillent *a priori*, ils ont toujours quelque chose à dire, quel que soit le sujet. Ils se prennent pour le centre du monde, les gens. Mesquins et hypocrites, naïfs et stupides.

Une fille a posté une photo où elle est d'une blancheur fantomatique, et a écrit : « *Cette année, tu peux dire adieu à la plage, ô éburnéen épiderme* ».

Une autre a écrit : « *Twitte-moi, aske-moi, facebooke-moi, mais « tu me manques », on ne le dit plus* ? ». Elle se plaint que, désormais, il n'y a plus que Facebook qui compte. Et elle l'écrit sur Facebook, il va sans dire. Un type prévient que son WhatsApp ne fonctionne pas.

Un autre a posté une photo de sa grand-mère mourante. Elle a une peau jaunâtre, elle est chauve. Elle est recouverte de tubes qui lui ligotent le corps, lui piquent les veines. Le gars a écrit : « *un like, c'est un vœu de guérison pour ma petite grand-mère* ».

Une fille vient tout juste de poster la photo d'une inconnue qui porte des Converse manifestement contrefaites, et a commenté :

« *Tu pourrais t'acheter des vraies Converse quand même* ! ».

« Tu te rends compte, intervient Paolo en hochant la tête, que tu ne peux même pas aller faire un tour habillé comme tu veux sans que quelqu'un te prenne en photo en cachette et te balance sur Internet ?

— Oui, je sais, lui dis-je sèchement, je sais... »

Deux filles ont partagé une photo de deux potiches en sous-vêtements. Sur la photo, coupée en deux, on peut lire : « *Quand tu te crois canon, rappelle-toi qu'il y en a qui le sont bien plus que toi* ».

D'ailleurs, l'une des deux potiches a partagé la photo en taguant l'autre potiche, et en commentant : « *On est les meilleures* ».

Un gars, encore un, a écrit que son WhatsApp ne fonctionne pas. C'est le trentième qui écrit sur Facebook que son WhatsApp ne fonctionne pas.

Enfin, il y a une fille qui vient juste de se diplômer avec une couronne de lauriers sur la tête.

« Fais voir cette photo, attends, fais voir ! », s'écrie Paolo.

Je clique sur la photo de la fille. « Tu la connais ? je demande.

— Oui, je la connais... elle s'appelle Claudia », confirme-t-il.

Claudia porte une chemise blanche et serre son mémoire de fin d'études contre sa poitrine. Elle est entourée de sa famille : son père, sa mère et son frère.

« Je peux pas à y croire, se désole Paolo, visiblement choqué.

— Quoi ? C'est la seule chose à peu près normale que nous ayons vue jusqu'à maintenant sur ma page, dis-je.

— Adam, je suis sorti deux ou trois fois avec cette nana... Lis les commentaires pour voir », suggère-t-il.

Je clique sur les commentaires de la photo, on en trouve une dizaine du genre :

« *Tu es grande maintenant, Princesse ! Claudia, tu es superbe ! Claudia, ta famille est magnifique !* »

Claudia répond aux commentaires par l'affirmative : « *Je sais, merci beaucoup, ma famille c'est toute ma vie !* »

Paolo secoue la tête : « Zappe, s'il te plaît », dit-il énervé.

— Pourquoi ? Y'a quelque chose qui te gêne ? je lui demande.

— Adam… tu n'imagines pas ce qui se cache derrière cette photo… Je suis sorti avec cette fille, son père est un alcoolique qui, hier encore, battait sa mère, laquelle, bien évidemment, a un amant.

— Merde… fais-je en soupirant, mais alors pourquoi a-t-elle posté ces photos ? »

Paolo reprend son souffle. Il se frotte les yeux.

« Parce que les gens, Adam… les gens ont besoin de dissimuler la vérité sous les apparences. Ce sont les apparences qui nous permettent de nous cacher, de masquer nos faiblesses, notre désespoir. Nous devons à tout prix nous sentir différents. Spéciaux. Forts. Je pense qu'il s'agit de l'une des facettes du « conformisme » : nous voulons et nous nous devons d'être différents, uniques, mais juste ce qu'il faut pour ne pas provoquer de critiques chez les autres. Différents, mais dans la norme. Originaux, mais dans le moule. Juste ce qu'il faut pour avoir du « style » sans courir le risque d'être jugés. Uniques, mais dans la masse. Il nous faut briller aux yeux des autres, sans que ces derniers puissent disposer du moindre prétexte pour nous juger. »

J'allume une clope et je consulte ma montre. Vingt heures trente : je dois bientôt me rendre à la fête de Tiffany.

« Ouais, t'as peut-être bien raison, dis-je.

— Ouais, peut-être, ponctue Paolo, en éteignant l'ordinateur. Tu fais quoi, ce soir ?

— Je vais à une fête… chez une certaine Tiffany, une amie de Blanc et des autres, j'ai pas franchement envie d'y aller, mais bon…

— Et alors, pourquoi t'y vas ?

— Je sais pas, j'y vais, un point c'est tout, dis-je en regardant ma montre.

— Bon d'accord, allez, je t'accompagne jusqu'à la porte », conclut-il tandis que nous nous levons d'un même élan.

Nous marchons en silence jusqu'à la porte. Paolo m'embrasse et me propose de nous revoir prochainement Je sors et j'ai à peine fait quelques pas que je l'entends qui m'appelle :

« Adam !

— Quoi ?

— Souviens-toi de ce que je t'ai dit : les gens se cachent derrière les apparences », répète-t-il, solennel.

Je le regarde en acquiesçant. Il me sourit et claque la porte derrière lui.

*Lors de l'avènement de Facebook, de Twitter et des autres réseaux sociaux, les gens ne pouvaient s'empêcher de se connecter, de poster des photos, de décrire leurs humeurs. Ils restaient des heures devant l'ordinateur, scotchés à l'écran, comme s'ils se shootaient avec des J'aime. Regards perdus, égarés, vides, éteints. Tommy avait sauté Jessica qui venait juste de poster une photo d'elle et de Sonia à la Triennale. Et Clara avait mis une photo en compagnie de Stef, qui se tapait Tamara. Les filles se disputaient et, deux secondes plus tard, elles postaient des clichés d'elles en train de s'embrasser. Si vous alliez en boîte, il fallait écrire sur Facebook que vous alliez en boîte ; si vous alliez au bar, écrire que vous alliez au bar. Et si vous faisiez des emplettes, il fallait mettre la photo de vos emplettes sur Instagram.*

*Le matin, à peine réveillées, les personnes se connectaient pour voir si quelqu'un leur avait écrit ou avait apprécié l'une de leurs photos. Les jeunes gens marchaient dans la rue le regard rivé sur l'iPhone, les mères commentaient les photos de leurs enfants après avoir posté une image les montrant en compagnie de leur amant. Et on s'enthousiasmait, on dansait, on plongeait la tête la première dans ce monde virtuel. Les amours y naissaient, les amitiés y prenaient forme, les rencontres s'y faisaient. Si une fille vous avait « liké », cela voulait dire que vous lui plaisiez ; si elle ne vous likait pas, cela voulait dire que vous ne lui plaisiez pas : on raisonnait sur la base des likes qu'on recevait. On postait, on twittait, on commentait. Quelqu'un me raconta une drôle d'histoire au sujet de deux personnes qui étaient sorties ensemble dès leur première rencontre : le type avait alors modifié sa situation amoureuse en passant de « célibataire » à « en couple » ; mais tandis qu'il était occupé à enregistrer la fille comme sa nouvelle partenaire sur Facebook, celle-ci, qui marchait derrière lui, fut renversée par une voiture.*

*Lorsque son nouveau compagnon se retourna pour lui dire qu'il avait mis à jour leurs profils, il la vit écrasée sur la route, ses organes rouge bordeaux maculant les bandes blanches du passage clouté. Les jambes complètement broyées sous le poids des roues, la colonne vertébrale détruite, réduite en bouillie. Et puis, on peut également décréter qu'une chose est amusante ou non.*

*Tout le monde ajoutait tout le monde, et tout le monde devait créer le buzz ; je me souviens que certains postaient des phrases célèbres, juste pour obtenir des likes qui n'avaient rien de réel, et qui servaient à impressionner des gens qu'ils ne connaissaient pas.*

*Et quoiqu'au départ tout cela semblât étrange, cela finit par devenir la norme.*

*Je me souviens qu'un jour, assis dans un bar, je vis sur ma page d'accueil la photo d'un chien attaché avec du fil de fer à une grille. Des types avaient écrit que s'ils n'obtenaient pas un million de commentaires, ils l'auraient torturé à mort. J'étais resté coi, me demandant si quelqu'un avait appelé la police ou s'était contenté de laisser un commentaire. Toujours est-il qu'après quelques heures, le post avait disparu. Je me suis souvent demandé s'il s'agissait d'une mauvaise blague ou s'ils avaient réellement tué le chien.*

Nous sommes à la fête organisée par Tiffany, dans les environs de Porta Garibaldi. Coco attire mon attention sur deux filles qui papotent au comptoir. Elles dégustent un malibu-ananas, leur sourire forcé trahit leur ennui. L'une est grande et blonde, l'autre rousse aux yeux bleus. Coco affirme les connaître et insiste pour me les présenter. Je lui dis que ce n'est pas nécessaire. Il indique l'une des deux filles : la grande blonde. Elle porte une mini-jupe et un haut jaune, le tout rendu plus sexy par des bas noirs et des talons hauts. Son nombril et son ventre complètement plat sont nus.

« Elle s'appelle Alexis, elle est mannequin… et anorexique », déclare-t-il.

— Et qu'est-ce que t'en sais, toi ?

— Elle travaille avec Blanc, donc bon… tu veux que je te raconte un truc trop marrant ? », me souffle-t-il en continuant à boutonner et à déboutonner sa chemise blanche de chez Prada.

« Vas-y.

— Bon, comme tout le monde, elle est accro à la coke. Mais tu sais comment elle la prend ?

— Non, comment ? », dis-je en observant les jambes squelettiques d'Alexis.

« Ben, elle est mannequin, non ? Donc elle veut pas se ruiner les narines ni quoi que ce soit ; en gros, elle veut pas que ça se voie qu'elle sniffe. Du coup, qu'est-ce qu'elle fait ? – il marque un temps, comme pour étouffer son rire – Elle se rend en pharmacie et achète des suppositoires ; elle les vide, y place la coke à l'intérieur, puis se les enfile dans le trou du cul… et hop ! Le tour est joué ! Après, elle est complètement défoncée. Mais alors complètement, répète-t-il en ricanant.

— T'es sûr de ce que t'avances ?

— Je te jure ! se gausse Coco, en se frottant les gencives avec les doigts.

— Et l'autre, qu'est-ce qu'elle fait, l'autre ? je demande en observant la rousse.

— La rousse, elle s'appelle Laura. C'est une *fashion blogger.*

— C'est quoi une *fashion blogger* ?

— Bah… genre elle te donne des conseils pour t'habiller, tu vois… elle poste des photos d'elle en train d'essayer des nouvelles fringues, elle dit aux gens ce qui est tendance et ce qui ne l'est pas, c'est simple.

— Mais pourquoi elle fait ça ? Elle travaille dans la mode ?

— Mais qu'est-ce que tu racontes, putain ? Pas du tout, répond Coco surpris. C'est quoi cette question à deux balles ?

— Mais alors pourquoi elle dit aux autres comment s'habiller ?

— Parce qu'elle est bonne et qu'elle s'habille bien. Ça te suffit pas ? Tu croyais quand même pas qu'elle avait fait un stage quelque part ou qu'elle avait travaillé dans je ne sais quelle boîte, quand même ? continue-t-il, railleur. Bon, trêve de blablas, il faut que je te les présente », s'exclame-t-il en faisant un signe à la *fashion blogger*, qui s'approche en compagnie d'Alexis. Elles prennent place à notre table et la top-modèle anorexique s'allume une blonde. La terrasse de Tiffany est bondée de personnes qui jacassent dans la nuit, tandis qu'à l'étage inférieur, le DJ mixe et les invités dansent.

« Salut, moi c'est Laura, me fait la *fashion blogger*, en me tendant la main, disciple de Sara Terragni.

— Adam », dis-je en la lui serrant.

La top-modèle se tait. Elle a le visage très pâle. Je remarque qu'elle a des cernes sous les yeux, malgré le maquillage. Coco et la *fashion blogger* se mettent à parler d'un défilé de mode et d'une table qu'ils voudraient réserver dans une boîte de Milan ou de Côme.

« À Milan, tu peux faire douze Dom Pé ? demande la *fashion blogger*.

— Je pense, oui, lui fait Coco.

— Et à Côme ?

— Probablement quinze, ça dépend… dit-il en retirant ses lunettes de soleil.

— Nickel ! » s'exclame Laura.

La top-modèle sort de son silence pour dire qu'elle doit

aller aux toilettes. Et en la regardant s'éloigner, je me demande si elle est partie s'enfiler la schnouffe dans les fesses.

J'allume une clope pendant que Coco et la *fashion blogger* discutent de leur soirée à Milan.

« Tu vois, fait Coco, l'autre soir, on a fait dix Dom Pérignon pour dix, en gros ça veut dire une bouteille par personne ; après, on a même commandé deux *Belvedere* en plus, histoire que les meufs puissent choisir entre le champagne et la vodka... Donc tu peux être sûre que vous allez bien vous marrer, conclut-il comme pour la rassurer.

— OK, super », lâche la *fashion blogger*, en buvant quelques gorgées de son malibu-ananas.

« Pour ce qui est du défilé, par contre, précise Laura, ce sera à l'Hôtel Principe Savoia, et il s'agira d'un avant-goût de la *Milano Vogue Fashion Night*, donc habillez-vous classe. Y'aura même Sara Terragni !

— Nous on est toujours classe, coupe Coco, en me donnant une tape sur l'épaule. Mais y'aura aussi les mannequins qui participeront à la *Vogue Fashion Night* ? demande-t-il.

— Bah évidemment ! répond la *fashion blogger*. T'imagines pas combien j'ai galéré pour me faire prescrire une quantité industrielle de pilules amaigrissantes pour ces filles ! Y'a au moins mille nanas qui se sont pointées, et t'as pas idée, non mais vraiment ! soupire la *fashion blogger*. Certaines pesaient plus de quarante kilos... moi je comprends pas ce que tu fous ici si t'es...– elle hésite un instant – qu'est-ce que tu fous ici si t'as... tous ces kilos superflus ? », lâche-t-elle enfin, sincèrement indignée.

Elle finit ensuite son verre puis mordille sa paille, pendant une dizaine de secondes, sans rien dire.

« Enfin, en tout cas, elles étaient vraiment nombreuses, rabâche Laura en ajustant sa frange.

—J'imagine, fait Coco qui s'allume une cigarette. Bon, nous on va voir les autres en bas. Donc, on se revoit au défilé, OK ?

— *Perfect* ! », conclut la *fashion blogger* en nous claquant deux bises chacun, avant de s'éloigner.

Nous quittons la terrasse remplie de tables et de bouteilles de champagne, bondée de filles et de garçons assis, qui sirotent du Crystal et tirent de la coke en disant du mal des gens. Nous descendons vers le salon où nous retrouvons Ferrari et les autres.

Blanc bavarde avec une blonde, Ferrari est assis à la table avec Ben et discute de l'endroit où il convient de finir la soirée. À notre table, je remarque un grand jeune homme, qui arbore une barbe de trois jours. Il porte un t-shirt échancré avec le dessin d'une femme nue dont le sexe est caché par une bouteille de Dom Pérignon, et qui porte des Jeckerson et des Church's. Nous nous asseyons et Ferrari fait les présentations. Il affirme qu'il s'agit d'un DJ super connu, un certain Kar.

Il passe du son dans une boîte de Milan, justement celle où nous devrions finir la soirée.

« C'est une star en devenir », m'explique Coco, en lui serrant la main.

Kar allume un pétard et sourit.

« Il a un *bit* nouveau, un *sound* révolutionnaire, putain, faut que t'entendes ça, mec ! Il devait être aux platines ce soir, mais au final c'est Dani qu'est venu », intervient Ferrari.

J'acquiesce tout en signalant que j'ai hâte de l'écouter, même si au fond je m'en fiche pas mal. Kar me remercie et propose de remplacer Dani, peut-être, un peu plus tard. Puis il soupire et se met à critiquer Dani qui, selon lui, ne sait pas mixer ; il va jusqu'à dire que c'est un imbécile et qu'une fois, au *Notox*, alors qu'il était aux platines, les gens se sont mis à le huer parce qu'ils n'en pouvaient plus : ils voulaient qu'il lui laisse la place, à lui, mais c'est seulement quand ils ont commencé à lui crier « oh crétin ! » qu'il a compris.

« Putain, il arrivait pas à capter que c'était moi que les gens voulaient aux platines, le mec ! fait Kar.

— Et Fred ? T'en penses quoi de Fred ? lui demande Ferrari.

— Fred, c'est un autre couillon qui sait pas mixer. Tu peux l'écouter seulement sous MD, et encore j'suis gentil, répond Kar.

— Y'en a un que je trouve pas mal, moi, intervient Coco, c'est Pit. Pit, c'est un bon.

— Pit, c'est une merde sidérale ; c'est moi qui lui ai tout appris et au final, ce naze, il a capté que dalle, réplique Kar, en écrasant son joint.

— Mouais… à mon avis, il est pas mal, proteste Coco.

— En tout cas, coupe Ferrari, peut-être que Kar va mixer un peu plus tard… Au fait, tu viens à Côme samedi, hein ?

— Oui, je pense, dis-je.

— Cool ! s'exclame Ferrari, en me faisant un clin d'œil. J'suis sûr que Kar tu l'as entendu mixer l'été dernier, tu t'en souviens pas ? me demande-t-il peu après.

— Non », dis-je.

Kar échange encore quelques mots avec Coco, puis se lève et rejoint Dani, le DJ qui est aux platines. Il lui serre la main et le prend même dans ses bras. Ils s'embrassent comme s'ils étaient les meilleurs amis du monde et je me demande si Dani a idée de toute la merde que Kar lui balance dans le dos. Je crois qu'il s'agit d'une situation plutôt loufoque et drôle quand les personnes font semblant de se respecter, alors qu'au fond elles se haïssent mutuellement. Au reste, on cherche toujours à se comporter poliment avec les personnes que l'on déteste. Nous disons « C'est un plaisir de vous connaître » à des personnes que l'on n'a pas envie de connaître. Sans doute est-ce bien triste, mais il s'agit d'une attitude si courante qu'il est probablement inutile d'y prêter attention.

Je lève la tête car Blanc s'est assis à notre table, et un type nous a apporté un gin-lemon chacun.

J'observe Kar aux platines, qui a l'air de s'emmerder. Je pense qu'avec cet air-là, il veut faire passer un message du genre : « Même si je me fais chier en mixant, c'est quand même moi le meilleur ». Pauvre gars, va.

« Pas mal, hein ? me fait Ferrari.

— Ouais… pas mal.

— Alors, ça t'dit si on va l'écouter, samedi ?

— Ouais, ça marche, dis-je.

— Tu sais, sur Facebook, il a plus de dix-mille fans et il reçoit plein de tweets tous les jours, continue Ferrari, occupé à se préparer un rail de blanche.

— Dix-mille fans ?

— Dix-mille-cinq-cent-cinquante-deux ! précise-t-il.

— Mouais... il est bon, mais il est pas si bon que ça, dis-je perplexe.

— Adam... s'il a plus de dix-mille fans sur un réseau social, ça veut dire qu'il est très bon », rétorque Ferrari, sérieux, les yeux écarquillés, comme s'il venait de proclamer une vérité universelle.

J'acquiesce tout en dégustant mon gin-lemon. Je continue à observer Kar qui mixe.

« Putain, j'ai trop hâte de le voir aux platines, toi aussi, pas vrai ? me demande Ferrari.

— Ouais, tu m'étonnes... », dis-je en mentant.

Je lève les yeux en direction de la piscine et je remarque qu'Arianna et Francesca se dirigent vers notre table, en compagnie d'une fille que je ne connais pas.

« C'est qui celle-là ? », je demande à Coco alors que les filles nous ont bientôt rejoints.

« C'est Martina, me souffle-t-il en leur faisant un signe avec sa flûte de champagne. Elle est cool, et intelligente... elle est *fashion blogger* ! »

*L'été dernier. Mes souvenirs de l'été dernier : des filles avec des borsalinos, des collants noirs et des Jeffrey Campbell aux pieds, assises toujours aux mêmes terrasses des mêmes cafés, occupées à critiquer d'autres filles qu'elles trouvaient mal habillées. Des familles qui grillaient au soleil, en faisant la queue devant* Abercrombie, *dans l'espoir de faire un selfie avec les mannequins du magasin. Des rumeurs circulaient et certaines arrivèrent jusqu'à mes oreilles, comme celle de ce type qui avait asséné trente-deux coups de couteau à un de ses amis parce qu'il avait eu la fâcheuse idée de poster, sur Facebook, une photo où il n'était pas à son avantage. Une douzaine de coups de couteau entre les côtes et le foie. On parlait de ça, l'été dernier.*

*Assis dans des bars à siroter des spritz glacés pendant que le soleil nous assommait. Car il faisait chaud. Très chaud. Les petites vieilles sortaient du Dôme avec leur ombrelle pour se protéger du soleil, en esquivant les Noirs qui faisaient l'aumône. Et oui, la chaleur.*

*Et puis Betty, bien sûr, Betty. Betty était une petite fille de huit ans qui avait été violée par un prêtre. Betty, aux dires des journalistes, se faisait raccompagner après le catéchisme par Don P., qui avant cela l'emmenait dans son confessionnal où il la caressait et l'embrassait. Il la léchait. Du moins c'est ce que prétendit l'enfant, qu'il la léchait.*

*Elle dit aussi que Don P., pendant ses attouchements, lui répétait en gémissant qu'elle serait morte en enfer, qu'elle aurait brûlé dans les flammes, que toute sa famille aurait péri si elle racontait quoi que ce soit à quelqu'un ; que ses petites pommettes auraient été transpercées par le feu, et que ses mains se seraient désintégrées dans la lave brûlante. Il lui disait de continuer à le toucher, là, de plus en plus vite, tout en la menaçant de découper les lèvres de son vagin, de clouer ses mains au mur, de la noyer dans l'eau bénite pour la purifier.*

*Et à la fin, Don. P. léchait le front et les mains de Betty, gluantes et souillées, et lui disait qu'elle avait sauvé son âme. Oui, voilà des histoires qui, en plus de la chaleur étouffante, me donnaient un grand mal de crâne. Je me souviens aussi de poupées nues, décapitées, épinglées sur un fil de fer lorsque je passai en voiture dans la rue Edmondo de Amicis.*

*Une Roumaine enceinte, assise sur une balançoire, en train de boire une bière de 66 cl dans un parc.*

*Un Noir avec une robe de femme à paillettes qui avait couché avec Blanc après une soirée à* Le Banque, *et une fille brune avec une frange courte, un soir à l'*Olympia, *qui était aux anges parce qu'un type lui avait dit que s'il lui touchait le dos, il pouvait sentir ses côtes, tellement elle était maigre.*

*Lors d'un after, chez je ne sais plus qui, quelqu'un s'était amusé à jeter dans la baignoire des tampons et des serviettes hygiéniques et l'eau s'était teinte en rouge : une flaque pourpre et obscure.*

*Et tout cela, c'était l'été dernier. Il y avait aussi des gamins qui vomissaient sur le trottoir avec l'*Absolut *qu'ils avaient achetée dix minutes plus tôt, et des gamines en mini-jupe. Des jupes vraiment courtes. Des jambes épilées. Des flashes de selfies dans la nuit. Et tout le monde s'en foutait, tout allait pour le mieux, tout le monde tapotait sur son iPhone, et il faisait chaud, il faisait très chaud, l'été dernier. Ça oui, il faisait chaud.*

Aujourd'hui, il pleut. Et quand il pleut, parfois, j'aime aller seul dans un bar pour prendre un café… Je reste là à observer les gens qui vont et qui viennent : des travailleurs qui, dès qu'ils ont une pause, gaspillent tout leur argent dans les machines à sous ; des petits vieux qui jouent à la belotte en picolant du p'tit blanc et en discutant de sujets dont le concept de base tourne autour du célèbre « c'était mieux avant » ; ou encore des collègues de bureau qui viennent prendre l'apéro. Aujourd'hui, une fille magnifique est entrée.

Elle m'a regardé et j'ai eu cette étrange impression que, tous les deux, nous voulions nous connaître. Que tous les deux nous avions envie de nous parler. Et, le temps d'un instant, va savoir pourquoi, je me suis convaincu qu'elle était entrée juste pour me voir ; je me suis dit qu'elle m'avait peut-être aperçu dehors, qu'elle était entrée dans l'espoir de me connaître. Mais ensuite, après les deux regards brefs et fugaces que nous nous sommes lancés, elle est ressortie sans même me regarder. Et je suis resté bouché bée, étonné et bouleversé par l'amour soudain que j'avais éprouvé. En vérité, ce n'était pas la première fois que cela m'arrivait… je tombais souvent amoureux des inconnues : dans un bar, dans le métro, dans l'avion, dans la rue ; ça peut durer cinq minutes, deux minutes, trente secondes, ou même une seconde. Un instant pour aimer, un instant pour disparaître. Tu la vois, tu tombes amoureux, tu baisses les yeux, tu les relèves et… elle a disparu. Volatilisée dans le néant. C'est d'ailleurs plus ou moins comme cela que ça se passe avec tes petites copines ; sauf qu'avec tes copines, tu partages des intérêts et du temps, peut-être même que tu en es amoureux plus longtemps ; mais au final, même tes copines disparaissent, et elles deviennent identiques à ces inconnues que tu as aimées le temps d'un instant, le temps d'un regard, et qui ensuite se sont volatilisées.

La fille est partie et je ne la reverrai plus jamais.

Aurais-je eu le courage de lui parler ? Aujourd'hui, avec les réseaux sociaux, nous sommes tellement habitués à examiner, scruter, observer et à parler avec les filles par écran interposé.

Nous découvrons la musique, les livres ou les films qu'elles aiment, en faisant défiler les articles qu'elles partagent ou en lisant leurs informations personnelles. Fut-il un temps où l'on pouvait connaître une personne humainement, et lentement ? Où chacune de ses particularités, de ses fragilités ou de ses qualités étaient un secret qu'il eût été possible de connaître à force d'abnégation seulement, au prix du temps qu'on lui aurait consacré ? Fut-il un temps où la vie et l'amour pouvaient être racontés seulement en les vivant, et non pas en les observant ?

J'ai bien ce souvenir futile, ce souvenir lointain et flou de filles que je regardais passer depuis le terrain de foot, lorsque j'étais plus jeune. Je tapais dans le ballon, mais au fond je les observais en cachette, et c'était dans ce minuscule, ce fugace instant que j'en décelais le secret. Je les regardais passer, toutes si différentes, toutes si jolies… toutes. Leur manière d'acquiescer avec indifférence, de converser au téléphone, de hocher la tête avec tendresse, leur sourire et leur rire, tout cela était un fragment de leur vie qu'elles me révélaient ; leurs parfums étaient comme des gestes incommensurables, essentiels dans leur simplicité.

Aujourd'hui, avec les réseaux sociaux, nous sommes devenus des marchandises. Une fille est jolie en fonction des J'aime qu'elle a obtenus, selon les désirs qu'elle provoque et les demandes qu'elle reçoit. Faire défiler le fil d'actualité est un peu comme marcher au milieu des vitrines d'un quartier rouge d'Amsterdam. Vous n'avez qu'à choisir la fille la plus mignonne, vous consultez ses informations, vous comprenez ce qu'elle aime, et vous tentez votre chance.

Aucune difficulté, aucun mystère, aucune relation. Tout est à portée de main. Tel est l'amour virtuel qui règne de nos jours. Je repense à la fille qui vient juste de sortir du bar : ne pourrai-je donc jamais la connaître ? Je m'allume une cigarette et je songe au mot « jamais ». J'en ai des frissons. Je sens une sensation étrange d'angoisse envahir mon corps tout entier.

Je me lève et je commande un *negroni* au comptoir.

Les boutons d'une machine à sous ne cessent de clignoter. Je m'approche en les scrutant :

*Cashing out, stop, play, help.*

Je glisse un euro juste pour voir, et je perds. La fille s'est volatilisée. Jamais.

Les boutons scintillent. Je les fixe. J'appuie sur le bouton HELP. J'appuie une seconde fois, mais rien ne se passe.

Un peu plus tard, je me tire trois rails pour me remonter le moral, ou tout du moins pour ne pas me sentir sobre, et je passe prendre Arianna qui a fait un shooting pour un magazine, *Elle* je crois, ou quelque chose dans le genre. Nous nous arrêtons chez *Arnold* pour prendre un café et nous rencontrons deux de ses camarades de fac et un ami, plutôt grand, musclé, petite moustache et béret de laine grise à l'envers, bracelets en or et Rolex. Il dit que sa chaîne YouTube a enregistré dix-mille inscrits en plus après la participation au MTV Day. Je mélange nerveusement mon frappuccino en regardant la pluie tomber sur la route, tandis que le youtubeur poursuit :

« Il en faut pas beaucoup pour impressionner les gens, tu sais… et puis faut dire que je suis beau gosse, aussi », dit-il en riant. Les deux filles assises avec eux à la table, vêtues à l'identique, sont aux anges :

« On pourra être dans ta prochaine vidéo, André, hein, dis ? »

Il acquiesce en ricanant : « Bien sûr, poupées », et leur envoie un baiser.

Je m'attarde sur deux nanas qui sont en train de réviser leur cours de droit privé et je me demande, encore une fois, ce que je pourrais bien faire de ma vie, maintenant que je suis revenu.

L'une d'elles, vêtue d'une petite veste en cuir, tresse blonde, affirme qu'elle en a sa claque de réviser et qu'elle pense sérieusement se taper le prof, elle aussi, comme Marika.

Au bout d'un moment, nous sautons dans mon Audi et Arianna, après s'être allumé une clope, derrière ses lunettes de soleil aux verres jaunes, soupire :

« Ça te dit d'aller prendre un peu de coke chez Simona ?

— Simona qui ? », je lui demande alors que nous sommes englués dans le trafic et que je m'agite parce qu'un tram nous coupe la route. Sur le trottoir, je remarque un clochard allongé par terre, rincé par la pluie, devant la pub pour le nouvel iPhone qui sortira en septembre. Un couple d'amoureux, sous un parapluie, s'arrête devant lui : ils regardent le panneau publicitaire puis reprennent leur marche.

« Oui, excuse, fait Arianna, Simona, la fille du politicien. Celui qui est au Parlement. »

Je hausse les épaules et j'observe le clochard, en me demandant s'il est encore vivant.

Nous passons au Crédit Suisse pour retirer ; lorsqu'elle remonte dans la voiture, Arianna plie son parapluie Burberry et gazouille :

« Mon papounet suisse, je l'adore… »

Nous nous retrouvons au *T'a* pour un godet de vin, car Arianna commence à se sentir sobre. À une table, je remarque un homme en costard-cravate avec une petite fille, l'air triste, assise en face de lui.

Quelques instants après, le type lui donne deux paquets-cadeaux brillants de mille feux, fluorescents, couverts de rubans dorés ; l'enfant les ouvre sans enthousiasme, tandis que son papounet reprend la lecture des pages économiques de son journal. Nous finissons notre vin. Peu après, vers Piazza Paolo Ferrari, je mets les feux de détresse et Arianna me dit de sonner chez Bertissi, pendant qu'elle trempe sa Marlboro Light dans le peu de coke qui lui est resté.

Je sonne, et sans que personne ne me demande mon identité, la porte de l'immeuble s'entrouvre : je monte dans l'ascenseur puis me retrouve dans un grand appartement. Il n'y a personne et les lumières sont éteintes. Dans le salon, juste le reflet obscur et livide de la pluie qui s'abat sur la terrasse et filtre à travers les baies vitrées. Une porte ouverte, dans le couloir, d'où se propage la lumière d'une télé : la chambre de Simona, j'imagine.

Lorsque j'y entre, elle me lance un regard torve : « T'es Adam, j'suppose. »

J'acquiesce et elle allume la lumière en se frottant les yeux. Sur son lit, plusieurs peluches, dont un nounours rose auquel il manque un œil, et des coupes en or sur une étagère.

L'iMac, sur le bureau, est connecté sur Facebook.

Un golden retriever traînant les pattes entre dans la pièce, et s'assied aux pieds du lit, sans même me remarquer. Je constate qu'il a le dos et deux pattes rasés : il a trois cicatrices et des points de suture.

« On lui a enlevé trois tumeurs », m'explique Simona, en fixant le chien. L'animal s'allonge par terre, avec peine. Sa respiration est hachée. Simona me donne trois doses de blanche et je lui passe deux-cents euros. Elle sourit, puis me rend vingt euros : « Ça ira comme ça. »

Elle se remet au lit et me demande ce que je fais dans la vie, chose à laquelle je ne sais pas quoi répondre. La cage thoracique du chien se gonfle et se dégonfle, l'animal entrouvre les yeux, puis sort de la chambre. Simona est allongée sur le lit, pieds nus, en culotte. Elle éteint la lumière.

À la télévision, on passe un documentaire en noir et blanc sur Tchernobyl, je crois, et on y voit des jeunes gens, plus jeunes que moi, des enfants même, victimes d'étranges malformations, le visage défiguré, la peau écaillée, balafrée, lézardée. Un enfant, par terre, sans jambes, un autre avec un œil tuméfié. Simona tripote une pipe en or et rigole en voyant les images défiler sur l'écran, seule source de lumière dans la chambre.

Je sors, mais les images restent gravées dans mon esprit, jusqu'à ce que je monte dans la voiture.

Arianna se plaint :

« T'en as mis du temps ! ».

Je l'accompagne aux Galeries de Piazza Scala, où elle a rendez-vous avec Jennifer, une amie à elle, styliste, qui obtient plus de dix-mille likes chaque fois qu'elle publie une photo sur Instagram et qui, pas plus tard qu'hier, s'est tapé un joueur de l'Inter – aujourd'hui elle est censée lui dire qui exactement. Je la dépose puis je rentre chez moi. Je suis méchamment agité et je file direct vers la pharmacie de ma mère, pour m'envoyer un Valium. J'ai dû m'endormir, je crois, mais je n'en suis pas si sûr, car lorsque je me réveille pour aller à l'apéro-dînatoire aux *Navigli*, j'ai un mal de crâne infernal.

*Il me dit de n'en parler à personne, qu'il s'agissait d'une solution temporaire. Qu'il y serait allé seulement deux fois par semaine, pas plus.*

*« Pourquoi est-ce que tu n'en parles pas avec moi », lui demandai-je.*

*— Parce que je veux en parler avec quelqu'un que j'connais pas… et puis, des tas de gens vont voir le psy, je le prends comme… un moyen de vider mon sac », dit-il.*

*— T'es sûr que c'est juste pour ça ?*

*— Oui. »*

*Une semaine plus tard, au lycée, lors d'un exam en classe, Jo retroussa ses manches et je remarquai, le long de son avant-bras, toute une série d'entailles sur les veines que je n'avais jamais remarquées auparavant.*

*À la vue de ces cicatrices écarlates, je fus tétanisé et je compris que Jo n'allait pas chez le psy seulement pour « vider son sac », mais que quelque chose, chez lui, ne tournait pas rond.*

*À la fin du cours, je le pris à part et je lui demandai ce qu'étaient toutes ces taillades. Il répondit que ce n'était rien, que je ferais mieux de m'occuper de mes affaires.*

*Après cet épisode, je n'abordai plus la question ; mais pas un jour n'est passé, depuis, sans que je me sente profondément stupide de ne pas l'avoir fait.*

Apéro-dînatoire au *Manhattan*, quartier *Navigli*, vingt-deux heures : tout le monde est plus ou moins dans le mood pré-soirée avant le *Divina*. À une table non loin de la nôtre est assis un footballeur assez connu dont je ne me souviens plus le nom. Il sirote du champagne, en compagnie de deux filles, et parle au téléphone. Blanc me dit que c'est une bite, qu'il n'est même pas foutu de pousser le ballon au fond des filets. Au comptoir, les *Belvedere* scintillent, les bouteilles de champagne sont phosphorescentes, le bar est plein à craquer. Un DJ, posté au fond de la salle, lance la musique à un volume plutôt élevé, et quelques groupies batifolent autour en se trémoussant sensuellement. Deux hommes d'une cinquantaine d'années, en costard-cravate, les cheveux gominés en arrière, bavardent avec Francesca et Arianna, à côté de la porte d'entrée. Les filles rigolent, se passent la main dans les cheveux et, de temps en temps, caressent l'épaule de l'un ou de l'autre. Il paraît que l'un des deux travaille pour un programme télévisé. Coco vient juste de se tirer une ligne et se frotte les gencives avec les doigts, tandis que Ferrari raconte que quand tu fais un job où l'on t'oblige à porter un badge avec ton nom, tout le monde s'en tape de savoir comment tu t'appelles, et ajoute qu'il espère vraiment faire partie du casting pour ce nouveau film qu'ils vont tourner.

« Et qui est-ce qui t'a fait faire ce casting ? lui demande Blanc.

— Quelqu'un… répond Ferrari, quelqu'un. »

Coco est absorbé par son téléphone et interrompt brusquement Blanc en posant son appareil au milieu de la table.

« Oh, matez la piscine de Borsi, il vient juste de mettre la photo sur Instagram ! », s'extasie-t-il en indiquant son téléphone.

À la table d'à côté, je remarque que personne ne parle. Chacun a le regard braqué sur son téléphone et la conversation, dans les grandes lignes, est similaire à la nôtre. D'ailleurs, une fille en jupe léopard, collant et Dr. Martens finit par dire : « Moi aussi je prendrais mille-deux-cent-trente-quatre likes si je postais des photos de moi à poil ».

Le type d'en face, chemise blanche Prada et cheveux blonds brossés en arrière, lui conseille de le faire, de poster des photos d'elle à moitié nue sur Facebook ou Instagram, histoire d'avoir un peu plus de fans ; lui-même, dans sa vie, il n'a *fait des choses* que grâce à Instagram. C'est grâce à Instagram s'il a été sélectionné pour l'émission *Hommes et Femmes.*

« Pas terrible cette piscine », fait Blanc à Coco.

Les deux types sont toujours en train de parler avec Arianna et Francesca. Celui de droite, le gars de la télé, est en train de caresser les cheveux d'Arianna. Je demande à Coco son job exact.

« C'est genre un *talent-scout,* répond-il.

— Pour qui ?

— Il sélectionne des gens pour *Hommes et Femmes,* comme Giorgio », me fait Coco en indiquant discrètement le blond avec la chemise Prada blanche, à côté de nous.

« *Hommes et Femmes,* c'est l'émission qui passe l'aprèm ?

— Attends, tu veux dire que tu connais pas ce putain de programme, mec ? Mais, tout le monde le regarde ! s'excite Coco, incrédule.

— J'ai dû le voir une ou deux fois.

— Mais bien sûr que tu l'as vu ! C'est impossible, fait Coco. Je t'explique le principe : y'a cinq mecs et cinq filles et, tour à tour, un mec sort avec une fille et vice-versa... ensuite les couples s'échangent et tout le monde sort avec tout le monde, et à la fin le mec décide avec qui rester.

— Et ça marche bien comme émission ?

— Tu m'étonnes, putain ! s'exclame Coco. C'est trop génial, je te dis que tout le monde regarde ! Bon, Giorgio a pas encore participé, mais par contre tu vois le type là-bas, à la table du fond ? », me demande-t-il en m'indiquant un garçon d'environ vingt-cinq ans, bronzé, t-shirt échancré, lunettes noires, Rolex Daytona plaquée or. Il a l'air très grand.

« C'est qui ?

— Il s'appelle Daniele, je crois. Lui, il y a participé et maintenant – il marque une pause – et maintenant, il traîne avec que des bonnasses : elles tombent à ses pieds comme des mouches… Même moi, qui suis pourtant loin d'être pédé, je le trouve fascinant.

— Et comment il a fait pour se faire prendre ?

— Avant tout, il faut que tu sois beau. Tout le monde s'en tape de toi si t'es moche. Et ça, ça vaut pour tout. Tout le monde s'en fout de toi, de ta manière de parler, de ce que tu connais ou connais pas, si t'es moche. Pour ce genre de choses, faut que tu sois beau, c'est tout, explique-t-il en jetant un regard autour de lui.

— Mais… je comprends pas pourquoi vous regardez cette émission, en quoi c'est intéressant ? »

Coco soupire et se frotte les yeux.

« Oh mon Dieu… lâche-t-il. Les filles et les mecs sont canons, je te l'ai déjà dit. Ils s'habillent bien et ils baisent. Ça te suffit pas ?

— Si, si, ça me suffit, dis-je pour couper court.

— Putain Adam, lance-t-il, visiblement agacé. T'es pas obligé de regarder, hein ! À mon avis, c'est mortel comme émission. Tout le monde la regarde et c'est trop drôle. Ça vaut pas *Big Brother*, mais quand même. D'ailleurs, ce soir y'a *Big Brother*, t'as enregistré j'espère ?

— Oui, je crois que j'ai enregistré.

— Bah voilà… regarde l'épisode dès que tu rentres chez toi, et dis-moi ce que t'en penses.

— OK. »

Blanc allume une cigarette et demande à Ferrari son avis sur la piscine de Borsi.

« Pas mal… lui répond-il.

— Bon écoute, il a peut-être une belle piscine, mais la photo de la mienne a trois-cent-douze likes sur Instagram, alors que la sienne en a que deux-cent-vingt-huit, si tu vois ce que je veux dire », réplique Blanc.

Mon regard est soudainement attiré par une table voisine, où un fou rire général vient d'éclater : un type assez baraqué et bronzé s'est levé et, sur le ton de la plaisanterie, a traité l'un de ses amis de clodo.

« Eh mon pote, elle est déjà passée les prendre, ta daronne, les quatre-vingts euros de Renzi ? hurle le type baraqué à l'autre, qui éclate de rire.

— Parlons-en de ces quatre-vingts euros ! Tu peux même pas t'acheter une paire de chaussures avec ça ! », intervient une fille, en se mettant du rouge à lèvres.

Je pose à nouveau le regard sur notre table.

« J'ai pas dit que la tienne est moins belle que la sienne ! Je dis que la sienne est pas mal non plus ! », se justifie Coco, toujours à propos des piscines.

Un type que je n'ai jamais vu s'arrête à notre table. Il salue tout le monde d'une poignée de main puis, tout en se présentant, me la tend en dernier. Il s'appelle Vale. En l'écoutant parler avec les autres, je comprends que c'est un dealer et je lui demande s'il n'a pas quelques grammes à dépanner.

« Bien sûr, chef, répond-il, en sortant les sachets qu'il balance sur la table.

— Ça fait cent-cinquante », précise-t-il.

Craignant que quelqu'un ait pu voir la scène, je prends nerveusement les sachets et lui tends l'argent.

« Merci, fait-il en empochant les trois billets de cinquante. Et sache que je te les ai lancés sur la table seulement parce que je connais le patron du bar, sans quoi... », me glisse-t-il dans un sourire.

Je le remercie encore et m'éclipse aux toilettes pour m'envoyer un rail. Lorsque je reviens, Vale me fait signe de m'asseoir à côté de lui et me demande ce que je fais dans la vie.

« Rien, dis-je indifférent. Et toi ?

— Bah, moi, à part dealer bien sûr – il marque une pause et sourit – je m'occupe d'une page sur Instagram, c'est l'une des plus importantes d'Italie. Je sélectionne des mannequins filles et garçons, ou même des gens qui ont simplement envie d'améliorer leur image.

— Qu'est-ce que tu veux dire par « améliorer leur image » ?

— Tu vois – il prend sa respiration – l'avantage de ma page c'est qu'elle a plus de deux millions de fans. Des personnes de toute l'Italie. Et si moi je publie une photo de toi avec un certain type de fringues, ou un certain style, tu vas prendre au bas mot dix-mille likes, et habituellement je le fais avec des tops ou des mannequins de profession, tel que le sieur Blanchini ici présent », explique-t-il en lançant un glaçon sur Blanc. Blanc lève les yeux et lui fait un clin d'œil.

« Mais parfois, poursuit Vale, dans mes mails, j'ai des milliers de demandes de la part de types lambdas qui sont prêts à payer une fortune pour se faire prendre en photo et paraître sur mes pages, et je dis bien des milliers !

— Et du coup, qu'est-ce que tu fais ?

— Bah j'accepte, pardi, et t'imagines pas combien de fric je m'fais. Regarde un peu ! », s'exclame-t-il, satisfait, en sortant l'iPhone de son pantalon. Il me montre la photo d'un jeune homme bronzé, vêtu d'un jean troué et d'un débardeur blanc laissant entrevoir son torse. Le type porte une chaîne en argent et tient une bouteille de champagne, une cigarette serrée entre ses lèvres.

« Tu vois ce mec, par exemple ? me lance Vale, sur un ton dédaigneux.

— Oui, dis-je, c'est qui ?

— C'est un thon, le gars ! Mais alors un vrai thon ! En plus, il est gros, précise-t-il, écœuré. Eh ben, en deux minutes, je modifie la photo, je change la couleur de ses yeux, je fais deux trois tours de passe-passe et voilà qu'il a douze-mille-trois-cent-quarante-trois likes ! Et à partir de ce moment-là, tout le monde le verra comme le beau gosse qui est arrivé sur ma page : *Italian new models.* Tu vois, si t'es gros, moi je te rends maigre, si t'es blond et que tu veux être brun, je te transforme en brun, si t'es petit, je te fais devenir grand et, chose la plus importante : si t'es moche, je fais de toi un beau gosse. Alors, qu'est-ce que t'en dis ? », me demande-t-il en souriant de toutes ses dents.

Je réfléchis un instant sur ce qu'il vient de dire.

« Mais... dans la vraie vie, on est ce qu'on est... toi, tu le transformes sur ta page, mais pas dans la vie réelle.

— Attends, stop, arrête-toi une seconde mon pote, m'interrompt Vale. Tu as parfaitement raison sur ce point, mais le fait est qu'aujourd'hui, tout le monde s'en balance de la vie réelle ; si t'as des milliers de likes, alors tu vaux quelque chose, et si t'en as pas, eh bien tu vaux rien ; c'est simple comme bonjour. Et même si un gars est moche et gros, s'il apparaît sur ma page, aux yeux des gens, il restera comme celui qui a obtenu douze-mille likes ! », s'enthousiasme-t-il en continuant à tapoter sur l'écran de son iPhone. Il se connecte sur Instagram puis sur Facebook et me montre sa page d'accueil :

« Ici, tu peux être ce que tu as toujours rêvé d'être, tu peux être ce que tu ne veux pas être dans la réalité. C'est une vie parallèle, la seule qui compte », conclut-il, gravement.

Je pense à ce qu'il vient de dire, j'y pense une dizaine de secondes. On se croirait dans l'un de ces films où les hommes sont devenus les esclaves des machines. Une sorte de *Matrix* des apparences. Comme si nous étions tenus en laisse par un téléphone.

« Et tu reçois combien d'e-mails par jour de personnes qui veulent paraître sur ta page ? je lui demande.

— Beaucoup. Bien trop, soupire Vale. Par exemple, le type que je viens de te faire voir, pour pouvoir passer sur ma page, fallait bien qu'il paie, non ? Et alors, tu sais ce qu'il a fait ? Il a volé et revendu l'alliance de sa mère ! Putain, il a vendu l'alliance de sa vieille, le gars ! s'émerveille-t-il. Et tu devrais voir les autres, ils m'implorent ! C'est pas ouf quand même ? »

J'acquiesce en silence puis je m'allume une cigarette.

« En fait, la plupart du temps, les likes ne sont pas réels : ils sont programmés. Ils proviennent de profils de personnes qui n'existent pas. Mais si toutefois un chieur s'amusait à les contrôler, il trouverait quand même un profil vrai de vrai. Dès que je poste une photo, c'est direct cinq-mille likes inexistants venant de profils programmés : *les jeux sont faits.* Et du coup, en voyant les cinq-mille likes, tout un tas de personnes cliquent à leur tour « j'aime ». Que veux-tu, les gens ont besoin d'acheter la reconnaissance des autres. »

Je lui adresse un sourire maladroit pour couper court à la conversation et Vale me fait un clin d'œil avant de replonger dans sa page de mode. Coco a toujours son téléphone à la main ; il nous regarde et nous demande si nous avons vu la photo de la villa de Porto Cervo que Gianpaolo a postée sur Instagram.

« Ouais, enfin, faut qu'il arrête de s'la raconter celui-là... si je poste une photo de ma baraque, il va vite comprendre qu'il est à la dèche, le gars », fait Blanc en hochant la tête. Coco et Ferrari éclatent de rire. Pendant ce temps-là, je repense à ces garçons et à ces filles qui cohabitent puis sortent ensemble et au fait qu'il s'agit de l'une des émissions les plus regardées en Italie, à Arianna et Francesca qui viennent juste de sortir du bar en compagnie des deux types, au mec qui a vendu l'alliance de sa mère pour pouvoir apparaître sur une page de mode, et au fait que sur un réseau social, tu peux être ce que dans la vraie vie tu ne veux pas être.

J'écrase ma cigarette dans le cendrier et je décide que demain j'irai voir Paolo.

« Hé Adam, tu viens après-demain à Côme ou pas ? me demande Ferrari.

— Je pense que oui, dis-je. Mais pourquoi Côme, au fait ?

— Comme ça, pour changer », répond-il.

Je remarque que Blanc s'est levé et se dirige vers la table du footballeur assis avec les deux filles ; il lui demande de faire une photo. Je les observe alors qu'ils se font un selfie. Lorsque Blanc revient à notre table, je le dévisage quelques secondes.

« Mais... t'avais pas dit que c'était une bite ?

— Mais on s'en tape, il est connu, non ? », lâche-t-il en haussant les épaules.

J'acquiesce, puis je me tourne vers une autre table. Une fille est en train de se taguer sur Facebook au *Manhattan* et prévient sa copine qu'elle l'a également taguée.

L'autre lui répond : « OK, super, j'te commente tout d'suite ! »

Elles sont l'une en face de l'autre et elles ne trouvent rien de mieux à faire que de se commenter mutuellement sur Facebook.

Une fille, à une autre table, avec son débardeur Abercrombie, son sweat Abercrombie, sa chaîne en argent Tiffany et ses leggins, est en train de dire à une autre fille en débardeur Abercrombie, sweat Abercrombie, chaine en argent Tiffany et leggins, que Giusy n'est qu'une salope, et qu'elle a couché avec cinq mecs alors qu'elle était maquée avec Luca.

Des mecs, vêtus de pulls à col large, les cheveux dégradés sur les côtés, lunettes de soleil *Independent*, font des blagues sur les Noirs. L'un d'eux dit à un autre :

« Tu connais la différence entre un Noir et une tarte aux pommes ? »

Et l'autre lui répond : « Oh, on la connait celle-là : le temps de cuisson ! »

Et toute la tablée éclate de rire. Je regarde autour de moi. Il y a un grand miroir au fond de la salle, dans lequel je ne parviens pas à distinguer quoi que ce soit. Je mets mes lunettes de soleil : le DJ continue à mixer, la fumée des cigarettes se perd en volutes, la coke est dans ma veste, les conversations sont toutes les mêmes, on est tous bien habillés, on a tous le même sourire satisfait aux lèvres.

Un peu plus tard, je conduis Blanc et les autres au *Divina*. Ils veulent savoir pourquoi je n'ai pas envie d'aller avec eux et je leur explique que j'ai sniffé trop de cocaïne et que la tête me tourne. Ils font mine de comprendre et, tandis que je gare la voiture, Blanc me propose de venir au moins jusqu'à l'entrée, histoire de mater les meufs qui seront à notre table.

Je les suis : il y a un monde fou devant la boîte, et ma migraine empire. Arianna et Francesca nous saluent et Ferrari leur demande comment ça s'est passé avec les deux types : elles échangent un regard complice et éclatent de rire. Cinq filles se présentent, dont une passablement soûle, qui titube et babille à tout va, et Coco dit qu'il n'a pas envie qu'elle s'incruste à notre table.

La fille lui lance un « Connard » et Coco explique à Arianna qu'il n'a aucune intention de la faire entrer, que cette pétasse a déjà vomi à sa table, une fois. Arianna toise la fille ivre et lui dit : « Désolé Meli, tu peux pas entrer. »

— Allez vous faire foutre », réplique Meli. Arianna me demande si je peux la raccompagner chez elle.

Meli me sourit et me dit qu'elle se nomme Melissa ; elle affirme qu'elle n'a pas bu tant que ça, et qu'elle voudrait bien continuer.

« Ça te dit de poursuivre la soirée avec moi, chez moi ? », me propose-t-elle en me caressant l'épaule.

Le mal de tête me tape violemment les tempes, mais j'accepte son invitation. Nous saluons toute la clique et nous nous dirigeons vers mon Audi, sans mot dire.

Et elle est là, avec sa robe décolletée qui laisse entrevoir sa poitrine, son collant et ses talons hauts, en train de dire que de toute façon, ce soir, elle n'avait pas vraiment envie de faire la fête, et qu'elle a l'impression de m'avoir déjà vu quelque part.

« C'est possible, lui dis-je.

— Tu sais où j'habite ? »

Je lui réponds que non et elle m'indique une rue, non loin de Piazza San Babila. Dans la voiture, elle ne cesse de répéter qu'elle a peur du cancer et d'autres maladies, genre le sida, que Camilla, une amie à elle, a chopé un herpès ; ensuite, elle parle de métamphétamines et raconte qu'à Londres, où elle fait ses études, ils appellent ça d'une drôle de façon, mais elle ne se souvient plus comment.

Nous arrivons chez elle et Melissa me propose de monter. J'accepte. Nous entrons dans l'immeuble, puis appelons l'ascenseur : elle se regarde dans la glace en clignant des yeux pendant un moment insupportablement long. Une fois dans sa chambre, nous commençons à nous embrasser… elle fait glisser sa robe, se retrouve en collant et Jeffrey Campbell.

Elle marque alors une pause, et prend de la coke sous son lit ; moi, je jette un regard dans la pièce et j'aperçois une poupée sur la commode : je me demande si elle y jouait, enfant.

« Adam… »

Je me retourne et je la retrouve allongée sur le lit, complètement nue. Poitrine fluette mais ferme. Elle tient une bouteille de rhum et un plat rempli de cocaïne.

« J'imagine qu'on doit baiser maintenant », lâche-t-elle, après avoir bu directement au goulot.

Je reste silencieux quelques secondes, puis je lui réponds : « Comme tu veux.

— J'ai pas envie », répond-elle en mettant un peu de coke autour de son nombril.

— Eh bien ne le faisons pas. »

Elle sourit puis réplique : « Je peux être sincère ? »

Je lui fais signe que oui.

« Il y a quelque chose que je veux faire depuis longtemps, mais j'ai toujours eu honte de le dire, et c'est un truc, comment dire… un truc un peu stupide en fait, mais de temps en temps j'y pense, et là je suis un peu bourrée et j'ai envie de te le dire, parce que t'as l'air différent des autres, et tu me plais, et t'as l'air – elle hésite un instant – t'as l'air, je sais pas… si, t'as l'air sensible, oui… sensible et moi, tu vois, je fais mes études à Oxford et là-bas, les choses sont différentes, ici je revoie toujours les mêmes têtes mais toi, tu es sensible, et j'ai vraiment envie de te le dire, si tu veux bien… »

Je m'allonge sur le lit à côté d'elle, en regardant sa vulve glabre, et je lui susurre qu'elle peut bien me confier tout ce qu'elle voudra.

« J'ai pas envie de coucher, j'en ai marre du sexe – elle boit une autre gorgée de rhum – mais, comment dire… j'aimerais jouir. J'aimerais jouir pendant que tu me parles, pendant que tu me dis des mots doux à l'oreille. Oui, des mots doux. Des mots doux, des mots tendres, suaves, s'il te plaît », dit-elle en se caressant sensuellement l'entrejambe.

« Qu'est-ce que tu veux que je te dise ?

— Je veux que tu me susurres dans le creux de l'oreille que je suis spéciale... différente... unique. S'il te plaît, tu peux le faire ?

— Bien sûr. »

Elle m'embrasse et souffle : « Vas-y », en faisant glisser sa main vers son sexe.

Je lui murmure qu'elle est unique, qu'elle est magnifiquement belle, spéciale et différente... elle se caresse, faisant glisser ses doigts entre son clitoris et son vagin, de plus en plus vite.

« Je... je suis spéciale ? halète-t-elle.

— Oui, tu es spéciale.

— Je suis... je... je suis différente ?

— Oui, tu es différente, tu es unique. »

Melissa agite sa main de plus en plus vite. Elle se cambre, ses pieds se contractent, elle jouit fougueusement. Elle est essoufflée à présent, éreintée même et, pour me remercier, elle me donne un baiser. Moi, je reste là à regarder ce corps nu et bronzé, et je ne sais plus quoi faire.

Elle se retourne et me dit qu'il serait préférable de partir maintenant, car son père doit rentrer à l'aube et il est déjà quatre heures.

Je me lève et je vais me passer le visage sous l'eau, dans la salle de bains de sa chambre. Lorsque je ressors, je la vois nue et seule, allongée sur les draps humides à hauteur de son sexe.

J'ai l'impression qu'elle dort.

Je suis sur le point de sortir quand Melissa, depuis son lit, m'interpelle : « Adam !

— Oui ? dis-je en me retournant.

— Tu peux garder ça pour toi ?

— Bien sûr.

— Tu veux que je te paie pour que tu n'en parles à personne ?

— Non.

— Je le savais, sourit-elle. Tu es tellement... sensible. »

Je la regarde une dernière fois avant de m'éclipser.

Une fois rentré chez moi, je vais dans ma chambre et je me roule un joint, dans l'espoir d'atténuer ce mal de crâne aigu. Je l'ai plutôt bien roulé d'ailleurs, je l'allume et tire deux taffes. J'ai envie de boire une bière : je descends au salon, je décapsule une bouteille, puis je branche la chaîne pour écouter un peu de musique. Je choisis un CD des *Tears for Fears* et j'allume la télé. Je me souviens que Coco m'a conseillé de regarder *Big Brother*, que j'ai justement enregistré avant de sortir. Je lance l'émission. Je dois être l'une des rares personnes à n'avoir jamais vu un épisode, et donc, tandis que j'avale et recrache la fumée, je me mets à examiner la situation. Si j'ai bien compris ce que Coco m'a expliqué, des garçons et des filles sont réunis dans une maison et sont obligés de vivre quelque temps ensemble. Après une bonne demi-heure, je comprends que l'idée que je m'en étais faite est à l'opposé de ce que l'émission est en réalité. J'étais persuadé que ces garçons et ces filles faisaient des choses dans cette maison, mais je me rends compte qu'en réalité, ils ne font rien. Rien du tout. Ils passent leur temps à bronzer, à plonger dans la piscine, à s'allonger sur le canapé ou sur le lit, harassés « de fatigue ». Ils discutent de fringues aussi, de mode bien entendu, de télévision évidemment. Et ils couchent ensemble, il va sans dire. L'un des candidats vient juste de demander à un autre qui est l'auteur de l'*Iliade* et ce dernier a répondu « Dante ». Un autre essaie tant bien que mal de conjuguer le verbe « avoir » au passé simple. De temps en temps, l'un des candidats éclate en sanglots parce qu'il a peur d'être éliminé, et qui plus est il pleure à chaudes larmes ; lorsque les présentateurs appellent les parents des concurrents, ceux-ci se disent fiers de ce que leur enfant a accompli dans la vie – d'ailleurs ça se voyait déjà tout petit qu'il se serait fait un nom. Le public applaudit. À cet instant, le type qui cherchait à conjuguer le verbe avoir se trompe complètement, puisqu'au lieu de dire « j'eus », il sort « j'aurus », et le public éclate de rire et applaudit.

Parfois, deux personnes se disputent et lorsque l'une d'elles insulte l'autre, le public applaudit ; et si l'autre se rebiffe et lui répond du tac au tac, le public applaudit à nouveau. La scène se déplace maintenant sur une fille et un garçon qui sont en train de baiser, mais la fille affirme qu'ils n'étaient pas du tout en train de baiser, mais de faire l'amour. Alors le public, ému, applaudit.

Et moi je suis là, défoncé, je regarde l'écran et j'essaie de faire le point sur la situation : nous avons donc douze personnes, des mecs et des nanas, dans une maison, qui n'en branlent pas une du matin au soir, qui ne savent pas parler italien, qui chouinent si par malheur ils ont un ongle cassé ; les mecs s'échangent les nanas qui s'échangent les mecs, et même lorsque l'un d'eux est aux chiottes, le public applaudit !

Tandis que j'en suis à résumer la situation, la présentatrice annonce qu'un certain Alessandro a été éliminé et qu'il doit donc quitter la maison. On voit alors les images d'un public bouleversé, des gens qui pleurent même et se mettent à beugler en un retentissant : « Oh nooooooon ! ».

L'Alessandro en question, un type grand et bronzé, et qui, de par sa manière d'être, de s'habiller et de parler, pourrait tout à fait faire partie de notre bande, embrasse les autres candidats et les remercie pour la superbe expérience qu'il a vécue dans la maison.

Ensuite, une fois sorti, avant de pénétrer dans les studios, des gens dehors, amassés les uns contre les autres, se bousculent violemment pour essayer de lui tendre la main : le voilà qui se met à courir en battant les mains de ses nombreux fans. Après sa course folle, il entre dans les studios et le public fait quelque chose qu'il n'avait jamais fait jusqu'à présent : il crie et il applaudit. Sur le plateau, un homme travesti en femme, ou peut-être une femme qui a été un homme autrefois, à moins qu'il ne s'agisse d'un être mythologique d'un genre nouveau, l'embrasse et, décrivant sa *forma mentis*, son parcours de formation au sein de la maison, lui dit :

« À un moment donné, j'ai senti toutes mes hormones en ébullition ! »

Le public fait : « ohhh ! », et applaudit.

Entre-temps, le disque des *Tears for Fears* est arrivé à la chanson *Mad World*. J'écoute les paroles : *It's a Very, Very Mad World*, et je souris.

J'éteins la télé et je m'endors sur le canapé.

Nous sommes en terrasse, à la *Rinascente*, je mélange les glaçons de mon *negroni*, tandis que Coco discute avec une métisse asiatique de l'école des Beaux-Arts, une amie d'Arianna, assise à côté d'une certaine Giovanna ; cette dernière porte des lunettes de soleil et, d'après ce qu'on m'a dit, il y a tout juste une semaine elle est sortie d'un centre de désintox. Sauf que pas plus tard qu'hier, elle s'est à nouveau shootée, et elle ressasse, les yeux mi-clos, qu'elle a « replongé ».

J'essaie de distinguer sur ses bras le trou par lequel elle s'est injecté l'héroïne, mais je ne vois rien ; elle est là, comme si elle était sur le point de s'endormir, à zieuter son iPhone. Blanc nous rejoint. Il s'assied avec deux sacs Dsquared² et Moncler et trompète qu'il a fait du shopping.

Coco fait un signe de la tête, puis reprend sa conversation avec l'Asiatique. Dix minutes après, Arianna m'explique que Giovanna aussi est une artiste.

« Ah bon ? dis-je.

— Bah ouais, je peins, bredouille Giovanna, les yeux cachés sous des verres violets, le chignon défait. Je peins, et je me fais peindre à poil aussi », bafouille-t-elle encore, tout en essayant de refaire son chignon.

« Ah ouais ?

— Ouais, par douze keums en même temps… », dit-elle en mangeant ses mots. Elle sourit. Arianna lui caresse le visage, et me tend son iPhone pour me montrer les photos. On y voit Giovanna nue, totalement peinte.

Giovanna me fait signe d'approcher : elle se penche à mon oreille et me la lèche sensuellement, sans se faire remarquer, et me dit que si je lui donne deux-cents euros, elle me laissera lui repeindre le vagin. Elle me demande si j'ai de l'héro, et si j'ai déjà essayé.

« Non, dis-je.

— Tu t'es jamais piqué ? s'étonne-t-elle.

— Non.

— Tu veux essayer ? »

Je fais non de la tête.

« Je veux de la *brown*, j'en ai marre de la merde habituelle », poursuit-elle en retirant ses lunettes et en prenant un peu de coke dans un porte-cigarette orné d'une image de Marylin Monroe.

Ensuite, elle dit que sa mère vient de lui envoyer une photo de Bali, et un message lui demandant comment se passe la cure, et que le temps, là-bas, est magnifique.

« Quelle salope ! », lâche Giovanna, en se touchant compulsivement les narines.

« Salope, répète-t-elle, salope suceuse de bites, salope, sale pute, s'acharne-t-elle en riant sarcastiquement, suceuse de bites, salope, salope, salope », continue-t-elle en haussant le ton. Tant et si bien que Coco et l'Asiatique interrompent leur conversation, cette dernière lançant un regard à Arianna comme pour lui demander d'emmener Giovanna aux toilettes.

Je suis quelque peu éméché à cause des trois *negroni* que j'ai descendus. Blanc s'amuse à charger les photos de ses emplettes sur Instagram. Je remarque qu'à la table d'à côté, un couple vient de s'asseoir, mari et femme, assez âgés, mais sans faire vieux pour autant. Ils me regardent, je leur souris maladroitement, et l'homme me lance : « Bonjour.

— Bonjour, dis-je à mon tour poliment.

— Heureusement qu'il y a encore des jeunes gens qui ne sont pas défigurés par des piercings et autres horreurs du genre », observe l'homme en souriant.

Je lui rends son sourire et, avec un rire des plus ridicules, je lui réponds : « Vous avez bien raison ». Blanc lève les yeux et me lance un clin d'œil.

Je fais quelques pas sur la terrasse pour me dégourdir les

jambes. Tandis que j'admire le Dôme, je remarque qu'il y a une longue file de personnes en train de faire la queue devant Mondadori. Coco me rejoint et veut savoir ce que je fabrique.

Je lui indique la librairie et il me demande si je me souviens de Laura, la *fashion blogger*. J'acquiesce et il me dit qu'aujourd'hui sort le livre de la plus importante *fashion blogger* d'Italie, qui est d'ailleurs une amie de Laura.

« Cette queue, c'est pour elle », fait-il.

Il me propose ensuite de passer chez lui, plus tard, et je lui fais un signe de la tête en guise d'approbation.

« On peut rester un peu chez moi, et éventuellement dîner… Ensuite on trace ensemble pour la soirée à Côme, ça t'botte ? »

— Ça marche, dis-je en regardant la file de personnes devant la librairie.

— OK, mais si je ne suis pas à la maison, c'est que je suis encore avec la jaune », précise-t-il, en indiquant l'Asiatique. Ils s'éclipsent bras dessus bras dessous.

Je retourne m'asseoir et Blanc me dit qu'avant même la sortie du livre de la *fashion blogger*, plus de cent-mille exemplaires ont été vendus, et que l'auteure est deuxième au box-office, juste derrière le livre de Benedetta Parodi. Après quoi il se lève, s'étire de tout son long, et prétend qu'il a des trucs à faire. Je me retrouve seul et je repense à Giovanna qui rit, défoncée, traitant sa mère de suceuse de bites et de salope, tandis que le serveur se pointe et me demande si je désire boire autre chose. Je commande un *negroni*. Arianna revient des toilettes en disant qu'elle doit partir au plus vite, que Giovanna a éclaté en sanglots, victime d'une crise ou quelque chose dans le genre. J'acquiesce et je mets mes lunettes de soleil. On me sert mon *negroni*. Je paie le serveur et je reste seul, écoutant la brise tiède de l'après-midi s'écarteler contre les tours du Dôme.

Je suis devant chez Coco et j'ignore s'il est rentré ou non. J'ai bien essayé de l'appeler mais je suis tombé sur le répondeur. J'entre dans le jardin de sa villa et j'aperçois sa mère, en bikini, lunettes de soleil sur le nez, qui agite les mains pour me saluer. Je m'avance vers elle en lui faisant un petit signe.

« Adam, comment vas-tu ? me demande-t-elle en s'allongeant sur une chaise longue, au bord de la piscine.

— Tout va bien, et vous ?

— Très bien, très bien, fait-elle en dégustant un spritz glacé. Quand es-tu rentré ?

— Ça fait… il y a un petit moment déjà… Coco est là ?

— Non, il est sorti, je sais pas où », répond-elle en posant le regard sur un jeune homme bronzé et musclé, qui est en train de placer des tapis à côté de la piscine.

Elle dit qu'il s'agit de son prof de yoga. Que le yoga l'aide à évacuer les tensions et qu'elle ignore quand le père de Coco rentrera du congrès auquel il a été convié. Elle ajoute quelque chose à propos de la crise et se plaint d'un problème qu'elle a eu, dernièrement, avec son nouveau SUV.

Elle pose à nouveau le regard sur le jeune instructeur de yoga. Le type se retourne, enlève son débardeur, lui sourit, puis se remet à disposer les tapis en montrant ses muscles et en se baissant lentement vers le sol. Il y a un moment de silence presque embarrassant. La mère de Coco me demande comment vont mes parents.

« Bien, ils vont bien, dis-je.

— Ton père aussi ? », se hasarde-t-elle.

J'essaie de sourire, mais je n'y arrive pas :

« Oui, il va très bien, dis-je finalement.

— Bon… », glisse-t-elle dans un sourire, en ajustant son bikini violet.

Je suis sur le point de partir, quand elle m'interpelle : elle se souvient que Coco a laissé un message disant qu'on se retrouvait directement à Côme, où il se rendra avec Blanc et Ferrari. Elle ajoute, ironique :

« Toujours la belle vie vous, hein ? »

Je lui souris sans savoir quoi lui répondre.

« Excuse-moi si je ne te l'ai pas dit plus tôt, mais je crois que j'ai un peu exagéré cet après-midi », dit-elle en riant, tout en mélangeant son spritz.

Je lui adresse un sourire, puis la salue poliment. Je sors de la villa et je reçois un message de Paolo, m'invitant à passer chez lui pour dîner. Je lui réponds « OK » et je donne un dernier coup d'œil en direction du jardin de Coco. L'instructeur de yoga a maintenant les mains sur les hanches de madame et essaie de lui faire plier les genoux. Elle parvient à toucher le tapis du bout des doigts. Elle lui chuchote quelque chose à l'oreille, et ils rient, complices.

Paolo finit de rouler le joint et me le donne. Je l'allume, tire quatre lattes, puis le lui repasse. Nous sortons tout juste de table et il veut savoir comment se passe mon retour.

« Pas très bien, dis-je sèchement.

— Comment ça ? s'inquiète-t-il, tandis qu'il essaie de faire des ronds de fumée.

— J'sais pas trop », dis-je, le regard braqué sur la télé. On est en train de suivre un festival de musique sur la cinq.

« J'sais pas… en fait, quand je suis parti, c'est comme si j'avais voulu foutre le camp pour toujours… dis-je finalement, sur un ton quelque peu dubitatif.

— Tu sais… moi j'ai arrêté de sortir avec vous, depuis l'histoire de Jo – il s'arrête, se racle la gorge et pose le pétard dans le cendrier – mais depuis, je n'ai jamais accepté l'idée que le monde puisse se résumer à Milan ou à l'Italie, où nous sommes toujours sortis… Le monde, la vie, ce n'est pas ça. Ce n'est pas que les apparences ou le faste.

— Mais c'est ça aussi. Tel est le monde d'aujourd'hui, dis-je en l'interrompant.

— Mais non Adam, c'est juste le monde où nous avons grandi, pas le monde en général, insiste-t-il. Tu vois, par exemple, hier, je me promenais et j'ai vu des enfants de huit ou neuf ans, qui s'amusaient à faire des sonnettes avant de détaler en courant. Et… et ça m'a fait rire. Je me suis souvenu de notre propre enfance, tout était tellement plus drôle. On se contentait d'un rien et un jeu aussi simple que sonner chez les gens, en prenant nos jambes à nos cous suffisait à notre bonheur. On était unis, heureux, et on riait. On souriait… La dernière fois que tu as souri sincèrement, toi, ça remonte à quand ? me demande-t-il en me fixant droit dans les yeux.

— J'en ai pas la moindre idée, dis-je tout en me rendant compte qu'il s'agit d'une question que je ne me suis jamais posée.

— Et réponds-moi à cette question : tu vas toujours en boîte avec les autres, pas vrai ?

— Oui, bien sûr, je dois même y aller ce soir.

— OK… et tu t'amuses bien ?

— Oui, je crois…

— Tu y as déjà été, sobre ?

— Non, ça j'pense pas, dis-je en baissant les yeux.

— Et pourquoi donc, à ton avis, on a toujours besoin de se défoncer pour s'amuser ? », m'interroge-t-il encore. Je reste muet, incapable de répondre. Je pose à nouveau le regard sur l'écran.

La présentatrice du festival de musique est en train de faire des grands discours et sourit, heureuse ; elle s'adresse au public et affirme qu'elle a quelque chose d'important à déclarer :

« Beaucoup pensent que les jeunes d'aujourd'hui ne sont plus capables de rêver, mais moi je dis que c'est faux ! Vous, vous êtes le futur, et vous n'arrêterez jamais de rêver ! », exhorte-t-elle, et les jeunes applaudissent et jubilent.

Tandis qu'elle tient ces grands discours, je repense à la *fashion blogger*, à la top-modèle anorexique, au type qui a vendu l'alliance de sa mère pour apparaître sur le site *Italian new models* et aux deux filles que Blanc et moi nous nous sommes tapées en les payant. À Melissa qui se masturbe et puis à Jo, qui décida de se donner la mort, juste avant mon départ.

« Mais qu'est-ce qu'elle en sait, celle-là ! », s'insurge Paolo, en changeant de sujet.

Il a dû comprendre que je n'ai pas les réponses à ses questions.

« Elle en sait rien. Rien du tout, dis-je. Tout comme ces abrutis qui l'écoutent.

— Au fait, Adam…

— Quoi ?

— Pourquoi t'irais pas voir Jo ? Je suis sûr que ça lui ferait plaisir », dit-il en cherchant à croiser mon regard.

Dès que j'entends ces mots, je sens les larmes monter en moi ; je ressens à nouveau le poids sinistre que j'avais éprouvé à peine débarqué à Milan. Tout ce que je parviens à faire est susurrer un timide « oui », tout en gardant les yeux rivés sur la télé. La présentatrice dit que nous devons continuer à rêver. Je me souviens qu'elle avait accepté de présenter ce festival pour cinq-cent-mille euros.

« Tu peux changer de chaîne ? », me demande Paolo.

Je prends la télécommande et je zappe. On rediffuse un journal télévisé. Paolo me passe le joint et nous regardons les infos. La guerre continue à Gaza ; un homme a tué ses deux filles et sa femme à la hache, après leur séparation ; les suicides à cause de la crise sont au plus haut ; en septembre, le nouvel iPhone sortira ; le Pape a twitté contre la guerre ; pas de nouvelles de l'avion volatilisé dans le néant ; un politicien est placé en garde à vue pour avoir fréquenté des trans ; une potiche a décidé de se marier car elle a enfin trouvé l'âme sœur.

« Je t'en supplie, éteins-moi ça », dit Paolo, en fermant les yeux.

Je me lève, j'allume une cigarette et je coupe la télé.

*Nous étions chez Paolo, assis sur le canapé. On fumait en écoutant Radiohead.*

*Jo était en train de feuilleter des articles de journaux qu'il avait conservés, et m'en passa un.*

*On y racontait qu'un homme avait tué sa fille avec un marteau. Il avait détruit son visage en lui infligeant plus de cinquante coups de marteau, alors que son corps était parfaitement intact. Lorsque les policiers entrèrent dans l'appartement où l'homicide avait eu lieu, ils trouvèrent le corps de la fille complètement nu, mais de son visage rien n'était resté, hormis des morceaux informes de crâne et une flaque obscure de sang qui, depuis la nuque, avait dégouliné sur le carrelage.*

*Je déchirai l'article et je demandai à Jo pourquoi il me l'avait fait lire.*

*« Parce que ce sont des choses qui arrivent, déclara-t-il.*

*— C'est incroyable qu'un homme puisse tuer sa fille de cette manière… C'est juste incroyable qu'un père puisse tuer son enfant, dis-je.*

*— Il arrive pourtant que des parents tuent leur propre enfant… ce n'est pas si rare que ça », fit-il.*

*Nous restâmes en silence quelques instants, puis Paolo intervint :*

*« Mais qu'est-ce que tu racontes, bordel ?*

*— Bah oui, reprit Jo, l'autre jour j'ai lu qu'une fille s'était tuée en se jetant d'un immeuble… juste avant de sauter dans le vide, elle avait écrit sur un bout de papier le nom de ses parents. Ce n'est pas rare que des parents assassinent leur propre enfant. C'est juste que parfois ils s'en rendent compte, et parfois non. »*

*Nous restâmes en silence pendant de longues minutes, nous demandant si ce que Jo venait de dire était sensé ou non.*

L'*Anniversaire*, une heure quinze du matin. Je suis assis avec Coco, Blanc et Ferrari dans ce bar, à Côme.

Le programme de la soirée consiste à boire en attendant d'aller au *Como In*, où nous avons réservé notre table habituelle à environ sept-mille euros. Le coût net de la soirée avoisinera donc les sept-cents euros par tête de pipe.

Nous sommes assis en terrasse, il fait assez chaud, malgré la pluie fine qui s'est abattue il y a une petite heure. Coco et moi portons une chemise blanche, lui une Burberry, moi une Prada. Blanc et Ferrari, eux, ont opté pour des chemises bleues. Blanc et moi avons des pantalons beiges de chez Fay, achetés ensemble à Milan, tandis que Ferrari et Coco portent des jeans clairs, griffés Ralph Lauren et Armani.

Nous avons tous des mocassins aux pieds, hormis Ferrari qui a chaussé ses Clarks claires.

L'*Anniversaire* est bondé, la clameur et les cris hystériques se mélangent dans les premières ombres de la nuit, marquées par le désir de « retourner » la soirée et de « tout déchirer ».

« Donc, je répète : si Cami vient me voir, cette fois je me la tape », annonce Blanc.

Il se frotte le nez, très probablement obstrué par la poudreuse qu'il a sniffée il y a environ cinquante secondes aux toilettes.

« Bien sûr… parce que tu crois qu'elle va coucher avec toi, réplique Ferrari en le toisant, perplexe.

— Je te rappelle que la dernière fois, alors que j'étais en train de déboucher une Crystal, elle est venue me demander un verre… et je suis bien sûr qu'elle cherchait tout autre chose », rétorque Blanc en enfilant ses lunettes de soleil, malgré la nuit.

Coco est connecté sur Instagram et contrôle combien de likes il a obtenus grâce à sa dernière photo.

« Hein ? tu disais ? demande-t-il à Blanc.

— Je disais que cette fois j'me la fais, je veux rien savoir, je la baise et c'est tout. Point barre.

— Et comment penses-tu y arriver, playboy ? lui fait Ferrari.

— Comme d'hab, répond Blanc, en sortant le portefeuille de sa poche.

— Je te ferais dire qu'elle est pleine de thunes, elle s'en fout pas mal de ton argent, réplique Ferrari en mettant lui aussi ses lunettes de soleil.

— En tout cas, paraît que c'est une salope psychopathe, tu savais ça ? intervient Coco.

— Qu'est-ce que t'entends par « salope psychopathe » ? demande Blanc.

— Bah, à ton avis, c'est quoi une salope psychopathe ?

— Bon sang, dis-moi ce que t'entends par salope psychopathe ! Elle se fait fouetter ? Elle se fait prendre par dix mecs à la fois ? insiste Blanc.

— Ouais, des trucs comme ça. Genre, elle a fait un truc avec trois mecs dans les chiottes du *Gatto*, répond Coco.

Je jette un regard autour de moi. J'essaie de faire abstraction de la conversation et d'écouter les personnes assises aux tables d'à côté.

*« Non c'est pas vrai, c'est pas ça ».*

*« On a combien de likes ; à quelle heure tu l'as mise la photo sur Insta ? Fallait la mettre plus tard, les photos faut les poster de vingt heures à vingt-et-une heures, comme ça y'a plus de gens connectés et tu prends plus de likes ! »*

*« Moi je le trouve pas si beau que ça, mais il paraît qu'il baise bien ».*

*« Oui, au final son père en a sauté une autre. »*

*« Je comprends pas pourquoi il le fait jouer arrière droit et pas avant-centre ».*

*« Mais t'arrêtes ? »*

*« En plus elle fait sa star, mais ses sacs à main, bah c'est même pas des vrais. »*

*« Je crois que tu as perdu quelque chose. »*

*« Mais Marti, c'est une grosse salope celle-là ! »*

Il faut que je m'envoie une ligne au plus vite.

« Je vais aux toilettes deux secondes, dis-je.

— Reviens vivant », me fait Coco en souriant.

Je lui rends son sourire.

Dans le bar, plutôt étroit, toutes les tables sont occupées. En me dirigeant vers les toilettes, je remarque quelques nanas que j'ai embrassées l'année dernière, en boîte ; elles me reconnaissent sans me saluer.

Toutes les filles portent des talons aiguilles, des collants noirs et des tenues assez éclectiques.

Certaines ont des Dr. Martens, d'autres des Jeffrey Campbell, mais les décolletés sont de mise, tout comme les Louis Vuitton originaux qu'elles portent au bras, et les bracelets Tiffany en argent, qui leur tombent sur le poignet.

Les garçons portent des t-shirts échancrés de marques à la mode, avec des pochettes latérales sur le torse, ou encore des chemises et des pantalons cigarette ultramoulants.

Ils sont tous bronzés aux UV, ils ont tous la même coupe de cheveux : longs au centre, légèrement dégradés sur les côtés. En les observant, je me dis que si je devais les décrire, j'en serais bien incapable ; en vérité, il me suffirait d'en décrire un seul pour dresser un tableau général. Chacun semble être la copie d'un autre qui semble être la copie d'un autre. Tous identiques, tous cherchant à s'imiter les uns les autres.

Il n'y a qu'un seul WC et, tandis que j'attends mon tour, je remarque une fille et un gars en train de s'embrasser et un autre, immobile, contre le mur. Il doit probablement être déjà bien chargé.

C'est mon tour : j'entre et je me tire deux bonnes lignes.

Elles m'arrivent direct au cerveau : j'ai la tête qui tourne, au point que je manque de trébucher. Puis tout redevient normal et je sors des toilettes.

Je sens le regard des gens me pénétrer jusque dans les os. Ils savent très bien ce que je viens de faire, mais ce n'est pas un problème ; eux-mêmes l'ont fait juste avant, ou le feront d'ici peu. Tout le monde le sait, mais personne n'en parle.

Je m'arrête au comptoir et je commande un *negroni*.

J'aperçois une fille en mini-jupe, chaussettes montantes jusqu'aux genoux, débardeur moulant. Elle a de longues jambes et des bottines aux pieds.

Elle me regarde, je la regarde.

Puis elle s'en va.

Le barman me sert mon *negroni* que je prends sans dire merci, je sors du bar et m'assieds à notre table. J'allume une cigarette.

« Bien, la situation est donc la suivante : huit Crystal, quinze Dom Pérignon et dix Moët, déclare Blanc.

— *Yessss*, confirme Ferrari. Ça fait une table à environ treize-mille, s'exclame-t-il, ravi.

— Et on renverse lesquelles par terre ? demande Blanc.

Coco hausse les épaules :

— Moi je renverserais les Moët.

— Quand je te disais que t'es qu'un pauvre de merde, s'agace Ferrari.

— C'est clair, t'es qu'un prolo à la con, pourquoi pas les Dom Pé ? demande Blanc avec mépris.

— Pas de soucis les mecs, on renverse les Dom Pé, cool, répond Coco.

— On sera combien à la table ?

— Genre une dizaine, les autres sont déjà là-bas.

— OK, on a qu'à y aller, non ? demande Blanc, en lançant un billet de cinquante euros sur la table.

— Allez ! », répond Ferrari en tapant dans ses mains et en bondissant de sa chaise.

Nous nous levons. Avant de quitter le bar, chacun laisse cinquante euros sur la table.

« Où est-ce que t'as garé la caisse, Adam ? me demande Ferrari.

— À côté de Piazza Vittoria.

— Alors on prend un taxi pour aller au *Como In* ? demande Blanc.

J'acquiesce.

— Très bien », conclut-il.

Non loin de l'*Anniversaire,* se trouve une file de taxis garés les uns derrière les autres. Nous montons dans le premier et Blanc salue le chauffeur qui lui serre la main.

« Très cher, ça faisait un bail ! lui lance Blanc.

— Oh, Blanchini, mon cher Blanchini, comment ça va ? répond le chauffeur en lui serrant la main.

— Tout va bien, tout va bien », lui fait Blanc avec une moue quelque peu contrariée.

Ferrari, Coco et moi montons à l'arrière.

« Je vous conduis au *Como In* ? demande le chauffeur.

— *Yess* », fait Blanc, en tambourinant sur ses genoux. Le taxi démarre.

Le *Como In* se trouvant à environ deux-cents mètres de là, il ne nous faut pas plus de deux minutes pour nous y rendre.

« Merci mon vieux, fait Blanc en lui claquant cinquante euros.

— Merci à toi, fait l'autre en écarquillant des yeux pleins de gratitude. Si vous avez besoin au retour, passez un coup de fil, ajoute-t-il en nous faisant un clin d'œil.

— Non, non, on rentre en voiture avec Adam, lui réplique Blanc, en lui serrant la main.

— Très bien, bonne soirée, alors », répond le chauffeur, avant de redémarrer et de disparaître dans la nuit.

Devant la boîte, une queue à n'en plus finir que nous nous apprêtons, comme toujours, à sauter.

Il y a des garçons en chemise, des junkies avec des piercings sur le visage, quelques quadras, et des ados de quatorze ans, munis de fausses cartes d'identité.

Ferrari me susurre à l'oreille : « Ça te dit de danser sur la piste avec ces clodos ? »

Je souris.

« Rien qu'en dansant, tu chopes minimum dix maladies vénériennes », continue-t-il, railleur.

Blanc se dirige vers le videur et lui communique le nom de notre table ; on nous fait entrer rapidement.

Depuis la file, quelqu'un proteste : « Hé ! c'est qui ces connards ? De quel droit ils sautent la file, ceux-là ?

— Ces connards, ce sont ceux qui donnent leur salaire à tes clochards de parents, pédé de ta race ! », hurle Coco, en les envoyant tous se faire foutre, avant d'éclater de rire.

À l'entrée, une fille aux jambes interminables nous passe autour du poignet les bracelets de notre salle privée et nous demande de la suivre, tandis que Blanc lui murmure à l'oreille qu'elle est canon de chez canon.

Elle lui adresse un sourire.

Nous entrons dans la salle privée et l'hôtesse nous indique notre table.

La boîte est bondée et les personnes suintent par tous les pores un mélange de vie et de mort. L'odeur de la sueur émanant de la masse que nous surplombons, depuis notre salle privée, est oppressante. On dirait des bêtes qui se démènent, se bousculent et se frottent les unes contre les autres.

Ils sont tous excités et palpitent d'adrénaline de synthèse en levant les bras au ciel.

La salle privée est assez pleine.

Mais pour nous, c'est mieux comme ça. Ça veut dire plus de personnes à provoquer. Nous retrouvons Arianna et Francesca qui nous saluent en nous faisant la bise.

Elles portent toutes deux des robes décolletées et courtes, d'où leurs jambes s'élancent gainées de nylon noir. Chaussures noires à talons.

Les bouteilles arrivent après une demi-heure : huit Crystal, quinze Dom Pérignon, dix Moët, et trois Belvedere que nous avons ajoutées au dernier moment. Ferrari appelle le photographe de la boîte, lequel lui demande de patienter quelques instants, puis il se retourne dans notre direction et nous demande de lui passer nos Rolex.

Nous les lui donnons, il les glisse autour du goulot d'une bouteille de Crystal, et ordonne au photographe de prendre la photo.

Je l'entends hurler une phrase du genre « Sans richesse ».

C'est d'ailleurs le nom de notre table.

SANS RICHESSE.

Blanc prend une Dom Pérignon en regardant la piste où les « plébéiens », comme il aime les appeler, dansent agglutinés les uns contre les autres.

Il grimpe sur la banquette, et fait signe aux autres de l'imiter. Ferrari, Coco, et les potes qui ont réservé la table avec nous, montent donc sur la banquette et, toujours en regardant la piste, ils commencent à renverser du champagne sur leur Rolex et par terre, tout en insultant les plébéiens.

Ensuite, pendant une dizaine de minutes, nous aspergeons nos chemises et les gens de champagne, jusqu'à ce qu'un type bouscule Blanc, en le menaçant : « Qu'est-ce que tu branles, connard, j'vais t'défoncer ! »

Mais Blanc fait un signe au videur qui pose ses grosses paluches sur le perturbateur et le fait disparaître.

Le problème est réglé.

Il y a des filles d'environ quinze ou seize ans qui dansent devant nous.

Ferrari les appelle et leur dit quelque chose à l'oreille.

Elles font mine d'approuver.

Ferrari nous interpelle et hurle :

« Oh ! Regardez ces salopes ! »

Il monte sur la banquette et toise de haut les filles qui continuent à se trémousser devant lui ; il sort son portefeuille, en extrait quatre billets de cinquante euros qu'il trempe dans du Crystal, les enroule, sourit, fait signe aux filles de s'approcher, la bouche ouverte. Il les introduit dans leur bouche puis les enlève. Il les remet encore et les retire, imitant le va-et-vient d'un pénis. Ensuite, il les laisse dans leur bouche, les filles s'embrassent, prennent les billets et les mettent dans leur poche.

Et tout le monde rit.

Arianna, assise à côté de moi, me hurle dans l'oreille :

« Ah ah ah, trop fort ! ».

J'acquiesce puis j'allume une blonde.

Je remarque qu'il y a une fille soûle, plutôt laide, qui nous tourne autour en se touchant et en disant des choses sans queue ni tête, des mots bafouillés, mâchés, des bougonnements.

Elle porte une robe noire, sans soutien-gorge.

Elle s'approche de Blanc et lui marmonne quelque chose à l'oreille.

Elle doit très probablement être sous l'emprise d'un acide et elle n'a pas idée du pétrin dans lequel elle vient de se mettre.

Blanc fait signe à Ferrari de sortir son iPhone.

Ferrari s'exécute et commence à filmer la scène.

Blanc attrape la fille, sort un sein de sa robe et commence à le frapper.

Il lui serre le téton et lui calotte à nouveau le sein, tandis que Coco, qui a suivi la scène, s'approche avec son verre de champagne et le lui renverse sur la tête en éclatant de rire. Il prend un autre verre, le remplit de Belvedere et le lui jette au visage.

La fille recrache la vodka.

Coco la gifle puis, comme s'il s'agissait d'un trophée, il lève la bouteille en l'air et lui en verse le contenu entier sur les cheveux… En quelques secondes, la fille ruisselle de la tête aux pieds.

La musique est assourdissante. La boîte est pleine à craquer.

Les videurs regardent la scène sans broncher. Ils savent qu'ils ne doivent rien faire avec nous.

Personne ne peut rien contre nous.

La fille continue à chanceler et à recracher la vodka. Blanc l'attrape une nouvelle fois par les seins, pendant que Ferrari, mort de rire, filme ; et il les lui fouette encore, mais cette fois avec violence, en lui pinçant les tétons. La fille essaie bien de se débattre mais elle est trop défoncée. Elle ne parvient qu'à tituber de-ci de-là.

Blanc et Coco se placent devant Ferrari, qui est toujours en train de filmer, et se mettent à hurler : « C'EST UNE MERDE CETTE MEUF, CETTE MEUF EST UNE MERDE, T'ES

QU'UNE MERDE ! » Ensuite, ils la giflent à plusieurs reprises, cette fois-ci au visage.

Sans se faire remarquer, ils l'entraînent dans un coin de la salle et Ferrari me fait signe de les suivre.

Pendant ce temps-là, Arianna et Francesca dansent avec deux types, grands et bronzés, qui portent des t-shirts en V échancrés. Ils étaient eux aussi à l'*Anniversaire*, juste avant. Ils font partie de nos fréquentations. Il y a fort à parier qu'ils coucheront ensemble, plus tard.

Elles dansent bien, toutes les deux.

Je rejoins les autres dans le coin de la salle. La musique couvre les plaintes de la fille qui nous implore de la laisser partir, bien qu'elle le fasse dans une langue plutôt incompréhensible. Elle bredouille :

« Vou z'en pr… suffi ! Où mes cops ? ».

Mais elle ne pleure pas, elle ne se débat pas. Elle ne comprend tout simplement pas ce qui est en train de lui arriver. Elle ne parvient même pas à ouvrir les yeux ; faible et inconsciente, anesthésiée, à notre merci. N'importe qui pourrait l'emmener dans les toilettes et la violer.

Coco sort un petit couteau suisse de son pantalon et le passe à Blanc qui, après l'avoir remercié dans un sourire, commence à découper la robe de la fille au niveau de la poitrine. Il fait deux cercles parfaits, d'où pointent ses seins. Il les frappe encore, en la couvrant d'insultes qui sont immortalisées par l'iPhone de Ferrari. Enfin, il l'embrasse sur la joue et, tout en la poussant, lui hurle dans l'oreille :

« Tes amies sont pas dans la salle ! »

Pour couronner le tout, il lui crache au visage. Coco, lui, après avoir raclé toute la morve que son nez renferme, la lui déverse dans les cheveux. La fille se met à tituber vers la sortie, tout à fait inconsciente de ce qu'elle vient de subir. Elle n'a probablement rien compris à tout ce que lui a dit ou fait Blanc ; elle marche, comme si de rien n'était, défoncée, avec sa robe découpée au niveau des tétons.

Lorsqu'elle sort de la salle, les gens se mettent à rire, des groupes de personnes se forment et la raillent, mais elle continue à tituber, et les gens éclatent de rire en la montrant du doigt.

Cette scène me fait un drôle d'effet. Je me demande si tout cela est vraiment en train de se produire.

Coco demande à Ferrari s'il a bien tout filmé : celui-ci acquiesce en lui faisant un clin d'œil.

Nous regardons à nouveau la vidéo et Blanc éclate de rire sans retenue.

Pendant les deux heures qui suivent, nous buvons du champagne et Blanc, Ferrari et Coco bousculent des gens, dans l'espoir d'en venir aux mains. Et lorsque l'occasion se présente, le videur intervient et emmène toujours les autres, qui n'ont rien fait de mal, si ce n'est répondre aux insultes et aux verres que nous leur jetons. À un moment donné, je décide d'aller aux toilettes pour me tirer quelques lignes et j'y trouve deux gothiques avec des crucifix et des pantalons moulants.

Cheveux plaqués en arrière et dégradés sur les côtés. Des tatouages genre tribal sur le torse et les bras.

L'un dit à l'autre :

« Ce soir, on va foutre un bordel pas possible. »

L'autre le regarde et hurle :

« Et on va baiser grave, bordel ! »

— Attends, j'ai envie de péter la gueule à quelqu'un.

— Vas-yyyyyyyy ! »

Ils sortent ensuite des toilettes, chargés d'adrénaline. Probablement de la cocaïne périmée et ammoniaquée.

J'entre à mon tour et je me tire une ligne. Je lis le message écrit juste au-dessus de la chasse d'eau : « Jésus voit tout ».

Je sors des toilettes, je me lave les mains et le visage. Je reste là à me regarder pendant quelques minutes, mais j'ai comme l'impression que mon reflet est trouble. Je sors et donne un coup d'œil aux personnes qui sont sur la piste : il y a une fille magnifique, qui danse avec les « plébéiens », deux autres qui se tiennent par la main, et un type qui hurle contre un autre, jusqu'à ce que le videur intervienne. Deux autres gars, un peu plus loin, retiennent tant bien que mal un de leurs amis, je présume, et ne cessent de lui hurler de se calmer ; mais le fauve est comme enragé, il se libère et saute sur sa proie.

Une nana a versé un shot de vodka sur les abdos d'un garçon, et elle les lui lèche. Quelques gars sont immobiles, aux pieds de danseuses qui se trémoussent sur des cubes, et les observent comme hypnotisés. Un type vêtu d'un maillot de basket et portant une bouteille d'eau s'arrête à ma hauteur et me demande si je veux un peu de MD. Il ne doit pas avoir plus de seize ans. Après l'avoir remercié, je lui fais signe que non.

Je me dirige vers notre salle ; juste avant d'entrer, j'aperçois encore la fille avec la robe taillée au niveau des seins, circonscrits et rehaussés par le tissu déchiré de la robe. Elle s'approche de moi en titubant. Je l'esquive. Je retourne dans notre salle en montrant mon bracelet au videur. Je m'assieds sur une banquette et j'allume une cigarette, tout en me frottant les doigts contre mes gencives.

Cette coke n'était pas si mal que ça.

J'empoigne une bouteille de Dom Pérignon, je l'ouvre puis je me mets à boire directement au goulot.

J'observe les gens. À présent, Blanc, Ferrari et Coco, en compagnie d'autres types qui ont leur table à côté de la nôtre, sont en train de chanter :

« Repasse Andrea, Oh ! Anna repasse Andrea, repasse Andreaaaaa ! »

Anna est une femme d'environ quarante ans qui, il y a deux mois, a tué son fils Andrea, âgé de deux ans, à coups de fer à repasser. Elle l'a frappé plus de cinquante fois, avec le fer. Je me souviens que ceux qui avaient trouvé les restes de l'enfant les décrivirent comme une bouillie d'organes et de sang. Méconnaissable, sans forme. Le crâne liquéfié, les oreilles fondues et les jambes brisées, entortillées.

Blanc et les autres chantent tout sourire, en s'aspergeant de champagne.

Je regarde une dernière fois autour de moi, puis je ferme

les yeux. Et je les garde fermés pendant longtemps, très longtemps. Du moins me semble-t-il.

« Oh ! Blanc veut qu'on s'arrache ! », me hurle Coco, en me secouant pour me faire sortir de ma torpeur.

Je suis dans les vapes. Je me demande combien de temps a pu passer. Une demi-heure, peut-être même une heure. Ce qui est étrange, étant donné que la coke fait tout sauf endormir.

Blanc et Ferrari sont en train de draguer les filles du vestiaire et leur parlent de la prochaine table qu'ils comptent réserver ; Ferrari montre la bouteille de Dom Pérignon fluo qu'il a décidé de ramener chez lui, puis Blanc nous fait signe de tracer.

Nous sortons de la discothèque.

Sur le trottoir, il y a un type couvert de vomi et deux ambulances qui sont en train de le récupérer, ainsi qu'un autre qui s'est fait casser le nez.

« Alors, vous vous êtes bien amusés ? je demande aux autres.

— La classique soirée de merde, bougonne Blanc, en haussant les épaules, c'est mieux à Milan.

— On prend un taxi ? demande Coco.

— Non, on marche », répond Blanc, en donnant des coups de pied dans les cailloux sur la route.

Nous nous mettons donc à marcher lentement dans les rues de la ville.

Le trajet dure une bonne dizaine de minutes et nous parlons de choses et d'autres.

Du fait que la photo de la bouteille avec les Rolex sur le goulot est vraiment mortelle, qu'on a trop hâte de la poster sur Facebook et puis, bien sûr, de Cami qui, au final, n'est même pas venue.

Coco demande à Ferrari ce qu'il compte faire de la vidéo.

« Je la garderai comme souvenir, répond-il, à moins que je ne l'envoie à quelques potes… ouais, je pense que je l'enverrai au groupe.

— Quel groupe ? je demande.
— Celui sur WhatsApp, celui de Milan ou de la CCC.
— Je vois, dis-je en acquiesçant.
— Oui, c'est une bonne idée, intervient Blanc, ils l'apprécieront. »

Nous arrivons finalement à la voiture, je déverrouille les portières et je mets un peu de musique.

« Bordel, j'sais pas vous, mais moi j'ai besoin de me tirer une ligne au plus vite, lance Ferrari en sortant un sachet de coke de sa veste. Tu t'en occupes, chef ? me demande-t-il.
— OK », je réponds en prenant ma carte de crédit dans mon portefeuille.

Je prépare rapidement quatre lignes dans la soucoupe en argent que je garde toujours dans la voiture, puis je la tends aux autres.

« Et maintenant, on fait quoi ? », je demande.

Tous trois tirent leur ligne puis me dévisagent. Blanc se masse le front et déclare qu'il a envie de rentrer.

« Et vous ? », je demande aux autres.

Ils ne répondent pas et me font signe de démarrer.

J'enclenche donc la première et, dès que je suis sur la route de Novedrate, Ferrari, apercevant une prostituée, baisse la fenêtre et lui jette la bouteille de Dom Pérignon vide.

« Qu'est-ce que tu fous, putain ? dis-je en freinant brutalement.
— Ce que je veux, bordel, réplique-t-il, tranquille. Il bâille puis s'allume une cigarette.
— Tu l'as eue ? demande Coco.
— Peut-être bien. »

J'ai les mains qui tremblent mais je ne peux pas faire demi-tour pour contrôler ; j'enclenche donc la première, les phares de mon Audi éclairent la route, mais je ne parviens pas à m'ôter de l'esprit l'image de Ferrari blessant la prostituée. J'imagine son visage défiguré, les tessons de verre sur le sol et je repense au jeune homme du *Darian* qui avait été martyrisé. J'essaie de monter la musique, mais j'ai les mains moites, alors j'arrête la voiture sur le bord de la route et je me tire une ligne, pour me calmer.

« Calme-toi ». Je me le répète encore et encore, et après quelques minutes je sens que cela fonctionne.

Lorsque nous arrivons chez Blanc, tout le monde descend de la voiture et déjà on programme la prochaine soirée. Je dis que je viendrai à coup sûr, mais que je dois vraiment filer, à présent. Je les salue et je détale en vitesse.

Lorsque j'arrive chez moi, après avoir garé la voiture, j'entre et je consulte ma montre.

Il est six heures deux du matin.

Je suis assez fatigué, mais peut-être que pour me détendre totalement, je devrais fumer un bon joint. Je monte dans ma chambre, je prends l'herbe, en roule un stick et commence à le fumer.

Sur le tourne-disque, je mets *Sunday Morning* des Velvet Underground. Je fume tranquillement, quelques cendres tombent par terre. Je me demande pourquoi j'ai peur de dormir.

Je repense à tout ce que nous avons fait ce soir. À la baston en boîte, à ces gamines qui suçaient les billets de banque, à la meuf complètement destroy et à la prostituée aussi, blessée par la bouteille.

J'espère qu'elle n'est pas morte, surtout. Et si quelqu'un l'avait trouvée ?

Une envie de rire monte en moi, ça y est, je commence à me marrer. J'ai comme un chatouillement le long du corps. Il part des pieds, remonte par le foie, se prolonge le long de mes membres.

Je suis maintenant totalement pris par le fou rire, tant et si bien que j'ai l'impression que ma mâchoire va se décrocher. Et pendant que je ris, je me rends compte qu'en réalité quelques larmes ont roulé sur mes joues. Je suis peut-être en train de pleurer.

Oui, je crois que je pleure.

J'ignore ce qu'il m'arrive. La lumière de la lampe me foudroie et m'aveugle.

Je ne vois plus rien. Juste des petites sphères roses et des nuances de jaune, tandis que je divague lentement dans la respiration de tout ce qui ne m'appartient pas.

Je ne comprends pas ce qui m'arrive. Mes mains aussi semblent différentes, et je suis terrifié à l'idée de me regarder dans la glace. Pourtant, il n'y a pas de glace, ici. Je m'allonge sur le canapé et je continue à penser aux improbables enfants de la prostituée, qui retrouveront leur mère défigurée.

Même s'ils n'ont sûrement jamais existé.

Comme bien des choses. Comme bon nombre de personnes que j'aurais aimé rencontrer.

Je ne pense plus à rien. J'écoute le silence, entrecoupé par les battements de mon cœur.

« Adam, je te présente mon frère. »

J'écrase le joint.

*I've got a feeling*
*I don't want to know.*

Puis je m'endors.

*Nous partîmes dans la nuit de vendredi, vers deux ou trois heures. Le voyage durait deux bonnes heures, nous serions donc arrivés en Ligurie vers cinq heures du matin. Nous l'avions décidé à l'improviste, sur le moment, sans raison et sans aucune organisation particulière. Paolo venait juste d'avoir son permis, et donc, cette nuit-là, nous allâmes tous les trois à la mer.*

*Pendant tout le voyage, Jo avait l'air heureux et lorsque nous lui demandions la raison de cette bonne humeur, il répondait : « Vous verrez bien ».*

*La voiture de Paolo filait sur l'autoroute déserte, au cœur d'une nuit qui semblait n'appartenir qu'à nous. Nous arrivâmes effectivement à cinq heures. Je sens encore ce vent annonciateur de l'été, et la sensation du sable humide sous nos pieds. Lorsque les premières lueurs du jour teignirent l'horizon, Jo décida de piquer une tête, et Paolo lui emboîta le pas.*

*À cet instant, je fus l'acteur et le spectateur d'une image pleine de beauté et d'espoir, image que j'ai conservée longtemps au fond de mon cœur, mais que je n'ai plus eu le bonheur de revivre.*

*Mes deux meilleurs amis plongeant dans la mer, sous les halos de cette aurore naissante, l'arrivée d'un jour nouveau, une nouvelle vie à vivre tous ensemble.*

*Lorsqu'ils sortirent de l'eau, Jo, tout sourire, me demanda comment je me sentais. Je lui répondis que j'étais bien, et pour la première fois de ma vie j'éprouvai cette douce et subtile sensation que l'on ressent lorsque l'on a la certitude de ne pas se mentir à soi-même.*

*« C'est pour ça que je voulais vous amener ici… dit-il. Souvent, nous nous entêtons à faire coïncider le bonheur avec quelque chose qui nous dépasse, quelque chose d'immense, quelque chose que nous nous évertuons à poursuivre… et nous sommes incapables d'ouvrir les yeux pour comprendre que la joie, c'est ça aussi, que le bonheur peut être simplement ça : une série de petites choses que le quotidien nous offre. Un bon café au petit matin, la présence d'un ami, et nous trois… l'aube caressant le sable, un jour nouveau à vivre ensemble. »*

*Je le regardai en souriant.*

*« Ici, c'est vraiment magnifique », conclut-il, le regard pointé vers l'horizon. Et je suis convaincu qu'il le pensait réellement.*

Il est midi trente et je n'arrive plus à dormir. Je me lève du canapé sur lequel j'ai passé la nuit et je monte dans la cuisine. Je me prépare un café, la clope du matin au bec.

J'allume la télé : c'est l'heure du JT. Un homme en uniforme militaire a tué sa femme d'une balle entre les yeux. Pas de nouvelles, en revanche, de l'avion disparu.

Je sors dans le jardin et je contemple le ciel dégagé.

Il fait assez chaud. Ma clope s'est consumée et je sens le mal de tête m'assaillir à nouveau. Peut-être à cause du sommeil, ou de la cigarette ; ou parce que, dernièrement, petit-déjeuner et déjeuner sont une seule et même chose. Je remarque une voiture qui se range sur le côté, en bas de la descente qui mène jusque chez moi. Le véhicule s'immobilise, une personne que je ne reconnais pas immédiatement en descend. Puis, en l'observant attentivement, je comprends de qui il s'agit.

Elle porte une robe blanche et ses cheveux châtains volent au vent. Plus longs qu'ils ne l'étaient avant mon départ. Elle descend d'une Audi R8, et embrasse un homme qui n'est pas mon père. Depuis le divorce, ils ne se sont plus revus. Elle marche en direction de la maison, d'ici une vingtaine de secondes, elle sonnera.

J'entends le bruit des clés dans la serrure.

Je me penche au-dessus des escaliers et, après six mois d'absence, je revois ma mère.

« Mon chéri ! », s'exclame-t-elle, en venant vers moi. Elle m'embrasse sur la joue en me serrant fort dans ses bras.

Je l'embrasse à mon tour, quelque peu embarrassé. Pendant qu'elle s'approchait, je pouvais encore regarder dans une autre direction. Mais, à présent, je n'ai plus d'autre choix que de la regarder dans les yeux. Elle sourit.

« Comment vas-tu ? Alors, ce voyage ? Raconte ! Et comment se fait-il que tu ne te connectais jamais à Skype ? », me demande-t-elle, rayonnante.

Elle a l'air heureuse de me voir.

« Ben, j'en sais rien… mais tu recevais quand même les messages, dis-je maladroitement.

— Certes, mais j'aurais bien voulu voir le visage de mon fils de temps en temps ! Fais-voir que je te regarde ! ajoute-t-elle en mettant ses mains sur mes épaules et en m'examinant scrupuleusement. Tu deviens de plus en plus grand ! s'exclame-t-elle en me donnant une autre bise sur la joue. Bon ! Raconte, comment c'était ?

— Pas mal, dis-je, j'aimerais y retourner – j'ajoute, en cherchant à ne pas croiser son regard.

— Ah bon ? T'es pas bien ici ? demande-t-elle, perplexe.

— Non, c'est pas que je ne suis pas bien, c'est juste que... »

Son téléphone sonne.

« Attends, chéri, une seconde, chuchote-t-elle en répondant au téléphone et en me faisant signe de l'excuser. Oui, oui, j'arrive, y'a mon fils à la maison, je ne savais pas... d'accord, je descends tout d'suite, j'arrive. »

Elle me regarde en souriant et soupire :

« Pardonne-moi, mon chéri, y'a Stefano qui m'attend, je devais juste monter prendre deux trois affaires... ça te va si on en reparle... disons demain ? »

J'acquiesce.

« Par contre au déjeuner, parce que le soir, je suis encore chez Ste, OK ?

— J'sais pas maman, parce que j'ai rendez-vous avec les autres, pour le déjeuner...

— Ah, d'accord, rétorque-t-elle, toujours en souriant. Bon, de toute manière, on trouvera bien un moment ! s'exclame-t-elle, sereine, en ouvrant grand ses bras. Avec Felicia, tout se passe bien ?

Felicia est la domestique philippine, que j'ai dû voir une ou deux fois depuis que je suis rentré. Elle fait tout ce que devrait faire une mère, et donc si votre mère est absente, eh bien vous savez qu'il y aura toujours une Philippine prête à prendre sa place.

« Oui, ça va, dis-je.

— Felicia est très gentille, dit-elle en jetant un regard autour d'elle. OK... mon chéri, moi je dois filer, on s'appelle très bientôt, d'accord ? ajoute-t-elle, en me caressant les cheveux. Tu m'as manqué, susurre-t-elle, en m'embrassant à nouveau.

— Toi aussi », lui dis-je sèchement.

Elle relâche l'étreinte, me donne une dernière bise, descend les escaliers, lance un « Je t'aime » et, sans attendre de réponse, elle claque la porte derrière elle.

Je reste dans la pièce, je regarde autour de moi et je me demande comment je réagirais si, en passant la tête par la fenêtre, je la voyais par terre, terrassée par une crise cardiaque. Que se passerait-il ? Qu'éprouverais-je si, en courant vers elle, je devais croiser son regard agonisant ? Ressentirais-je l'amer remords, l'atroce sentiment de la culpabilité pour n'avoir pas su lui dire je t'aime… ou bien resterais-je de marbre ? Les souvenirs d'elle me reviendraient-ils à l'esprit, au moment même où ses mains glacées tenteraient vainement d'effleurer les miennes ? Quelle part de moi-même perdrais-je ? Quelle part de ma vie partirait avec la sienne ? Me mettrais-je à regretter le temps perdu ?

J'ai revu ma mère après six mois d'absence et notre première entrevue a duré deux minutes.

J'allume la chaîne et lance un CD : *AM* du groupe *Artic Monkeys.*

Non loin de la chaîne, une vieille photo : ma mère, mon père et moi, dans un parc d'attraction. Je suis entre les deux, je souris, j'ai une casquette bizarre sur la tête. Mon père rit.

Qu'éprouverait mon père si ma mère devait mourir ? Qu'est-il resté de ce qui les unissait ? Où va l'amour, une fois que l'on a oublié ? Je me demande si, d'une certaine manière, il doit nécessairement être lié à la mort, à la perte, à la douleur aveugle. *Do I Wanna Know?* passe en fond.

J'allume une cigarette tout en me demandant comment ont pu naître en moi toutes ces interrogations, et s'il existe une réponse viable aux questions que nous nous posons.

*Do I Wanna Know ?*

Non, pas plus que ça, en fait.

*Je me rappelle que tout commença par une dispute. Une parmi tant d'autres. Je pensais que cela faisait partie de la normalité, qu'il s'agissait d'une émanation de la routine à laquelle j'étais convenu de me soumettre. Rien de plus, rien de moins. Une simple dispute. L'habituelle engueulade à l'heure du dîner. À cette époque, même si les scènes de ménage éclataient presque quotidiennement, je n'arrivais pas à m'y faire. Chaque mot, chaque insulte, chaque reproche que mes parents échangeaient, quoique prévisible, répétitif et habituel, était comme une flèche empoisonnée qui meurtrissait ma chair, déchirant les murs de la maison. Ma chambre me semblait de plus en plus étroite, suffocante, et j'avais commencé à pâtir de graves crises de claustrophobie.*

*Les clés dans la serrure, les pas dans l'escalier, la cuisinière qui sort de la pièce, et puis… l'explosion soudaine. Tout partait d'un banal « comment s'est passée ta journée ? ». L'un des deux accusait l'autre de ne pas en faire assez, d'être le maillon faible, de ne pas être à la hauteur.*

*Les mots, les cris, les hurlements… se bousculaient dans ma tête toute la nuit et je me souviens de cette sensation âcre de mépris, de haine. Haine envers moi-même. Car, sans raison apparente, je m'étais persuadé d'être la cause du malheur de mes parents. À table, je ne parvenais pas à regarder mon père dans les yeux, et ma mère ne dînait même plus avec nous. J'ai le souvenir de repas avec mon père entaché de ce silence réciproque, mortellement rythmé par le mouvement saccadé de nos mâchoires. Chaque seconde, chaque instant devenait éternel dans cette prison de haine qui me séquestrait. Mais l'envie de fuir, de partir loin, cette envie était l'amie qui me rappelait qu'une issue de secours existait probablement. Ainsi, un jour, après l'énième dispute et un silence insoutenable, je partis, au volant de la Rouge, chez Jo. Nous nous vîmes dans ce petit parc, non loin de son appartement. Je lui racontai toute l'histoire, pour la première fois. Je lui dis que je ne parvenais plus à vivre, que je n'avais plus aucune envie de retourner dans cette maison, défigurée, dépossédée par la haine, sans vie, impassible, froide et indifférente. J'avais même pleuré. Et Jo, en voyant mes sanglots, me prit dans ses bras, tandis que je pleurai sur son épaule ; et il souffrait, lui, il était sur le point de fondre en larmes, mais il avait résisté. Il portait un chapeau rouge. Ça le rendait tellement ridicule. Et il le mettait sur sa tête pour me faire rire. C'était grâce à ce genre de choses qu'il réussissait à me remonter le moral. Il mit le chapeau rouge et me dit :*

*« Ce n'est pas de ta faute ».*

*Après cela, nous étions partis acheter un pack de bières dans une supérette non loin de là et nous les avions vidées l'une après l'autre. Nous parlions du futur, des filles, de la façon dont nous serions parvenus à nous arracher d'ici, un jour. Il me fit écouter* No Surrender *de Bruce Springsteen, une version acoustique. Il se mit à l'entonner, et il chantait faux mais il était drôle, il faisait le pitre pour me faire rire. Je me souviens encore des paroles :*

*We made a promise*
*We swore we'd always remember*
*No retreat, believe me, no surrender*
*Like soldiers in the winter's night*
*With a vow to defend*
*No retreat, baby, no surrender.*

*Et j'avais cessé de pleurer car, certes, ma maison m'attendait, mais je savais qu'en dépit de tout, j'avais un véritable ami sur lequel j'aurais toujours pu compter. Je me souviens des brins d'herbe sous la lumière des réverbères, des balançoires bercées par la brise, du pétillement de la bière à peine décapsulée, du paquet de cigarettes, tout juste ouvert et déjà terminé.*

*L'inquiétude, la peur, la haine restèrent ; je savais désormais que le démon de la culpabilité me suivrait longtemps, probablement trop longtemps pour que je puisse un jour l'oublier. Et, en effet, il ne m'a plus jamais quitté, comme un fardeau trop lourd de béton, comme une balle dans une jambe, comme un soupir glacé s'exhalant des routes détrempées de l'hiver. Oui, la culpabilité... les nuits insomniaques, le besoin de surdité, de se boucher les oreilles, comme les enfants, car j'étais un enfant. Et puis, d'un jour à l'autre, mes parents divorcèrent et je ne me souviens plus de rien.*

*La maison devint plus tranquille, mais plus vide aussi. Je mangeais seul, tous les soirs, mais le silence cessa d'être oppressant. Je me rappelle encore de ce son, cette espèce de sifflement dans les oreilles, à peine perceptible mais si dérangeant. Et lorsqu'il m'arrive aujourd'hui de l'entendre à nouveau, je repense à Jo chantant* No surrender, *rayonnant d'espoir, caressé par la lune, dans ce parc, et qui répétait à tue-tête que ce n'était pas de ma faute.*

Je suis en voiture avec Blanc, on est partis chercher un peu de coke chez Marc, un dealer qui possède plusieurs appartements, entre Via della Spiga et Via Monte Napoleone. Le soleil, particulièrement chaud, tape sur l'asphalte, et la Porsche de Blanc roule avec la clim au maximum, même si on a tous les deux les fenêtres ouvertes. Nous sommes bloqués à un feu rouge et je regarde la voiture d'à côté. Lorsque le conducteur, qui tient son volant des deux mains, se rend compte que je l'observe, il me lance un regard de tueur. J'enfile mes Ray-Ban, et je regarde mes mains, tandis que Blanc, de temps en temps, s'agace en proférant des insultes.

Soudain, l'autoradio change de fréquence et passe sur une station catholique : un homme est en train de pleurer, et implore de l'aide. Il raconte que sa fille de cinq ans a été renversée par un camion, qu'il n'arrive plus à vivre. Il précise que le camionneur s'en est rendu compte seulement cinq-cents mètres plus loin : il croyait qu'il s'agissait d'un sac poubelle ou de quelque chose d'autre.

« Le corps broyé de ma petite fille a été traîné pendant plus de cinq-cents mètres, répète le pauvre homme. Lorsqu'on l'a retrouvée, mon enfant était devenue une masse de chair noire méconnaissable. Elle n'avait plus de jambes, plus de mains… plus d'yeux. Seuls ses cheveux, sales et sombres, qui avaient fondu sous l'effet du moteur, tombaient encore sur son crâne écrasé sous les pneus. Que vais-je devenir à présent ? », demande l'homme, en sanglots, à l'animateur radio.

« Vous devez avoir foi en Dieu… Tout est le dessein de Dieu », répond celui-ci en soupirant.

J'éteins la radio et j'allume une clope, mais je ne parviens pas à m'ôter de l'esprit l'image de la pauvre enfant écrasée sous les roues du camion, qui fond au contact du moteur, et se liquéfie sur l'asphalte.

« On est arrivés », dit Blanc, en garant sa Porsche.

Nous descendons et nous entrons dans un immeuble de Via Monte Napoleone. Dans l'ascenseur, Blanc appuie sur le bouton « cinq » et, une fois arrivés à l'étage, nous sonnons à la première porte, dans un long couloir. Un jeune homme, qui ne doit pas avoir plus de vingt-cinq ans, assez baraqué, avec un t-shirt échancré et portant une moustache, nous ouvre.

« Salut Marc ! », fait Blanc, en l'embrassant.

Marc lui claque la bise, puis nous fait signe de rentrer. Nous nous retrouvons directement dans la cuisine. Marc ouvre le frigo, prend du jus de pamplemousse et nous en propose un verre.

Blanc lui fait non de la tête.

« T'as ce qu'il faut niveau coke ? », lui demande-t-il.

— Y'a jamais de crise dans ce secteur », rétorque Marc en souriant. Il ouvre un tiroir sous l'évier et en extrait quatre grammes de poudre blanche.

Blanc lui tend trois-cents euros et Marc sourit à nouveau, en lui faisant un clin d'œil. Puis il sort de sa poche deux pastilles de Librax, offertes – dit-il – par la maison. Il bâille, puis il explique qu'elles sont efficaces en cas d'effets secondaires de la coke. Blanc les prend et hausse les épaules :

« Si t'insistes », dit-il en les rangeant dans sa poche.

Marc boit un autre verre de jus et demande à Blanc comment se passent les shootings photographiques ; ce dernier lui répond que tout va comme sur des roulettes, Marc lui donne une tape sur l'épaule puis nous invite à le suivre. Nous nous retrouvons dans le salon où un garçon, âgé d'environ treize ans, est assis sur le canapé, le regard vide.

Il a les cheveux noirs et les yeux sombres, il porte un pantalon moulant et un soutien-gorge noir. Le ventre légèrement creux, il a une cicatrice juste au-dessus du nombril. Autour de ses yeux, le mascara a coulé ; sa bouche a été maquillée avec du rouge à lèvres.

« Regardez ça », fait Marc. Il passe sa main devant les yeux de l'enfant, d'abord à droite puis à gauche, mais les pupilles du garçon ne donnent aucun signe de vie.

*Que vais-je devenir à présent ?*

« Qu'est-ce qu'il a pris ? », demande Blanc.

— Une nouvelle drogue qu'ils sont en train de lancer sur

le marché ; je ne sais pas exactement le pourcentage de métamphétamines, de citalopram ou de fluvoxamine qu'elle contient. Ça doit probablement être un mix de toutes ces substances à la fois, ou d'autres merdes... L'idée est de créer quelque chose de grandiose, mais apparemment y'a encore du boulot, dit-il en fixant l'enfant.

« Et il est conscient quand même, le gamin, ou pas du tout ? interroge Blanc.

— On dirait pas, fait Marc en hochant la tête. Regarde. »

Il se retourne et lui met une paire de claques, mais le gosse ne réagit pas le moins du monde. Il reste immobile, les yeux ouverts et froids face à lui. Ses joues pâles ont l'air bien creuses.

« Il ne donne aucun signe de vie, ou plutôt, le strict minimum... fait Marc, en le caressant. Comment tu t'appelles, joli garçon ? lui dit-il en lui pinçant une joue.

« Marta... marmonne le gamin.

— Ah ah ! s'esclaffe Blanc. Ça tourne vraiment pas rond là-dedans.

— Ouais, mais c'est pas grand-chose, j'espère juste qu'il va vite se reprendre... de toute manière, ils m'ont assuré que l'un des effets de cette drogue est précisément l'amnésie, donc pas de soucis, explique Marc.

— Je comprends, fait Blanc.

— Un client doit venir sous peu pour se vider en vitesse, continue Marc, en regardant à nouveau l'enfant. T'as compris, Marta ? Dans pas longtemps, tu passes à la casserole ! »

*Que vais-je devenir à présent ?*

« Il paye bien ce client ?

— Comme tout le monde. »

Nous regardons le garçon. Il semble un instant remuer la mâchoire, mais il replonge finalement dans sa torpeur, inerte.

« Bon, nous on s'arrache », fait Blanc, en palpant la poche de sa veste, où il vient tout juste de ranger la drogue et le Librax. Nous saluons Marc et quittons l'appartement. Les portes de l'ascenseur s'ouvrent : un homme chauve, en costard-cravate, lunettes et attaché-case en cuir noir, en sort.

Blanc sourit, je regarde l'individu, qui me regarde à son tour, avant de baisser les yeux.

Nous montons dans l'ascenseur et appuyons sur le bouton « zéro », en attendant que les portes se referment. Et j'ai comme une crise de claustrophobie, mais je fais tout pour ne pas y penser. Je fais comme si de rien n'était.

*Nous approchions de la fin mai, les épreuves du baccalauréat allaient bientôt débuter. C'étaient des jours étouffants et stressants, dans l'attente d'obtenir le diplôme, dans l'espoir de quelque chose de plus enthousiasmant pour l'année à venir. Tout le monde avait déjà réservé ses vacances, qui à Ibiza, qui à Mykonos ou Pag, ou ailleurs dans ces coins-là. Mes camarades de classe parlaient déjà des filles qu'ils allaient se taper et des soirées qu'ils allaient donner.*

*Lorsque j'étais enfant, avec mes parents, mes grands-parents et mes oncles, nous allions dans notre maison de famille, en Toscane. J'ignore pourquoi, cette semaine-là, juste avant les exams, j'avais décidé de m'y rendre, seul. Ce fut étrange.*

*Un mélange de souvenirs flous, confus et de sensations présentes, bercées par une sorte de mélancolie. Par exemple, juste avant la tombée de la nuit, allongé sur une chaise longue, une bière à la main, j'avais l'impression de me revoir avec mon père en train de jouer, ou d'entendre ma mère qui nous appelait car il était l'heure de passer à table. Ou de me revoir avec mes cousins en train de rire, entre deux plongeons dans la piscine.*

*Et ce fut une sensation si étrange et si aliénante que je me suis demandé toute la semaine si j'avais vraiment vécu toutes ces choses, enfant, ou si je ne les avais pas plutôt rêvées.*

*Pourtant, je porte bien ces souvenirs en moi. La piscine était vide, humide à cause de la pluie qui tombait durant la nuit. Le matin, les feuilles mortes ondoyaient sur le fond du bassin, bercées par l'eau souillée. Toute la semaine, j'essayai de nettoyer cette piscine, en vain.*

*À l'heure du dîner, lorsque je préparais le repas, en m'asseyant tout seul pour manger, j'avais l'impression de revoir mon grand-père nous racontant une histoire à mes cousins et à moi-même, ma grand-mère en train de peindre un tableau, ma mère qui enfilait des coquillages pour en faire des colliers, et grâce auxquels, disait-elle, j'aurais toujours pu écouter le bruit de la mer.*

*Le soir, d'ordinaire, on regardait un film ou on partait en promenade sur le front de mer.*

*J'ai également retrouvé des dessins que j'avais faits étant petit, des dessins dont j'avais oublié l'existence.*

*Ils nous représentaient mon père et moi jouant au basket, tentant de faire des tirs au panier que nous avions monté avec des crochets, sur la terrasse. À mon retour, le panier était franchement rouillé, le fer orange était désormais marron et rugueux, et les clous semblaient vouloir céder sous son poids.*

*Je le fixai à nouveau au mur et je fis quelques tirs sans jamais parvenir à marquer un panier.*

*Je crois que je voulais nettoyer la piscine et réparer le panier, pour mettre de l'ordre dans mon passé. Des choses que j'avais oubliées, de beaux moments qui n'avaient pas résisté au passage du temps.*

*Il s'agissait de « réparer » tout cela, les témoignages uniques de ce que j'avais vécu, comme pour me dire : « Non, tu n'as pas rêvé ». Je crois.*

*La piscine se salit à nouveau à cause des pluies incessantes, et le fer du panier céda lui aussi.*

*Par contre, je conserve toujours les dessins. À la radio, j'avais écouté une chanson, cette superbe chanson de Guccini :* Addio.

*Je me souviens que je me sentais bien en l'écoutant. J'étais bien, seul, avec cette chanson. Et elle devint une amie, tout au long de cette semaine. Ses notes étaient des caresses de miel, des perles blanches d'espérance. Quelqu'un m'avait compris. J'avais d'ailleurs songé à ne pas rentrer, à dire « adieu » au monde entier, à tourner le dos aux masques de cire qui peuplaient ma vie.*

*Et pourtant, à la fin des fins, il fallut rentrer. En refermant la grille de la maison derrière moi, je m'étais retourné deux ou trois fois pour regarder, encore une fois, cette demeure. Les citrons, les pots de terre, le panier, les fenêtres, les marches et les escaliers. Le plâtre délavé des murs, les fissures, les volets entrouverts claquant çà et là sous l'effet du vent. On aurait dit une photo, une fresque solitaire et défraîchie, évoquant un lieu vide et abandonné où j'avais vécu heureux, autrefois.*

Coco met les feux de détresse dans un parking proche de la rue Dante, allume une cigarette et dit que nous devons attendre Lucia, une amie d'Arianna, avant d'aller chez Eleonora.

Je fume clope sur clope sans raison aucune. De l'autre côté de la rue, à travers les baies vitrées d'un bar, j'aperçois un type seul qui plonge ses frites dans du fromage fondu, sans les manger.

Non loin de nous, dans un sushi où nous allons très souvent, Denis et Rim, deux amis de Coco, sont en train de dîner. Lucia se pointe enfin, jean troué, t-shirt James Dean et baskets aux pieds.

Elle salue tout le monde. Arianna lui demande :

« T'es prête ?

— Bah ouais, mais y'aura de l'herbe, j'espère ? demande-t-elle.

— Oui, y'en aura sûrement chez Eleonora, la rassure Arianna.

— Je dois en être sûre, rétorque l'autre, extrêmement sérieuse.

— Mais pourquoi ?

— J'ai pas envie d'être sobre au milieu des gens.

— Y'a toujours de la beuh, confirme Coco.

— T'es sûr ?

— Je pense que oui, répète-t-il en démarrant sa Porsche.

— Attends, pars pas ! », hurle Lucia.

Il pleut à verse et le ciel est enveloppé d'un voile opaque qui rend floues les silhouettes et les proportions des immeubles. Une grisaille mécanique semble s'emparer de la ville, tandis que le claquement des talons sur la chaussée détrempée résonne dans l'espace. Moteurs, flaques d'eau, briquets allumant des cigarettes, pas rapides et coups de klaxon à n'en plus finir.

Autant de bruits qui me harcèlent et me donnent un mal de tête lancinant. Pendant ce temps-là, Lucia dit qu'elle n'a plus envie, qu'elle préfère rester chez elle, qu'elle ne veut plus sortir.

« Mais arrête, pourquoi ? lui demande Arianna.
— Parce que… parce que c'est comme ça, putain », lâche-t-elle.
Elle claque la porte et part en courant.

La musique est très forte et la maison d'Eleonora est remplie de monde. Les gens sont défoncés ou bourrés et Ferrari me raconte la soirée des dix-huit ans d'une certaine Federica, où ils étaient conviés, hier.

« Comme j'te disais, elle est vraiment canon et plus tard elle voudrait être présentatrice ou tout du moins travailler à la télé ; du coup, comme cadeau d'anniversaire, elle a demandé à ses parents de se faire refaire les seins, et eux évidemment ils ont dit oui… Pourtant elle fait au moins du C, donc imagine comment ce sera après l'opération… elle a dit qu'elle voulait du D ou même carrément du E. »

Il s'arrête un instant, boit quelques gorgées de son verre, puis continue :

« Mais ce que je voulais te dire, en fait, c'est qu'elle a fait sa teuf dans un endroit vraiment trop mortel, et tous les invités étaient en smoking et, à la fin, une bagarre générale a éclaté ! Je ne sais plus exactement pour quelle raison, Blanc a probablement dû pousser quelqu'un ou lui dire que son costard était craignos, en tout cas ils se sont tous jetés les uns sur les autres, ils ont commencé à se tabasser et bon… tu sais comment ces choses finissent : t'appelles l'ami de l'ami, l'autre en fait de même et à la fin…

— Et à la fin ?

— La fête a été interrompue parce qu'on était en train de détruire les lieux, un grand hôtel ou quelque chose dans le genre. On était salement amochés, mon vieux, les costards pleins de sang, t'aurais dû être là ; regarde, je me suis mis à l'écart pour filmer la scène ! »

Ferrari me tend son iPhone et lance la vidéo : on y voit une foule de personnes en smoking qui se tapent dessus, se poussent et se donnent des coups de poing. La scène se déplace maintenant sur un type qui assène un violent coup de pied à un autre, vêtu d'un smoking blanc, et le sang qui gicle de son nez souille le costume immaculé.

« Sympa, dis-je tandis qu'un gars, sur la vidéo, en tabasse un autre à mort.

— Pas mal, hein ? », me lance Ferrari, le regard absorbé par la vidéo.

Je détourne le regard et je réfléchis un instant. D'une certaine manière, je trouve ça plutôt étrange que des personnes aillent en smoking à une soirée, afin de donner une certaine image d'eux-mêmes, et finissent par se tabasser à mort comme des brutes. C'est assez paradoxal, si on y songe.

On a toujours besoin de masquer notre désespoir, notre haine ou notre frustration derrière les fringues.

Une fille passe à côté de notre table et Ferrari me donne une tape sur l'épaule.

« Oh ! Tu te souviens de celle-là ?

— Jamais vue de ma vie », dis-je.

La fille porte un top noir, un pantalon en cuir et des talons hauts. Elle a un air provocateur avec ce pantalon en cuir et ce haut, mais ce qui m'interpelle le plus, c'est le vernis rouge sur ses ongles de mains et de pieds, qui tranche singulièrement avec la couleur sombre de ses vêtements.

« C'est Giada !

— Giada ?

— Panzeri, précise-t-il.

— Tu déconnes ?

— Bah non, c'est vraiment elle, dit Ferrari en hochant la tête. Je sais, c'est à peine croyable. »

Giada Panzeri était au collège avec nous. Le genre de fille timide qui allait toujours au catéchisme. Dans notre collège, privé et catholique, comme toutes les écoles que nous avions fréquentées, il y avait une petite chapelle et Giada, tous les jours à sept heures trente tapantes, s'y rendait et y restait jusqu'au début des cours.

« J'peux pas y croire », dis-je.

Ferrari acquiesce et se verse une flûte de Dom Pérignon.

« Elle travaille pour Frank, à présent. Elle s'est fait refaire les lèvres et… disons qu'*elle s'est donné un coup de boost.* Il paraît que c'est une dominatrice sadomaso, ou un truc comme ça. Elle gagne beaucoup d'argent, mais ses clients sont des hommes « respectables », des entrepreneurs, des politiciens.

— La vache !

— Comme les choses changent, hein ? s'étonne Ferrari en faisant un drôle de bruit avec sa bouche. Ah ! Au fait ! Tu veux revoir la vidéo de la fille complètement défoncée en boîte ? me demande-t-il en faisant défiler les vidéos sur son iPhone.

— Laquelle ?

— Celle avec la robe découpée, les nibards à l'air ! précise-t-il, enthousiaste.

— Non ça va, dis-je.

— Mais elle est trop bien, tout le monde a adoré dans le groupe.

— Je sais, mais je l'ai déjà vue.

— Comme tu voudras », conclut-il en rangeant l'iPhone dans sa veste.

Les mots de Ferrari pour indiquer la métamorphose de Panzeri me trottent dans la tête : « Elle s'est donné un coup de boost ». Je me demande ce que cela peut bien vouloir dire. Je me lève et je dis à Ferrari que je vais prendre un verre. Au comptoir, non loin de la piscine, le barman m'interroge du regard et je lui commande un gin-lemon.

Je regarde le ciel et les étoiles. Des gens se jettent dans la piscine. Il y a une fille complètement nue qui porte juste une paire de lunettes, quoiqu'il fasse nuit.

Un type est couché sur le sol et n'arrête pas de vomir, après quoi il végète. Autour de lui, ses amis le filment. J'avais déjà assisté à une scène similaire, un jour, dans une boîte de nuit : une fille était en train de tomber dans un coma éthylique et n'en finissait plus de vomir. Ses amis ne trouvaient rien de mieux à faire que de la filmer et de poster les photos sur Facebook.

« Oh Dave ! Je crois que t'as exagéré ce soir ! », raillent les autres.

Le type continue à vomir et ses amis à filmer :

« Allez Dave, c'est cent likes chaque fois que tu déposes une gerbe ! », s'exclame celui qui filme.

J'allume une cigarette, je fais demi-tour pour rentrer dans la maison mais, à cet instant précis, je vois quelque chose que je n'aurais pas pu éviter de remarquer. À l'instant même où un rêve merveilleux prend fin.

La fille la plus belle que j'aie jamais vue. Une image, un visage, un reflet.

Ses cheveux châtains lui tombent sur une épaule en une tresse immaculée dans le souffle de la nuit. Ses yeux verts, sublimés par le rimmel, brillent comme deux émeraudes. Ses longues jambes, nues, semblent vous ramener à tout ce que vous avez seulement vaguement désiré, à une époque que vous ne parvenez plus à vous remémorer. Le temps d'un instant, tout devient silence. Tout s'immobilise.

Elle se retourne et me regarde, puis m'adresse un sourire.

Ce sourire esquisse deux fossettes, deux sources de joie, qui m'attirent inexorablement vers elle. Elle se retourne soudain et, toujours en me souriant, passe à côté de moi, en compagnie du garçon avec qui elle bavardait, puis s'arrête devant la maison. Je retourne à ma table, où Coco nous a rejoints. Je m'assois et, juste avant que la fille ne parte, je la lui indique.

« La fille, là, c'est qui ?

— Celle avec la robe rouge ? demande Coco.

— Oui, c'est qui ?

— Ah ! C'est Liza, dit-il en souriant avec une sorte d'amertume. Une vraie bombe, hein ?

— Qui c'est cette Liza, d'où vient-elle ? Que fait-elle ? dis-je instinctivement.

— Bah Liza… – il s'arrête une seconde pour reprendre sa respiration – Liza, faut que tu l'essaies.

Je le dévisage sans comprendre.

— Qu'est-ce que tu veux dire ? dis-je, craignant déjà ce qu'il pourrait m'annoncer.

— Elle travaille pour Frank », répond-il dans un sourire, en allumant une blonde.

Je sens le vide m'envahir, ma voix mourir dans ma gorge. Les mots s'évanouissent face à la certitude implacable de l'absence de tout espoir de fuir, ou de pouvoir, ne serait-ce qu'un instant, éprouver à nouveau ce sentiment égaré quelque part, dans un passé lointain. Le souvenir d'une émotion.

« C'est une… une… pro… prostituée ? », dis-je en balbutiant, avec des tremblements dans la voix.

Coco éclate de rire.

« En voilà des grands mots ! », s'exclame-t-il, ironique. Mais oui… disons que c'est une prostituée. »

Je reste muet. Je regarde en face de moi. Je remarque une porte-fenêtre qui délimite l'une des entrées de la maison ; je devrais y percevoir le reflet de quelque chose, de quelqu'un, mais ma vue est trouble et je ne vois plus rien. Je ne distingue rien.

« Pourquoi, ça te choque ? Adam, nous sommes tous des prostitués ! », s'exclame-t-il en levant les bras au ciel, et toujours en riant.

Je m'assieds à la table. Je sens que mes jambes tremblent, et que mes genoux flanchent sous mon poids. Mon cœur bat violemment, les voix des autres se font de plus en plus lointaines. Je me lève brusquement ; les gens, eux, continuent à danser, à rire, à discuter. Je m'échappe de cette maison, je cours jusqu'à ma voiture. J'y monte et je reste silencieux.

J'écoute ce silence, sentant à nouveau le vide me remplir. Une nausée sinistre qui m'empêche même de parler, cette sensation de répulsion plus intense que la tristesse. Et je reste là, silencieux et nauséeux, à écouter ce vide. Le vide et rien d'autre.

*« On peut devenir fou d'un jour à l'autre, affirma Jo.*

*— Comment ça ? », lui demandai-je.*

*Nous étions à la gare et nous observions les gens monter dans les trains.*

*« Regarde le nombre de personnes qui passent par là... Essaie d'imaginer combien, parmi elles, ont quelque chose à cacher, continua-t-il, le regard posé sur la foule.*

*— C'est-à-dire ?*

*— Chacune de ces personnes pourrait très bien avoir au fond de son être quelque chose qui la ronge. Un secret, une perversion, une obsession... Quelque chose qu'elle est contrainte de traîner tous les jours, sans pouvoir en parler à quiconque. Quelque chose de si profondément enraciné en elle qu'il lui est impossible de le faire remonter à la surface. Un souvenir, une image, un démon. Voilà pourquoi les gens deviennent fous. Parce que depuis trop longtemps, ils ne parviennent plus à vaincre leurs démons, leurs secrets, leurs angoisses », expliqua-t-il.*

*Je restai silencieux. Les gens couraient et montaient dans les trains.*

*« Tu vois... tout peut basculer d'un jour à l'autre. Pour un rien... la fameuse goutte qui fait déborder le vase. Combien d'hommes assassinent d'autres hommes, d'un moment à l'autre ? Et combien d'entre eux sont décrits par leurs voisins comme des gens tranquilles et équilibrés ? La plupart... Peut-être ont-ils combattu trop longtemps contre quelque chose qu'ils ne parvenaient plus à supporter ou à résoudre. Il suffit d'un rien, d'un petit malheur de plus pour pousser un homme à la folie, juste parce qu'il lutte en silence depuis trop longtemps. C'est pour ça que la célèbre maxime selon laquelle « tout ce qui ne me tue pas me rend plus fort » n'est qu'une connerie. C'est pas comme ça que ça marche... Il y a une sorte de processus d'accumulation en nous ; nous accumulons de l'angoisse, de la rage, de la tristesse... et nous courons le risque, à chaque instant, d'exploser. La ligne qui nous sépare de la folie est ténue, et une fois qu'on l'a dépassée... il n'est plus possible de revenir en arrière ».*

*Il s'arrêta une seconde, se couvrant le visage de ses mains.*

*« Et tu sais ce qui m'agace le plus ?*

*— Non, dis-je.*

*— Que nous nous gâchions l'existence pour des conneries : pour*

*les vêtements les plus chics, pour le nombre de likes qu'on a obtenus, pour la manière qu'ont les autres de nous juger… Sans compter que notre plus grand souci est de savoir ce qu'on va faire pendant notre temps libre. Nous transformons notre vie en tragédie jusqu'à ce que la tragédie vienne réellement ruiner notre vie… et c'est seulement à cet instant que nous comprenons combien nous avons été stupides. »*

*Je levai les yeux : je vis un train se mettre en marche et un homme qui courait derrière. Et une fois que le train fut parti, le type commença à se répandre en injures, puis de rage jeta son attaché-case par terre. Jo me l'indiqua et déclara :*

*« C'est exactement de ça que je parle…*

*— Je comprends.*

*— J'aimerais te montrer quelque chose un jour, ajouta-t-il en allumant une cigarette.*

*— Quoi donc ?*

*— Tu verras bien ».*

Au parc Sempione, les gens marchent tranquillement et ont l'air de ne penser à rien. Les murmures de la nature sont charriés par le vent, et se mélangent à l'air souillé par les conversations des badauds. Le soleil brille, mais chaque chose semble étinceler d'un éclat sinistre, faisant suinter à travers elle cette chaleur et cette mélancolie qui caractérisent la fin de l'été. Les familles marchent côte à côte et les chiens gambadent sur les pelouses. Tandis que je regarde les promeneurs, j'ai comme l'impression qu'il en a toujours été ainsi de ma vie : une perpétuelle, une impassible contemplation des personnes qui vont et viennent, contrastant avec mon indissoluble immuabilité.

Elles marchent toutes sur le poussiéreux chemin de terre qui mène à la vieillesse. Une maladie qui n'existe pas, mais dont il est toutefois impossible de revenir. J'ai dix-neuf ans, bientôt vingt... et de vingt, il en faut sûrement peu pour arriver à trente... À trente ans, les gens ont peur de pourrir seuls dans une maison qu'ils n'ont pas encore fini de payer et qui a l'eau chaude on ne sait par quel miracle.

Ce doit être pour cela, sans doute, qu'ils se marient. Non pas par amour, mais plutôt parce qu'il est plus simple de faire semblant d'aimer quelqu'un que de vivre seul. La solitude est le cancer de l'âme, et vieillir seul est ce qu'un homme craint par-dessus tout.

Quand on a vingt ans, on n'y pense peut-être pas : l'image de la vieillesse semble si lointaine et indéfinissable que l'on a probablement l'impression qu'elle ne pourra jamais nous atteindre.

Peut-être vieillit-on d'abord lentement, puis soudainement.

En un mois, une semaine, un jour, une nuit, où même tout simplement en un instant. Oui, peut-être vieillit-on d'un moment à l'autre. À l'instant même où l'on s'oublie soi-même, où l'on oublie ce que veut dire aimer, rêver.

Quels rêves sont les miens ? Ai-je déjà rêvé ? Qu'en sera-t-il de moi, de ma vie ? Ai-je déjà désiré quelque chose de tout mon cœur ? Et Liza ?

Je pense à Liza et à ce qu'elle deviendra. La fille la plus jolie qu'il m'ait été donné de voir. Tout ce que j'ai toujours recherché, tout ce que j'ai toujours désiré, semblait scintiller dans ce regard doux évoquant à la fois la fragilité et la force de l'existence. Le temps d'un instant, entre ses bras, j'aurais pu oublier la vie, la vieillesse et l'irréductible ruissellement mondain de la vanité. Pourtant, un jour, le temps posera ses racines sous son front, d'où naîtront des rides comme autant de branches mortes, et ses yeux deviendront gris comme des cendres s'écoulant entre les doigts du vent. Et peut-être éprouvera-t-elle du dégoût envers cette image enchantée d'elle-même, à ses heures printanières, peut-être mourra-t-elle de jalousie devant tant de beauté détruite, perdue à jamais. Le souvenir de sa beauté se transformera en une malédiction qu'elle revivra à travers le regard de celui qui l'aura « aimée » seulement pour cela. Et elle glissera lentement dans l'oubli, dans la solitude, s'accrochant désespérément à ce portrait oublié, devenu horrible et répugnant, de ce qu'elle aura et n'aura jamais été.

Pour me remonter le moral, après le parc, j'ai décidé de faire un saut à l'*Atelier*, dans le quartier Brera.

Il s'agit d'un bar, non loin des Beaux-Arts, qui me fait mourir de rire ; c'est rempli d'artistes qui vont y boire des cafés et fumer des clopes tout en tenant des discours d'intellos. Ce n'est pas le genre de discours, mais la *manière* dont ils tiennent ces discours qui fait rire. Chacun est convaincu d'avoir raison, ils se coupent sans arrêt la parole, et brandissent les théories de penseurs comme s'il s'agissait des leurs.

Bref, je suis devant l'*Atelier* et je décide de m'asseoir à une table pour rigoler un peu. J'entre et je sens immédiatement l'odeur du tabac. Ici, les intellectuels débattent en fumant des roulées, et boivent leur café dans de grandes tasses. *Rebel Rebel* de David Bowie passe en fond.

Je m'assieds à une table, seul, non loin des banquettes où des étudiants sont en train de bavarder. Ils portent des t-shirts échancrés, des chaînes autour du cou, et des jeans quelque peu usés. L'un d'eux a une veste militaire, avec le symbole de la marque – une étoile rouge – estampillé. Un autre porte un borsalino et une veste en jean, les pointes de sa moustache sont tirées vers le haut. Il y a également deux filles : la première, rousse, rouge à lèvres jaune, est affublée d'une robe noire ; la seconde, châtain, les yeux marron, porte des lunettes rondes et un t-shirt des *Luci della centrale elettrica,* ou un groupe similaire.

Un type, un appareil photo autour du cou, rejoint la table des artistes. Le gars avec la veste militaire est en train de parler du cinéma constructiviste russe d'Eisenstein, et dit que pour son prochain court-métrage, les quatre phases du montage dépendront de la quatrième, c'est-à-dire la phase intellectuelle.

« Sérieux ? demande le type à l'appareil photo.

— Ouais vieux, je subodore déjà que personne ne comprendra, mais qu'importe ! Après avoir été à Venise, mon père m'a fait rencontrer ce réalisateur… très célèbre…

— Monicelli ? demande la fille avec le t-shirt des *Luci della centrale elettrica.*

— Oui, c'est ça ! », répond-il.

Je reste coi et je dois me pincer pour y croire, étant donné que ce pauvre Monicelli est mort – et je doute sincèrement qu'il ait pu le rencontrer.

« Si je devais trouver un synonyme de « musique », je songerais immédiatement à Venise, comme l'a dit le grand Nietzsche, intervient le type à l'appareil photo.

— Oh, Nietzsche suçait des bites, coupe la fille au rouge à lèvres jaune. Sa morale, dans son immoralité, est dépassée à présent. Nietzsche est synthétique, ennuyeux, banal… il faut tout réinventer, ajoute-t-elle en buvant son café. Enfin bon… quand est-ce que tu déménages, Mik ? ».

Mik, le garçon à l'appareil photo, soupire et espère que ce sera pour très bientôt.

« Tu sais, j'ai déjà pris des clichés de la ville, en m'inspirant de *Mort à Venise,* et j'ai essayé de capturer son essence à la fois sédentaire et nomade, je sais pas si tu saisis la subtilité ? En tout cas, en ce moment, je suis en train d'organiser une expo que je devrais bientôt monter – ajoute-t-il en bâillant. Quoi qu'il en soit, cette recherche tautologique vers le but ultime des choses est née au fin fond de mon âme. Moi j'étais là, Venise était là, et j'ai photographié l'âme et les âmes qui se mouvaient, presque sans le vouloir. C'était comme une vibration, un pur hasard, conclut-il en souriant.

— Je t'aime, chéri, lui dit la fille avec le t-shirt des *Luci*.

— Merci Carol, lâche Mik, le photographe, en l'embrassant.

— L'amour est ennuyeux, bigot, intervient la fille au rouge à lèvres jaune. C'est l'enfantement du christianisme. Nous sommes esclaves de l'amour, aliénés par l'essence. Ce qui existe, est, et ne peut pas ne pas être, ce n'est rien d'autre que de la libido.

— Moi je suis d'accord avec Alene », lance le type avec la moustache pointant vers le haut.

Alene, la rousse au rouge à lèvres jaune, lui envoie un baiser. « Heureusement que t'es là, mon chou... Ah, si les gens me comprenaient, je serais la plus grande artiste d'Italie... mais, au demeurant, le génie est souvent incompris... se console-t-elle en haussant les épaules.

— En tout cas, tu nous inviteras à Venise, pas vrai ? demande le type à la veste militaire.

— Bien sûr, fait Mik. Vous savez... j'ai longtemps hésité entre Venise et Bologne, vous n'êtes pas sans savoir que c'est la dernière ville rouge d'Italie... mais au final, l'âme a prévalu sur l'idéal, se justifie-t-il en allumant une roulée.

— Dimanche, y'a une manif à Piazza del Duomo, à Milan, tu viens ? demande le type à la moustache.

— Dimanche ?

— Ouais.

— J'sais pas, ça dépendra de la météo... s'il pleut, j'crois pas, fait Mik en hochant la tête. Sinon, ça vous dit de partager ce que j'ai écrit ? ».

Les autres sont d'accord, se connectent sur Facebook et partagent la pensée de Mik sur l'art, la poésie, la révolution et ainsi de suite. Je sens que j'en ai eu ma dose et je file aux toilettes me tirer une ligne, car aujourd'hui je n'ai pas encore sniffé, puis je reviens m'asseoir à ma table. Une serveuse me demande si je souhaite boire quelque chose et je commande un café au lait.

À la table d'à côté, Alene raconte sa dernière performance artistique.

« Et donc, ils sont tous partis ? demande Mik.

— Ouais, des petites gens qui ont peur du scandale, soupire la fille.

— Mais qu'est-ce que t'as fait exactement ? lui demande Carol.

— J'ai appelé Alexis, celle avec la boule à zéro qui est en Master. On a mis un poteau au centre de la scène, on s'est attachées et ensuite, enveloppées dans du nylon, on s'est pissées dessus. Tu vois, vu que j'suis végane, j'voulais grave dénoncer les horreurs que les hommes font subir à la nature et aux animaux. »

Mik la console en lui disant qu'elle ne doit pas être surprise si le public ne l'a pas comprise, car le public, fondamentalement, est ignorant, conformiste. L'envie m'est à présent passée d'écouter ces quatre glandeurs et je décide de partir. À la sortie du bar, j'allume une cigarette, tout en constatant combien ces artistes eux-mêmes sont esclaves des réseaux sociaux.

Une Audi Q5 est garée devant le bar : un homme est en train de parler au téléphone. Mik et Carol sortent de l'*Atelier*, main dans la main, et montent dans la Q5. L'homme saute à son tour dans le véhicule et ils partent.

« Tu parles d'un bolchévique », me dis-je à moi-même. Et je ris à nouveau. Mais ça ne me surprend pas plus que ça, au final, car il est toujours plus facile de parler de révolution, quand il s'agit d'y participer depuis son duplex. Grâce à cette visite à l'*Atelier*, j'ai en tout cas gagné ma journée.

Blanc a envoyé un message sur WhatsApp, nous proposant de nous retrouver au *Loola* pour l'apéro.

Je me mets donc en marche, mais, après dix minutes, l'effet *Atelier* s'estompe et je me remets à penser à Liza.

Je suis au *Loola*, avenue Como, Blanc n'est pas encore arrivé. Je suis en train de lire un article dans le journal qui était posé sur la table à propos de ce jeune homme, Mario Frecciati, qui s'est suicidé, parce que ses amis, pour plaisanter, avaient créé un groupe sur Facebook du nom de « Ceux qui pensent que Mario Frecciati est un boulet ». À une table non loin de la mienne, sont assis deux adolescents d'environ quatorze ou quinze ans . Ils ont un carnet de tickets pour un événement qui se tiendra au *Just*, et qu'ils doivent vendre avant samedi.

L'un d'eux explique qu'ils doivent impérativement les vendre, sans quoi ils vont se faire lyncher par le boss. L'autre lui rétorque que, pour sa part, il les a déjà tous vendus à ses camarades de classe. Ils sont habillés à l'identique : jeans cigarette, t-shirts échancrés et sweats de couleur différente, l'un gris, l'autre noir. Ils chaussent des Clarks.

Blanc entre et me fait un signe. Il s'arrête au comptoir, descend un shot de vodka pure et se dirige vers ma table. Mais avant cela, il s'arrête à hauteur des deux adolescents et leur serre la main. Il leur demande où ils en sont avec les préventes. Ils assurent qu'ils ont déjà tout vendu, Blanc les félicite et leur confirme qu'ils pourront entrer gratis. Il s'assied en face de moi.

« Putain, ça fait chier, dit-il en s'allumant une clope.

— De quoi ?

— Bah... tout ! répond-il, en jetant un regard autour de lui et en soupirant.

Les deux ados se lèvent et sortent du bar.

« Ils travaillent pour toi ?

— Oui, ils veulent tous être R.P dans cette ville, s'exclame-t-il, comme s'il s'agissait d'une évidence.

— Quel âge ont-ils ?

— Quatorze, je crois.

— Et ils ont le droit d'entrer en boîte ?

— Depuis quand ça serait plus permis ? lance-t-il, en faisant un signe au serveur. Si les boîtes faisaient entrer seulement des adultes, elles mettraient la clé sous la porte au bout d'un mois, et puis ces petits merdeux me permettent de gagner un paquet de thunes, ajoute-t-il.

— Genre ?

— Genre je leur donne un bloc de tickets ; et eux, ils vendent tous les tickets. Ils en vendent, disons, cinquante chacun ; sachant qu'en prévente, le ticket vaut dix euros, à eux deux ils me rapportent mille euros. De ces mille euros, sept-cents vont à la boîte, trois-cents finissent dans ma poche. Fais le calcul : dans cette putain de ville, tous ces ados débiles veulent être des R.P., avec deux d'entre eux, je gagne trois-cents boules, donc si j'en ai dix…

— Mille-cinq-cents euros, dis-je.

— Bingo ! De toute manière, nous on est clients et on connaît les patrons, d'ailleurs, ce sont les patrons qui y gagnent vraiment. Moi, ce truc, je le fais de temps en temps, j'en ai pas besoin. Je le fais seulement parce que j'aime bien couillonner ces gamins, c'est tout ! Et je le fais seulement si j'en ai envie. Je suis un client, moi ! Je dépense pour réserver des tables, ce truc des R.P… disons que… – il soupire, se gratte légèrement la tête – j'apprends à entuber mon prochain, voilà ! s'exclame-t-il finalement, enjoué.

— OK, mais s'il devait arriver quelque chose ?

— Genre quoi ?

— Bah, je sais pas, moi… par exemple, qu'un mineur ne se sente pas bien, des trucs comme ça, je veux dire : la boîte, le propriétaire ou les employés, ils pourraient avoir des ennuis, non ?

— Quoi ? fait Blanc en éclatant de rire. C'est justement ça le plus drôle dans une soirée ! s'exclame-t-il, en tapant dans ses mains. La semaine dernière, par exemple, on a mis de l'ecstasy dans le verre d'une fille qui devait pas avoir plus de quinze ans, et elle est partie complètement en sucette. Ce crétin de Ferrari voulait se faire tailler une pipe, mais elle tenait même plus debout, et du coup, après nous être un peu amusés, on a fait comme d'hab, tu sais… on l'a emmenée dehors, en passant par la porte de derrière, sans se faire remarquer, on l'a chargée dans la voiture et on l'a larguée dans une ruelle pas trop loin de la boîte.

— Et ensuite, que lui est-il arrivé ?

— Qu'est-ce que j'en sais, moi ? répond Blanc en haussant les épaules. Soit elle est encore vivante, soit, elle s'est fait bouffer par les rats, continue-t-il en bâillant. Une chose est sûre, elle se souviendra de rien, cette conne. »

Le serveur arrive à notre table et Blanc lui commande deux Martinis.

« Et tu sais comment j'ai eu cette idée de la bazarder dans la rue ? me demande-t-il en se frottant les gencives du doigt.

— Non, comment ?

— Bah, une fois, on était au *Six*, et y'avait une nana, tu vois. Elle n'était même pas défoncée, rien, et après lui avoir parlé, je lui ai demandé si elle avait envie de venir chez moi, pour prendre un bain de champagne, du Dom Pérignon – précise-t-il en levant les sourcils – elle devait pas avoir plus de… quinze ans, je crois – il lève les yeux au ciel, dubitatif, puis continue – ouais, quinze ans… bref ! Toujours est-il qu'elle a accepté. Et elle voulait même ramener une de ses copines, qui en aurait été « ravie », mais au final, elle est venue toute seule. »

Blanc s'arrête un instant, écrase sa cigarette et poursuit :

« Et donc, nous arrivons chez moi, nous nous déshabillons, je demande au Philippin d'aller prendre les caisses de Dom Pérignon dans la cave. Il en remonte trois caisses et je commence à remplir la baignoire pendant que la meuf me suce. Je remplis la baignoire de champagne, jusqu'à la moitié, et la fille plonge dedans et commence à boire. Et elle continue à picoler tout en se masturbant. À un moment donné, je l'attrape, je la sors de la baignoire et je la mets sur le rebord, de sorte que la partie de son corps, du bas-ventre jusqu'aux pieds, soit en dehors de la baignoire, mais pas l'autre ; comme ça, je pouvais la baiser pendant qu'elle continuait à boire le champagne, comme une petite chienne assoiffée. J'ai donc commencé à ramoner ce corps tout sirupeux, et j'ai même été jusqu'à la sodomiser, et au moment où je me suis vidé dans son p'tit popotin – il s'arrête, ouvre grand les yeux – elle s'est mise à badtripper grave, à vomir partout ! – il jette un regard alentour et me fait signe de m'approcher – Et... je peux te faire une confidence ? susurre-t-il.

— Vas-y.

— Bah j'ai kiffé grave de voir cette salope vomir partout, murmure-t-il en serrant les dents, toute souillée et collante pendant qu'elle se vomissait dessus comme une malpropre. Elle n'en finissait plus de vomir et moi je bandais encore... Alors j'ai commencé à me taper une queue, pendant qu'elle était là, fragile et apeurée, à vomir l'impossible... et même la puanteur du vomi, qui normalement devrait te répugner, en réalité, m'excitait terriblement ; et au moment où j'allais à nouveau jouir, je lui ai soulevé la tête, complètement aspergée de champagne, et je lui ai éjaculé en pleine face, la laissant ensuite dans son vomi et mon sperme... L'orgasme le plus incroyable que j'ai eu de toute ma vie », conclut-il, les yeux fermés.

Le serveur revient avec les deux Martinis. Nous lui laissons vingt euros chacun.

« Eh ouais... continue-t-il, après avoir bu quelques gorgées de son verre, faut pas croire, au final, moi aussi, j'ai des sentiments ; d'ailleurs, j'ai commencé à flipper grave quand j'ai vu qu'elle ne reprenait pas ses esprits ; du coup, je lui ai fait prendre une douche, et j'en ai mis du temps, vu comme elle était réduite, cette salope. Je l'ai rhabillée, je l'ai aspergée de Chanel N°5, pour être sympa, tu vois. J'ai appelé le Philippin et je lui ai dit qu'elle s'était endormie et qu'elle ne se sentait pas très bien ; qu'il fallait la ramener au *Six*. Au cas où elle ne serait pas revenue à elle, je lui ai dit de la laisser devant la grille, derrière la discothèque. Je lui ai assuré qu'elle habitait là-bas, même si c'était pas vrai. Et donc, le Philippin l'a emmenée où il devait l'emmener, il a cru qu'il faisait une bonne chose, la pute est pas morte chez moi et tout le monde est content, lâche-t-il en souriant. D'ailleurs, j'avais même des photos de cette soirée, mais je crois que je les ai effacées.

— C'est pas grave du tout.

— Mais au fait… pourquoi je te parlais de ça, bordel ?

— On parlait des mineurs en boîte.

— Ah oui, c'est vrai ! acquiesce Blanc. Bien sûr, faut faire gaffe avec ces histoires. Par exemple, une fois, au *Kolo*, une fille a eu un malaise, un truc grave, et le proprio, Stefano, il voulait pas appeler l'ambulance parce que c'est vrai que ça aurait donné une mauvaise image de sa boîte. Je lui ai proposé de l'emmener dehors et de faire comme avec l'autre meuf, mais cette fille, contrairement à la première, n'était pas seule ; elle était avec un groupe de copines relou de chez relou, qui n'arrêtaient pas de dire qu'il fallait appeler immédiatement l'ambulance et patati et patata. On est restés là pendant une demi-heure à parler avec ces petites salopes, et voilà pas que la fille évanouie se met à baver partout… Du coup, Stefano a été obligé d'appeler l'ambulance. Mais si ça avait tenu qu'à nous, on l'aurait laissée s'étouffer dans son vomi, cette connasse », précise Blanc, dégoûté.

Je mélange les olives dans mon verre.

« Excuse, hein… ce genre d'histoires me rend fou, explique-t-il en hochant la tête. Tu sais, tant que ça arrive à un mec, c'est pas trop grave, on peut toujours prétendre qu'il a exagéré, que c'est un garçon, etcétéra… mais dès que ça arrive à une meuf, les gens sont scandalisés, et d'ailleurs le *Kolo* a fermé, après ça.

— Oui, je comprends bien.

— Ah ! au fait, tu veux voir quelque chose de vraiment trop drôle ? me demande Blanc en sortant l'iPhone de sa poche.

— Vas-y », je réponds.

Il me montre la photo d'une femme d'environ quarante ans que je reconnais presque instantanément : il s'agit de la mère de Ferrari.

« C'est la daronne de Ferrari ? dis-je, étonné.

— Oui, fait Blanc. Je l'ai baisée, hier. »

Je regarde la photo, sidéré. Femme brune, belle présence, talons hauts, robe longue.

« Pourquoi t'as fait ça ? je demande.

— J'sais pas, je m'ennuyais, soupire Blanc. Ça a commencé avant que tu partes, cette affaire... j'voulais juste te le dire.

— Et Ferrari, j'imagine qu'il en sait rien ».

Blanc hoche la tête :

« Bien sûr que non... de toute manière, c'est elle qui a tout fait. C'est elle qui m'a ajouté sur Facebook et qui m'a demandé de passer chez elle, tu vois le truc. »

Je jette un regard à travers la fenêtre du *Loola.*

Le soleil brille, comme ce matin au parc.

« En tout cas, c'est une sacrée baiseuse », fait Blanc, en finissant son Martini.

Je reste silencieux et je soupire, à la recherche de quelque chose qui pourrait me distraire et je m'attarde sur la télé, au fond du bar. Il y a l'interview d'une parlementaire : on lui demande s'il est vrai que son compagnon a été aperçu avec une autre femme. La parlementaire, Mezzapane ou quelque chose comme ça, répond que ce sont des sornettes, qu'ils s'aiment à la folie et qu'à présent elle doit aller voter. Le reportage suivant est une interview en direct d'une ex-candidate de la télé-réalité, qui a décidé de se faire refaire les seins. Je couvre mon visage de mes mains, me demandant comment tout cela est possible. Si tout cela est vraiment en train de se passer. Et je constate seulement maintenant que je suis plutôt agité et que je remue une jambe depuis que je me suis assis à cette table.

« Ah, on m'a dit que t'avais craqué sur Liza ! », s'exclame Blanc, en s'essuyant la bouche avec une serviette.

Je sens comme un pincement à l'estomac.

« Qui t'a dit ça ?

— Ici, tout le monde connaît la vie de tout le monde, répond-il, en me faisant un clin d'œil.

— C'est une jolie fille... fais-je, presque dans un murmure.

— Elle est pas terrible au pieu, réplique-t-il, sérieux.

— Et qu'est-ce que t'en sais ? dis-je, terrifié à l'idée qu'il puisse l'avoir ne serait-ce qu'effleurée.

— C'est ce qui s'dit...

— Elle a quel âge ?

— Dix-sept, je crois.

— Et pourquoi elle fait ça ?

— Qu'est-ce que j'en sais, putain, parce qu'elle en a envie », répond-il en jetant un coup d'œil à son iPhone.

Il le range puis me fixe droit dans les yeux :

« Elle doit en avoir envie ou “besoin”... et par “besoin”, je fais référence au nouveau sac à main, au nouvel iPhone, passer à la télé, rencontrer un certain type de personnes et patati et patata, tu connais la chanson, non ? En tout cas, demain, y'a un défilé à l'Hôtel *Principe di Savoia* en vue de la *Vogue Fashion's Night Out*, ça te dit de venir ? Y'aura même Laura, la *fashion blogger* que t'as déjà rencontrée.

— Ouais, pourquoi pas, dis-je en essayant de calmer ma jambe.

— Très bien.

— Écoute... dis-je, le regard baissé, ce serait possible de lui parler ?

— À qui ?

— À Liza.

— C'est ce qu'on dit, maintenant, à la place de baiser ? lâche-t-il en souriant, ironique.

— Je veux seulement lui parler, dis-je dans un murmure.

— OK, fait Blanc, je dois voir avec Frank, je pense que ça sera pas avant une ou deux semaines.

— Pas de problèmes, dis-je en me levant.

— Où est-ce que tu vas ? », me fait Blanc en souriant.

Je reste silencieux un instant, en songeant à la question qu'il vient juste de me poser

« Nulle part, lui dis-je sèchement.

— Et c'est sympa comme endroit ? »

Je souris. Je fais un geste pour le saluer, je me dirige vers la porte et, juste avant de sortir, je me retourne en le dévisageant.

« Non, mais j'arrive pas à en sortir, dis-je à voix basse.

— Qu'est-ce que t'as dit ? », hurle-t-il depuis la table, car il a bien vu que j'avais marmonné quelque chose.

Je hoche la tête en souriant, puis je me retourne et je sors.

Je me rends dans un centre commercial, à la périphérie de Milan, où se trouve un cinéma qui passe des longs-métrages d'époque et des remakes de série B. Aujourd'hui, à l'affiche : un vieux film d'horreur japonais. Je suis au volant de ma voiture, avec Becky, une nana que j'ai connue sur Tinder et qui m'a dit qu'elle avait une passion folle pour les films d'horreur et gore – même qu'une fois, elle en a vu un où les scènes semblaient grave réelles. Je lui demande le nom du film, elle soupire et dit qu'elle ne s'en rappelle plus. Par contre, elle se souvient de la scène où le personnage se fait déglinguer la tronche à l'acide sulfurique, ou nitrique, et puis des fourmis et des mouches qui lui tournaient autour et cherchaient à dévorer ses derniers lambeaux de chair. Il est vingt-trois heures trente et le cinéma est vide. Aucune file à la caisse. Il y a juste un homme âgé, sans doute un employé, affublé d'un survêtement bleu, qui est en train de nettoyer le sol, toujours au même endroit, et qui déplace mécaniquement sa serpillère, en avant et en arrière.

Dans la salle de jeux, les machines sont éteintes, sauf une : un garçon s'amuse à tirer sur des zombies avec un fusil.

Nous entrons dans la salle et je remarque que nous sommes les seuls spectateurs. Les lumières s'éteignent et le film peut commencer ; mais je suis tellement défoncé qu'au bout de dix minutes, je m'endors. Lorsque je me réveille, à cause du volume trop élevé, je vois une fille qui court au milieu d'un marécage, puis un type qui lui coupe un bras et la langue. Becky n'est plus à mes côtés. Je me lève, mais l'obscurité de la salle me submerge, tandis que j'entends les cris des personnages à l'écran, qui se teint de rouge – un rouge profond, sombre, qui enveloppe la salle d'une ombre pourpre. Je m'approche de l'écran et un œil apparaît, qui se teint lui aussi de rouge. Les lumières s'allument soudainement, et le générique commence.

Je suis sur le point de sortir, quand les lumières s'éteignent à nouveau. Je reste immobile, à la recherche d'une issue de secours, mais je n'aperçois plus aucune lumière. Je me déplace à tâtons, en cherchant quelque appui, et je me mets à crier, dans l'espoir que quelqu'un m'entende. En silence, je traverse l'obscurité, en émettant des cris et en faisant des mouvements incertains. C'est à cet instant que les lumières se rallument et qu'apparaît Becky, qui m'explique qu'il y a eu une coupure de courant. En sortant du cinoche, je remarque que le parking est désert, mis à part deux gamins qui mangent des chamallows en forme d'aliens.

Lorsque nous arrivons chez moi, nous nous mettons à fumer méchamment, tout en parlant de films d'horreur. Elle affirme que *The Grudge* est un bien meilleur film que *L'Exorciste.*

Ensuite, elle se met à parler de son frère, qui a été assassiné dans une cabane, au fond des bois, par des Roumains – une affaire de drogue. Elle éclate en sanglots, puis me demande de l'excuser.

Elle se réfugie dans ma chambre et je l'entends pleurer. Des sanglots, des larmes, une porte qui claque. Elle pleure un long moment, au moins une demi-heure, et moi, pendant ce temps-là, je descends quelques bières en solo.

Je me demande ce que je devrais faire, mais je suis tellement défoncé que je m'endors à nouveau, dès que je m'allonge sur le canapé. À mon réveil, je trouve des ciseaux tâchés de sang et un billet, griffonné en rouge : « Va te faire foutre, Adam, crève, enfoiré, crève, égoïste, enculé, bâtard, crève ! ».

Je sors sur le balcon pour fumer et je brûle le billet.

Les cendres virevoltent dans le vent.

Nous sommes tout juste arrivés au défilé de mode en préparation de la *Vogue Fashion's Night Out* de Milan, et Coco n'en finit plus de répéter que c'est un honneur d'être ici, qu'on est enfin débarrassés des pauvres et que les top-modèles sont presque toutes des stars internationales ou en devenir. La scène et la passerelle ont été montées dans les jardins de l'Hôtel Principe di Savoia, où des garçons en smoking servent des cocktails et du champagne sur un long buffet. Blanc et Ferrari sont assis à une table, en compagnie d'autres personnes, toutes avec des fringues griffées et des Church's aux pieds. Les mannequins défilent sur la passerelle, alors qu'une femme refaite des pieds à la tête leur donne des indications sur l'attitude qu'elles doivent avoir. Elle les invite à être provocantes, fascinantes.

« Ça doit être mortel de faire le recruteur pour ces meufs ! me fait Coco en dégustant son spritz.

— Tu veux dire, ces mannequins ? lui dis-je en posant le regard sur la vingtaine de filles à moitié nues sur la scène.

— Tu sais que Flavio s'est fait sucer par toutes ces nanas ? Et même par la bonnasse là ! », s'exclame Coco, en m'indiquant une fille vêtue d'une robe bleue, particulièrement maigre, au milieu des mannequins.

À côté de nous, une femme d'environ cinquante ans, les lèvres refaites, vêtue d'une robe Chanel, est en train de dire à une autre femme d'environ cinquante ans, la poitrine refaite, que son fils, son petit Dani, est entré dans une école privée de design ; l'autre, tout sourire, lui rétorque que son petit Pier, lui, est parti aux États-Unis grâce à ses talents d'abstraitiste dans la création de vêtements, car un célèbre styliste américain lui a demandé de travailler pour lui.

« Il l'a presque obligé, il dit qu'il a un talent immense ! », se vante la femme.

« Celle avec la robe bleue ? dis-je à Coco.

— Ouais, c'est une vache folle, celle-là… elle se bourre de pilules amaigrissantes, genre sinéfrine mélangée à du Valium, pour se calmer, et du Xanax, ou des trucs dans le genre… comme toutes ces nanas d'ailleurs, qui se font gerber dans les chiottes à peine elles ont mangé une bouchée de trop, mais bon je la baiserais bien, quand même », déclare Coco, en écrasant sa cigarette sous la semelle de son mocassin.

J'enfile mes lunettes de soleil et je me mets à observer les top-modèles.

Une fille non loin de nous, que Coco a désignée comme

étant l'une des principales organisatrices de l'événement, Sara Terragni, est en train de donner une interview. Elle porte une petite veste en cuir, et un haut noir. Elle parle en mâchouillant un chewing-gum, elle articule à peine :

« J'veux dire, dans ce milieu, tu vois, la vie est dure, faut constamment inventer quelque chose de nouveau... j'veux dire, j'espère que les jeunes pourront prendre exemple sur nous, parce que c'qu'on fait, j'veux dire, c'est pas compliqué, ou plutôt, j'veux dire, si, c'est compliqué, tu vois... – elle s'interrompt un instant, elle soupire – j'veux dire, c'est juste que... comment dire, j'veux dire, nous, tu vois, on travaille pas à l'usine, mais j'peux t'assurer que la vie, pour nous, bah c'est pas du gâteau quoi... j'veux dire, t'es constamment sous le feu des projecteurs, j'veux dire, faut avoir une bonne... une bonne... tu vois quoi, une bonne résistance psychologique, tu vois ? J'veux dire, tu vois quoi... »

Je détourne le regard et je constate que les lieux fourmillent de top-modèles, blogueurs, photographes et designers en tous genres.

Un journaliste demande à un photographe ce qu'il pense de la crise ukrainienne. Le type fait une sorte de geste de mépris de la main et répond :

« Franchement, ça craint... J'espère que ça va bientôt finir et dans la paix, parce que moi je dois aller en Chine *for travelling*, et je dois justement passer par l'Ukraine, donc bon ! »

Le même journaliste s'approche maintenant d'une *fashion blogger* et lui demande ce qu'elle pense de l'épidémie d'Ébola. Elle se regarde dans son miroir de poche et, en s'approchant du journaliste, elle lui dit à l'oreille – mais d'une voix assez forte :

« Franchement, je trouve ça moche, un peu comme les talons de cette nana », dit-elle, en indiquant les talons aiguilles de douze centimètres de l'une des top-modèles.

Je me retourne vers les mannequins, et le DJ mixe à présent des morceaux, afin de détendre l'atmosphère.

« En fait, dis-je à Coco, elles ont fait comment pour être sélectionnées ?

— Mais pourquoi tu me poses toujours ces questions de merde ? s'emporte-t-il. Soit, elles connaissent des gens, soit, elles pèsent moins de quarante kilos, soit, elles sucent bien », explique-t-il en s'envoyant un peu de poudreuse dans les narines.

J'acquiesce et je lui dis que je vais deux secondes aux toilettes.

« Pas de soucis », réplique-t-il.

Je passe à côté du comptoir où l'on sert des rafraîchissements. La femme à la robe Chanel, celle d'avant, est en train de critiquer le fils de la femme à la poitrine refaite en compagnie d'une autre femme, elle aussi complètement refaite. Je m'enferme dans les WC, pour me tirer deux rails de coke.

Les toilettes sont entièrement en marbre, les lavabos recouverts d'or. Je suis en train de disposer la coke, quand j'entends des bruits bizarres dans les toilettes d'à côté et je comprends que quelqu'un est en train de vomir. Puis un bruit sourd, comme si quelque chose était tombé.

Je sors des toilettes, j'ouvre la porte d'à côté et je vois qu'il y a une fille étendue par terre. Dans les WC, des éclaboussures de vomi. Je la regarde : elle est inconsciente. Probablement évanouie. Elle serre dans sa main un pot de Daparox et d'autres pilules, d'une couleur transparente, que je n'ai jamais vues. Elle porte une robe très courte qui, dans cette position, laisse entrevoir sa poitrine et ses cuisses. Une odeur fétide empeste la pièce.

Je regarde la fille pendant une dizaine de secondes et mon cœur commence à battre violemment. Finalement, je décide de la relever pour la sortir d'ici et appeler à l'aide ; mais tandis que je la soulève, je remarque, le long de ses jambes squelettiques et frêles, la présence de selles liquides. Je m'écarte sur-le-champ, me passant la main devant la bouche pour ne pas vomir, et je la fixe à nouveau.

« Il faut que j'appelle quelqu'un », me dis-je, et je n'ai d'ailleurs pas le temps de finir ma pensée, qu'entre un homme jeune, la trentaine, vêtu d'un collant noir et d'un chapeau melon.

« BON DIEU ! s'écrie-t-il, choqué, en mettant sa main devant la bouche.

— Je n'ai rien à voir avec tout ça ! dis-je instinctivement, en faisant un pas en arrière.

— Ne t'inquiète pas… mais maintenant, sors, s'il te plaît ! » m'ordonne-t-il. Après quoi, il prend son téléphone portable et commence à s'époumoner :

« Jason ! Y'en a une autre ! Dépêche-toi ! Je t'avais bien dit que c'était d'la merde ces pilules, dépêche-toi ! Il faut tout d'suite la piquer ! ».

J'ignore de quoi ils sont en train de parler et je commence à avoir des sueurs froides. Le type avec le collant se met à gifler la fille puis, se retournant vers moi, me menace :

« Va-t'en, s'il te plaît ! »

Dans le couloir, je vois qu'un homme en costard accourt, une seringue à la main ; une fois entré dans les toilettes, il referme à clé derrière lui.

J'entends le type avec le collant hurler :

« La veine ! La veine, bordel ! Sinon ça va finir comme l'autre fois ! »

Je m'éloigne en direction du jardin et je constate que j'ai encore des sueurs froides. Au comptoir, je commande un *negroni*. Une femme toute refaite affirme qu'à présent la mode est à réinventer et que les artistes et les mannequins d'autrefois ont disparu. Que désormais, elles sont toutes trop… – elle hésite un instant, passe sa main devant sa bouche – …vulgaires.

J'allume une cigarette, j'aspire lentement la fumée, les mains encore tremblantes. J'aperçois Coco qui m'appelle, je suis sur le point de le rejoindre, mais un journaliste demande à un designer ce qu'il pense du gouvernement Renzi, et donc je m'arrête, curieux d'entendre sa réponse. Le designer, en hochant la tête, explique :

« Je veux vous dire le fond de ma pensée, en toute confidence… à mon avis, quatre-vingts euros en plus ne changent rien… tu peux rien faire avec quatre-vingts euros ! », s'exclame-t-il, en agitant les bras.

Je rejoins Coco qui me montre une fille, avec des talons hauts noirs, robe blanche et boucles d'oreille.

« Elle est canon ! lance-t-il, sérieux.

— C'est qui ?

— Elle s'appelle Nastiri, elle est *fashion blogger* et elle a quinze ans, explique-t-il, enthousiaste.

— Quinze ans ? » dis-je, perplexe.

On lui en donnerait au moins vingt, probablement à cause des talons ou du maquillage.

Nous nous approchons, tandis qu'un journaliste est en train de demander à Clara, alias Nastiri, quand elle a découvert sa vocation.

« Euh… commence-t-elle, en souriant, à treize ans, mes parents m'ont offert un sac à main Louis Vuitton à quatre-mille-trois-cent-treize euros, et depuis ce jour, j'ai commencé à me photographier, de plus en plus ! Genre dans la salle de bains, à l'école, avec le sac à main, sans le sac à main, j'veux dire, trop cool quoi… Et ensuite, tu vois, j'ai compris que je pouvais changer le monde, en fait, que je pouvais vraiment aider les gens à bien s'habiller ! », dit-elle en écarquillant les yeux, avant de poursuivre, sérieuse :

« Tu vois, y'a des gens, à quarante ans, ils savent toujours pas s'habiller ! Ils savent pas comment *bien vivre* ! C'est scandaleux, j'veux dire… »

Le journaliste lui demande si elle s'intéresse également à l'actualité.

— Ben ouais, répond-elle, genre le machin de l'Ebola, là ! J'veux dire, c'est pas cool, j'comprends vraiment pas ! Moi je trouve que ces immigrés ils sont un peu emmerdants, à la fin… En plus, ils s'habillent mal ! », s'insurge-t-elle, pour finir.

« Écoute, dis-je à Coco, sérieux, sentant que mes mains continuent à trembler, moi j'vais prendre un verre.

— Allez, je t'accompagne, de toute façon, la Nastiri est occupée », répond-il.

Nous allons de nouveau vers le buffet sans parler et Coco sort son iPhone de sa veste.

« Hoooo ! Ce très cher Adam, s'exclame-t-il, en me pinçant la joue.

— Quoi ?

— Lis ça ! », réplique-t-il, en me passant son téléphone.

Un message de Ferrari, qui dit :

« Camilla veut coucher avec Adam ».

Je souris.

« Et alors, on y va », exulte Coco, en me prenant par le bras.

Je le suis, les mains encore tremblotantes. Nous nous approchons d'une table au milieu du jardin, où Ferrari et Blanc sont assis avec quatre filles, toutes bien habillées et particulièrement jolies.

« Les voilà ! s'exclame Ferrari en nous montrant du doigt.

— On arrive, on arrive », répond Coco en embrassant Blanc et Ferrari.

Les filles fument, tout en dégustant leur cocktail et l'une d'elles affirme que, parfois, être styliste est une forme de vulgarité.

L'une des filles s'approche de Coco et l'embrasse sur la joue, et ce dernier fait de même.

« Voilà Camilla ! », dit-il en guise de présentations.

Camilla est une blonde aux yeux verts, mais tout ce que je parviens à voir dans ces yeux n'est que le pâle reflet de ceux de Liza, également verts, qui n'en finissent plus de me tourmenter. Ses yeux où, le temps d'un instant, j'ai aperçu la possibilité de m'échapper, de fuir, de me sauver. Les yeux tendres de l'enfance.

« Camilla, me glisse-t-elle, en me tendant la main.

— Adam, dis-je à mon tour, en la lui serrant.

— Je sais, répond-elle en me souriant. Puis, baissant le regard, elle s'approche de Coco et lui susurre quelque chose à l'oreille. Il acquiesce, en lui lançant un clin d'œil. La fille s'éloigne.

« Qu'est-ce qu'elle t'a demandé ?

— Si ça te dit de baiser, répond-il du tac au tac, en pouffant de rire.

— Sérieux ?

— Ouais, elle a dit qu'elle t'écrira un peu plus tard, t'y vois pas d'inconvénients ?

— J'pense pas, dis-je en murmurant.

— C'est comme ça que j'te veux, s'exclame Coco. Buvons un verre », propose-t-il, en s'asseyant à la table.

Je m'assieds et j'observe Camilla, qui est en train de discuter avec un mannequin. Elle se retourne et me sourit : c'est une très jolie fille.

J'allume une cigarette et j'essaie de comprendre de quoi discutent les filles assises à notre table, en compagnie de Blanc et Ferrari. L'une d'elles dit que lors d'un voyage scolaire, elles se sont prises en photo devant le Mémorial des Juifs d'Europe assassinés, à Berlin, et qu'elles ont obtenu plus de cinq-cents likes.

Elle pose son iPhone sur la table et nous regardons les photos.

On y voit les trois filles en train de rire ou de tirer la langue, derrière les plaques commémoratives ; il y en a une, aussi, qui pelote les nibards d'une autre.

Cinq-cent-soixante-douze likes.

Après le défilé, nous nous retrouvons au *Macy* pour prendre un café et il se passe quelque chose d'insolite.

Nous sommes à une table, avec toujours les mêmes personnes : des stylistes, des designers, des mannequins et des acteurs.

Soudain, à une table non loin de la nôtre, des filles éclatent de rire, et l'une d'elles renverse son verre : tout le monde se retourne et la dévisage. La fille pouffe de rire, puis les personnes reprennent leur place et leur conversation.

Dix minutes plus tard, je me rends compte que plus personne, dans le bar, ne parle. Certains ont un regard étrange, d'autres sont obnubilés par leur iPhone.

La musique s'arrête un instant : tout le monde remarque ce silence. Les gens lèvent la tête, comme si ils s'étaient subitement réveillés. Quelqu'un rit, d'autres bafouillent quelques mots.

Je demande à Blanc s'il a remarqué, lui aussi, que plus personne ne parlait, il y a de cela quelques secondes.

Il lève les yeux de son iPhone et assure qu'il n'y a plus rien à dire, à présent.

Ferrari bâille et ajoute : « Il n'y a d'ailleurs plus rien à faire.

— Co-ca-ïne ? scande Arianna.

— J'suis un peu blasée, intervient Francesca.

— Si même la coke blase, maintenant, on est mal barrés », me souffle Ferrari, en me donnant un coup de coude.

La fille qui a renversé son verre ne cesse de regarder autour d'elle, comme sous l'emprise de la paranoïa, et demande à une copine :

« Personne a filmé la scène, hein, j'espère ? »

L'autre hausse les épaules. La fille retourne à son iPhone en se rongeant les ongles.

« Il n'y a plus rien à faire, nous sommes condamnés à l'ennui, lance Coco, ironique.

— Bon, arrête avec ces conneries, rétorque Blanc.

— Y'a plus rien à faire, y'a plus rien à faire », répète Coco, hilare. Il boit une gorgée de son *negroni*, et consulte son iPhone.

Qu'allons-nous devenir ?

*Je me souviens qu'une fois, à la mer, ma grand-mère ne se sentit pas bien. Nous étions assis tous ensemble à la table d'un restaurant, sur le front de mer. Elle s'était levée de table en silence. Personne n'y avait prêté attention, sauf moi qui l'avais suivie en prétextant devoir aller aux toilettes. Elle marcha en direction d'un ponton, pieds nus, d'un pas incertain, un foulard autour du cou. Le vent ébouriffait sa chevelure.*

*Elle se mit à contempler la mer.*

*Je l'observai un long moment ; elle était seule et fatiguée. Lorsqu'elle vit que je m'approchais, elle sécha ses larmes et me sourit.*

*« Mamie, qu'est-ce qu'il y a ? lui demandai-je.*

*— Rien », répondit-elle, la voix brisée par l'émotion.*

*Lorsque nous étions retournés à table, mon grand-père avait essayé de l'embrasser, mais elle l'avait repoussé.*

*Une fois à la maison, je n'arrivais pas à trouver le sommeil. Des chiens aboyaient et j'avais l'impression d'entendre des bruits dans le jardin. Je me levai pour prendre un verre d'eau et je vis mon grand-père dans la cuisine, en train de lire le journal ; lunettes de vue, gilet en coton gratté. Il m'avait souri avant de prendre un médicament. Ses mains tremblaient, tandis qu'il le diluait dans un verre d'eau.*

J'attends Camilla, la fille que j'ai rencontrée au défilé. Je suis chez moi, seul, et j'ai fumé un joint il y a de cela une demi-heure. Je zappe d'une chaîne à l'autre, car il n'y a rien d'intéressant à regarder. Je consulte ma montre : dix-sept heures trente. Camilla a prévenu qu'elle passerait vers dix-huit heures.

Elle m'a expliqué qu'elle était mannequin, qu'elle a défilé à plusieurs reprises, et qu'il s'agit d'un métier plutôt exigeant.

Je ferme les yeux un instant, puis j'entends la sonnette.

Elle est en avance.

Je descends les escaliers et je lui ouvre.

Je la regarde : c'est vraiment une jolie fille, ses cheveux blonds lui vont à ravir aujourd'hui.

« Salut », dit-elle dans un sourire. Elle porte une mini-jupe et des bottines noires.

« Salut, entre… lui dis-je en ouvrant grand la porte.

— Quelle jolie maison, observe-t-elle, en jetant un regard autour d'elle.

— Merci », lui dis-je tout en lui indiquant l'escalier, pour l'inviter à passer à l'étage.

Elle monte les marches, en effleurant de la main les parois blanches du mur. Ses ongles sont vernis de rouge.

Elle arrive au salon et me fixe, comme pour me demander la marche à suivre, si elle doit s'asseoir ou non dans l'attente que je lui offre quelque chose à boire ou autre chose.

« Assieds-toi donc », lui dis-je en indiquant le canapé.

Elle prend place et continue à regarder autour d'elle, en faisant mine de s'intéresser à deux tableaux qui se trouvent dans le séjour.

« T'as vraiment une jolie maison, un peu vide, mais vraiment très jolie ! s'exclame-t-elle, toujours en souriant.

— Oui, dis-je en murmurant, un peu vide mais jolie… »

Elle sourit, se caresse les cheveux.

« Tu veux boire quelque chose ?

— Qu'est-ce que t'as à m'offrir ? », réplique-t-elle, en souriant.

Je lui rends son sourire, puis lui réponds :

« Ce que tu veux.

— Un coca-malibu, si t'as du malibu, bien sûr, répond-elle en sortant son rouge à lèvres de son sac à main.

— Pas de problème », lui dis-je.

Je vais dans la cuisine pour prendre le nécessaire. Et pendant que je suis là, je me dis que cette fille, cette Camilla, pendant mon absence, pourrait tout à fait voler quelque chose dans le salon, mais je m'en fiche pas mal ; je prépare rapidement son cocktail et le lui apporte.

De retour dans le séjour, je la trouve complètement dévêtue : elle porte des bas, un soutien-gorge en dentelle et un tanga qui lui serre délicatement les fesses. Assise sur le sofa, elle fait rouler son pied paré de nylon, dans l'écrin de sa chaussure à talon ; elle me fait signe de m'approcher.

Je n'aurai clairement pas besoin de l'emmener dans la chambre, mais je le lui propose tout de même.

Elle me dévisage et acquiesce.

Je pose le verre de malibu sur la table basse, je la soulève dans mes bras, empoignant avec virulence ses cuisses que j'étreins fermement, et je commence à l'embrasser. Elle n'est pas très grande, je ne ressens donc aucune fatigue dans les bras. Je la plaque contre le mur et je me mets à la toucher : je sens qu'elle mouille déjà et, à en juger par la manière qu'elle a de me mordre la langue, qu'elle est particulièrement excitée ; elle geint :

« Oui, continue, ici. »

Je continue à l'embrasser, mais elle me repousse : elle s'allonge sur le sofa et, toujours avec ce sourire aux lèvres, elle retire son tanga, le met dans sa bouche, en lèche la partie centrale, autrement dit la plus humide. Ensuite, elle le jette par terre puis me fait signe de m'approcher.

J'obéis et je me place sur elle, en continuant à l'embrasser fougueusement. Je sens qu'elle est complètement mouillée, que sa vulve est glabre, je lui lèche les seins et elle, comme pour me rendre la pareille, caresse mon sexe. Elle déboutonne mon pantalon, je me relève et le retire directement avec le caleçon, après quoi, une fois sur elle, j'essaie de donner un début concret à la chose. Sauf qu'au moment même où je m'apprête à la pénétrer, elle m'arrête, éloignent ses lèvres des miennes et susurre :

« Ça te dérange si on s'embrasse pas pendant qu'on le fait ? »

Je la regarde, plutôt surpris.

« Pourquoi ça ?

— J'sais pas, comme ça... chuchote-t-elle, avec une moue confuse.

— D'accord », dis-je en reprenant mes caresses.

Je la pénètre et je commence à travailler. Je perçois sa respiration haletante, interrompue par quelques retentissants gémissements de plaisir.

*Ça te dérange si on s'embrasse pas ?*

Je continue à aller et venir, en lui serrant les seins, comme pour les contenir entièrement dans ma main et pouvoir...

*Ça te dérange si on s'embrasse pas ?*

Je décide de changer de position, et je la prends par les flancs, pour la placer sur moi. C'est à son tour de bouger sans retenue sur mon sexe et je sens le plaisir parcourir tout mon corps, pendant qu'elle fait ce qu'elle a à faire ; elle étreint sa poitrine et me regarde en se léchant les lèvres, on dirait presque...

*Ça te dérange si on s'embrasse pas ?*

Elle ralentit.

*Ça te dérange si on s'embrasse pas ?*

Je vois son visage changer d'expression, son corps ralentir de plus en plus, passant du rythme excité avec lequel elle se trémoussait jusque-là, à une immobilité totale.

Je ferme les yeux.

« Merde », me dis-je.

« Qu'est-ce qui t'arrive ? », me demande-t-elle.

Je reste silencieux.

« Qu'est-ce qui t'arrive ?

— J'sais pas... je...

— Quoi ? », insiste-t-elle, contrariée.

Je reste sans mot dire.

« Bon Dieu », soupire-t-elle, en levant les yeux au ciel.

Elle se retire et me regarde avec un mélange de perplexité et d'agacement.

« Tu vas pas me dire que t'es bi, quand même ?

— Non, j'crois pas.

— Écoute, moi j'ai rien contre vous, même si t'es pédé, vraiment. Je n'ai aucun problème. Aucun.

— Mais j'suis pas pédé.

— OK... répond-elle. Mais alors pourquoi tu bandes plus ?

— Je sais pas... Ça m'est jamais arrivé jusque-là », je balbutie, en cherchant à cacher mon embarras.

Elle me fixe et soupire à nouveau.

« Et si je te suce ? demande-t-elle, sérieuse.

— J'en sais rien, c'est peut-être un jour sans... », dis-je à voix basse, en faisant tout pour ne pas croiser son regard.

Elle secoue la tête et prend mon sexe dans sa main, presque complètement flasque, et elle commence à le sucer, en se positionnant de telle sorte que sa vulve soit placée à hauteur de ma bouche.

Elle se retourne, avec mon sexe dans la main, et m'incite à « lui faire ce que je veux. »

Je me mets donc à la masturber, j'aperçois son visage allant frénétiquement de haut en bas, mais je n'éprouve rien.

Je continue à la toucher, et de temps en temps, elle lâche mon sexe pour geindre bruyamment.

J'ignore si c'est parce qu'elle jouit vraiment, ou si elle fait semblant, pour m'exciter.

Elle y parvient un peu, au reste, mais pas complètement.

Tout ce que je vois, et ce peut-être pour la première fois, c'est une fille dont j'ignorais l'existence il y a encore vingt-quatre heures, qui est en train de me sucer, comme si elle n'avait rien de mieux à faire dans sa vie. Je la vois et je me sens affligé, triste, de glace... elle me donne l'impression d'être un objet, un récipient dans lequel je dois à tout prix verser mon liquide séminal. Je me demande si elle possède une âme, ou s'il s'agit seulement d'une pièce de boucherie ici-bas ; je me demande si elle a une famille, si elle a jamais aimé, jamais pleuré, si elle a jamais été heureuse ; je me demande comment elle se sent, juste avant d'aller dormir : autant de choses que je ne saurai jamais. Et Liza ? Où es-tu Liza ?

Pourquoi donc suis-je en train de penser à tout cela ?

Je ferme les yeux et lorsque je les rouvre, je remarque que ma partenaire est encore en train de me sucer ; une fille sans visage, sans histoire, avec laquelle je suis en train d'essayer de coucher.

Cinq minutes plus tard, elle comprend que la situation n'évoluera plus, désormais. Elle se lève donc, s'essuie la bouche et me demande où se trouve la salle de bains.

« Deuxième porte à gauche », lui dis-je. Je la vois rassembler ses affaires et se diriger vers la salle de bains.

Je reste muet.

« Je pourrais me tirer une ligne, pour me donner du jus et essayer de la baiser », me dis-je. Mais pour la première fois de ma vie, je n'en vois pas l'intérêt.

Elle sort de la salle de bains, me regarde et me glisse :

« Vaut mieux que je file. »

Elle est particulièrement gênée.

J'acquiesce et je lui dis, les yeux fermés :

« Tu sais où est la porte ?

— Ouais », répond-elle.

J'entends ses pas qui dévalent l'escalier, le bruit de la porte qui claque, et puis le silence, interrompu seulement par l'écho de mes pensées.

*Ça te dérange si on s'embrasse pas ?*

*T'as une jolie maison, un peu vide mais jolie.*

Après le départ de Camilla, j'ai retrouvé une photo dans le tiroir d'une commode. Une photo de Martina et moi, une fille dont j'avais été amoureux à douze ou treize ans, à l'époque où nous allions en vacances, avec ma famille, en Toscane. Elle et moi, sur une plage, un après-midi… Cette nuit-là, nous nous étions embrassés. Je me souviens que nous nous donnions la main. Il était environ vingt-deux heures trente, le vent soufflait délicatement dans les palmiers. La respiration des vagues semblait révéler quelque mystère que seulement elle et moi aurions pu déceler. Elle posait sa main sur la mienne sans rien dire. Je ne disais rien, moi non plus. Nous étions tous deux nerveux, et nous étions restés ainsi pendant un long moment. De temps en temps, j'essayais discrètement d'admirer son profil, cherchant à mémoriser le moindre de ses traits, de ses gestes ou expressions. Je savais que cette image d'elle et de moi, assis côte à côte sur le sable, dans la nuit, à écouter le froufrou des vagues qui caressaient la rive, m'aurait accompagné toute ma vie. Face à nous, la mer, derrière : le vide. Elle et moi, dans un coin du monde que nous nous étions créé pour cette nuit seule ; sûrs et certains que le temps lui-même n'aurait pu détruire ce souvenir. Nous étions ensemble, nous avions treize ans. Trop petits pour nous sentir déjà adultes, trop grands pour nous croire encore des enfants.

Je m'étais levé pour aller plonger mes mains dans l'eau salée, puis j'étais revenu vers elle.

Elle souriait tendrement et nous nous étions embrassés pour la première fois.

C'était la première fois que l'amour frappait à la porte de nos cœurs, avec l'intensité d'un geste que nous nous sommes promis de ne jamais oublier, et que pourtant, lentement, nous avons oublié.

La lune étincelait, projetant son voile argenté sur la mer.

Cette sensation de sa main sur la mienne était magnifique.

Tout semblait infini, comme les jours que nous aurions vécus.

Ce premier amour que l'on vit à treize ans, cet amour dont on ignore tout, pour lequel on donnerait tout pour qu'il ne finisse jamais.

Coco et moi allons chez Filippo, dans son appartement rue Tortona, pour choper un peu d'herbe. Dehors, il pleut des cordes et le bruit de la pluie battante semble me coller à la peau. Nous entrons chez Filippo, qui nous accueille torse nu, vêtu d'un short du FC Barcelone. Il nous offre une *Beck's* chacun. Dans son salon, deux de ses potes sont en train de jouer à Fifa en silence, le visage sans expression, lobotomisés par le jeu. L'un d'eux, un grand brun aux yeux bleus, aux dires de Coco, a fait de la figuration pour une série sur Sky. Sur la table basse, devant la télévision, un bang en verre et plusieurs revues. J'en ramasse une par terre et je remarque que les visages des mannequins sur la couverture sont barbouillés de gouache, ou défigurés au crayon.

Lorsque la partie finit, l'acteur émet un soupir, puis s'allume une blonde. Il enfile un sweat à capuche noir Trasher et sort fumer sur le balcon.

« Tu veux jouer ? me demande l'autre.

— Non, dis-je.

— Mais tu dois ! Tu dois jouer, tu dois continuer à jouer », s'exclame-t-il, en me lançant un regard réprobateur.

Une fille brune pénètre dans la pièce : lèvres charnues, en culotte, fourrure blanche et veste en cuir sous-jacente, elle prend une revue sans même me jeter un regard, s'assied sur le canapé et se met à la feuilleter.

Elle raconte quelque chose à propos de la soirée d'hier soir à l'*Apollo*, et je remarque le tampon « privé » sur sa main. Elle explique au type d'à côté qu'elle espère que le tampon sera bien visible sur la photo que la boîte postera sur Instagram. Filippo revient avec des sachets de beuh qu'il nous donne, à Coco et à moi. Il dit que c'est de l'excellente *Dream Kush*, fraîchement ramenée d'Amsterdam.

Nous le payons et je me roule un stick. Je lui demande s'il est possible de fumer à l'intérieur, mais je ne trouve pas mon briquet ; Coco, lui, prétend qu'on lui a volé le sien au *Terrazza Triennale*. Personne n'a de feu, alors Filippo me propose de le suivre dans sa chambre où il garde son Zippo Nirvana.

Dans la pièce, en plus de toute la paperasse qui jonche le sol, et d'une lampe qui éclaire la commode par intermittence, dans une sorte de continuelle et vacillante lueur, je remarque un vivarium en verre où végète un python.

« Tu aimes ? », me demande Filippo, en donnant deux petits coups sur la vitre. Le reptile, arc-bouté sur lui-même, lève la tête. Sa peau est d'une couleur brunâtre, avec des taches et des zébrures noires, et des squames irrégulières. J'allume le joint et je lui avoue que c'est la première fois que j'en vois un.

« C'est l'heure de passer à table », chantonne-t-il en cherchant quelque chose dans un tiroir. Il saisit un récipient en verre, dont le couvercle est troué pour laisser passer l'air, rempli de petites souris blanches. Les souris se déplacent frénétiquement les unes contre les autres.

« Je te laisse choisir la victime », dit Filippo dans un sourire.

Je les scrute toutes. Leurs petites pattes affolées, les queues tremblotantes et les yeux minuscules, noirs : une pupille totalement obscure.

J'en désigne une.

Filippo l'extrait de la boîte qu'il referme puis replace dans le tiroir.

Il prend la pauvre bête dans ses mains, me la passe et me suggère de la saluer.

J'attrape la souris, refermant mes mains à la manière d'une cage. Je me demande combien de temps il faudrait pour qu'elle cesse de respirer. La souris, effrayée, me mordille le doigt et je la fais tomber par terre.

« Elle est terrifiée, signale Filippo en la reprenant dans sa main. Elles le sentent, c'est dingue ça, elles le sentent quand l'heure a sonné. »

Il ouvre le vivarium du python et y jette la souris.

« Au début, je les lui donnais déjà mortes, ou congelées. Mais je trouve que c'est plus marrant comme ça », explique-t-il en s'étirant de tout son long.

La fille, depuis le salon, appelle Filippo, et ce dernier me demande de bien refermer le vivarium avant de les rejoindre.

La souris blanche se cantonne dans un coin, en grattant les parois du vivarium. Le bruit de ses petites pattes glissant sur le verre, strié par l'obscurité vacillante peinte sur sa pupille, est presque imperceptible. Le python se dirige vers elle avec une placidité implacable. Les squames, denses et sombres, la tête immobile et la peau striée de veinures. Il s'en approche avec une souplesse accablante, l'étreint, puis la broie, laissant uniquement la petite bouche libre qui, immobile, raidie, à petits feux cesse de respirer.

Puis, après avoir observé le petit corps inanimé, il l'engloutit lentement, jusqu'à ce que même la queue, qui semblait vivre encore, tremblotante et soumise, disparaisse.

Je fume l'herbe ; dehors, le déluge s'abat. L'obscurité est mouchetée par les striures de l'eau.

Lorsque je retourne dans l'autre pièce, la fille avec la fourrure mange des crackers et l'une de ses amies, qui porte une mini-jupe en jean, un haut Supreme noir et des Vans classiques Old School, est en train d'entonner une chanson qui scande « I wake up in a new Bugatti », et danse et sourit au milieu de la carrée.

Le type sur le canapé me demande à nouveau si j'ai envie de faire une partie de Fifa.

« Non, j'ai pas envie, lui dis-je.

— Tu n'as pas le choix, j'ai besoin que tu joues », objecte-t-il en me passant la manette.

Coco examine les aimants collés sur le frigo.

Filippo me demande si le python a apprécié son dîner.

« Oui, dis-je.

— Très bien », réplique-t-il.

Je joue à Fifa.

Arianna continue à empiler les fringues sur son lit, pendant que Francesca, assise sur un fauteuil, fait compulsivement défiler sa page Facebook, sur son iPhone. Nous sommes chez Arianna, dans l'attente de la soirée avec les autres, au *Just Cavalli*. Nous avons dîné chez *Temakinho*, même si Arianna déteste le sushi, « mais bon, on peut pas ne pas aller chez *Temakinho* ! ».

« Et celle-là, elle me va bien ? nous demande Arianna, en enfilant une robe griffée, courte et blanche.

— À mon avis, elle te va comme un gant, s'exclame Francesca en lui souriant.

— J'sais pas, elle me grossit pas un peu ? demande-t-elle encore, indécise.

— Mais n'importe quoi, ma puce, arrête un peu ! », l'exhorte Francesca, en levant les yeux de son iPhone.

Arianna soupire et retourne dans la salle de bains, avec une autre robe.

« Tu m'étonnes qu'elle la grossit, me glisse Francesca, limite écœurée.

— Et alors, pourquoi tu lui as pas dit ? »

Francesca se lève du fauteuil et vient s'allonger sur le lit, à côté de moi.

« Adam, parce que c'est aussi à travers la laideur des autres que nous pouvons nous démarquer... me susurre-t-elle à l'oreille.

— Et celle-ci, c'est mieux non ? », nous fait Arianna, en sortant de la salle de bains avec des collants noirs, des Dr. Martens et une robe en imprimé léopard.

« Bof, lâche Francesca en hochant la tête, je préférais celle d'avant !

— Quelle merde, soupire Arianna, mais pourquoi j'ai autant de fringues aussi, moi ? Adam, à ton avis, laquelle me va le mieux ? »

Je l'observe et je constate que cette robe lui va beaucoup mieux, mais Francesca me donne un petit coup de coude dans les côtes.

« Celle d'avant, dis-je sèchement.

— Bon... OK, merci ! », s'exclame Arianna qui ramasse la robe blanche par terre et file dans la salle de bains.

« Je ne pense pas du tout qu'Arianna soit moche, dis-je à Francesca.

— Non, non, elle ne l'est pas ! C'est bien ça le problème ;

et c'est pour ça que je lui conseille toujours les mauvaises choses, parce que je dois faire en sorte qu'elle soit plus laide que ce qu'elle est vraiment… réplique Francesca. Souviens-toi que toutes les filles sur cette terre veulent être au centre de l'attention, c'est une compétition sans fin – elle fait une pause, allume une cigarette – et puis, c'est pas méchant, il s'agit d'une saine compétition.

— Si tu le dis, fais-je, confus.

— Au fait, j'ai vu que Carlotta a liké l'une de tes photos, dit Francesca pour changer de sujet.

— J'ai pas fait gaffe.

— Bah… va voir alors, mais te fais pas avoir, c'est une grosse salope », précise-t-elle.

Je me connecte sur Facebook, et je constate que j'ai une demande d'amitié.

Je clique dessus et je reconnais un type qui était au collège avec nous, un certain Caveti, un ami à moi.

« Oh la vache, s'exclame Francesca, surprise, mais c'est Caveti ? Celui qui était au collège avec nous ?

— Oui.

— Oh, le gros boulet !

— N'importe quoi.

— Bah si, réplique-t-elle. Remarque, maintenant que j'y pense, c'est vrai que vous étiez amis.

— Ouais.

— En tout cas, maintenant c'est trop un boulet. Accepte-le pas, me conseille Francesca.

— Et pourquoi ça ?

— Tu veux que tout le monde sache que tu le connais ?

— Où est le problème ?

— Tout le monde le saura, et il n'y a pas pire que d'avoir de mauvaises fréquentations. Clique sur refuser », insiste-t-elle, sarcastique.

J'appuie sur la touche refuser.

« C'est bien Adam, on a tous une réputation à tenir », ajoute Francesca, en souriant.

« Alors, comment je suis ? demande Arianna en sortant de la salle de bains, avec la robe blanche qu'elle portait au départ.

— Superbe, ma puce ! », s'exclame Francesca, sereine.

Arianna lui envoie un baiser et s'assied sur le fauteuil :

« Dans deux minutes faut tracer, nous communique-t-elle, Blanc vient de m'écrire, son chauffeur va pas tarder.

— *Perfect,* fait Francesca.

— Je peux aller deux secondes aux toilettes ? dis-je à Arianna.

— *Sure* », répond-elle.

Je me lève du lit. La salle de bains, dans la chambre d'Arianna, est aussi grande que son armoire. L'une des plus belles salles de bains que j'aie jamais vue.

Je sniffe une ligne et je me regarde dans le miroir, embué par les vapeurs de la douche qu'Arianna vient de prendre.

Je me lave les mains avec un savon au nom étrange : *Paper street soap company.*

Je sors de la salle de bains et Arianna me fait signe de me dépêcher.

« Le chauffeur est arrivé, speed ! m'ordonne-t-elle.

— J'arrive », dis-je en contrôlant mes poches, pour voir si je n'ai pas perdu ou oublié quelque chose.

Non, il ne manque rien, apparemment.

Nous faisons la queue devant le *Just.* Nous attendons pour entrer et Coco, Ferrari et Blanc sont nerveux. Il faut dire que nous patientons depuis déjà au moins cinq minutes, et nous ne sommes toujours pas entrés. Je regarde les gens autour de nous, amassés comme des bêtes, dans l'attente que le videur accepte ou non de les laisser entrer.

Des potes de fac de Coco nous accompagnent.

Tandis que je fume, j'aperçois deux *teenagers* qui s'écartent de la file et se dirigent vers nous. Ce sont les deux ados que j'avais vus au *Loola* avec Blanc. Ils le saluent en lui tendant la main, mais il refuse de la leur serrer, prétextant qu'ils se verront plus tard.

« Euh… par hasard, tu pourrais pas nous faire entrer au nom de ta table ? demande l'un d'eux, presqu'en l'implorant.

— Je sais pas les gars, je sais pas. On gère ça plus tard, OK ? leur fait Blanc, agacé.

— OK », répondent-ils. Et ils s'en vont.

Les gens qui ont réservé leur table à côté de la nôtre sont tous habillés de la même manière : T-shirts échancrés ou chemises, pantalons moulants, Church's et Rolex. Même coupe de cheveux, il va sans dire. Matteo, un pote de Coco, raconte qu'aujourd'hui il est allé faire des UV parce que son bronzage post-Maldives s'est estompé, même s'il est vrai qu'aucun bronzage artificiel ne pourra jamais égaler celui de mère nature.

« Sales mioches, soupire Blanc, avec mépris, en reluquant les deux ados.

— Mais, ils ne travaillent pas pour toi ? je lui demande.

— Où est le rapport, putain ? Ils m'ont déjà donné les thunes, non ? réplique-t-il, en souriant

— Ah, l'astuce ! s'exclame Ferrari en applaudissant.

— À ton avis, je vais les laisser entrer, ces pisseuses ? », lâche Blanc en me faisant un clin d'œil.

Arianna et Francesca nous rejoignent, accompagnées par trois de leurs amies, dont Giovanna, l'accro à l'héro, qui marche lourdement, toute chancelante, ainsi que Cinzia et Jennifer.

Blonde aux cheveux courts, Jennifer porte un haut qui laisse deviner sa poitrine ; Cinzia, elle, a opté pour une robe noire, des collants et une paire de Jeffrey Campbell grises.

« Jenny, où est-ce que tu l'as laissé le gosse ? lui demande Coco.

— Va te faire foutre, riposte-t-elle.

— De quel gosse parle-t-il ? dis-je à Ferrari.

— Elle s'est tapé le fils d'un footballeur, qui doit être né en deux-mille ou deux-mille-un.

— Toi aussi tu peux aller te faire foutre, Ferrari, poursuit-elle. En attendant, il est plus friqué que toi, donc tu ferais mieux d'écraser », dit-elle dans un sourire. Coco éclate de rire et dit :

« Ouh là là, Ferrari en a trouvé un qui a plus de thunes que lui !

— Il est riche ? fais-je à Ferrari, qui hausse les épaules.

— Comme Crésus ! répond Jennifer, en ouvrant grand les yeux, tout en se mettant du rouge à lèvres. Comme Crésus, répète-t-elle.

— Juste une curiosité : pourquoi t'as couché avec ? lui demande Blanc.

— Bah, tu vois, s'il m'avait foutue enceinte, j'étais tranquille pour toute la vie, si tu vois c'que j'veux dire… », explique-t-elle en allumant une cigarette.

Blanc acquiesce, puis Jennifer explique qu'elles sont arrivées en retard parce qu'elles n'arrivaient pas à trouver de la bonne beuh, qu'elles ont dû aller jusqu'à Colonne. Coco, hilare, assure que si tu restes plus de deux minutes à Colonne, tu chopes minimum le sida, ou d'autres saloperies, vu tous les pauvres de merde qui traînent là-bas.

La fille chargée des réservations arrive enfin. Elle nous fait signe de sauter la file.

Nous ne nous faisons pas prier et l'hôtesse nous tamponne la main.

Elle précise que les bouteilles nous seront servies immédiatement et que tout ira comme sur des roulettes.

« Putain, j'ai trop hâte d'entendre Kar mixer ! », s'exclame Ferrari.

Dans un premier temps, le nom de Kar ne me dit rien, puis je me souviens de l'autre imbécile, qui avait mixé à la fête de Tiffany.

Nous entrons dans la salle privée et la soirée peut commencer. Les bouteilles, comme promis, arrivent immédiatement. Je n'ai pas envie de sniffer, du coup je me roule un joint, histoire de rester easy dans mon coin.

Blanc a déjà empoigné les bouteilles et se fait photographier. Il s'est fait prendre deux fois : la première, avec une bouteille de Dom Pérignon, la deuxième avec une Dom Pérignon et une Armand de Brignac.

Coco s'approche, me montre sa bouteille d'Armand et hurle :

« ON LÂCHE JAMAIS L'AFFAIRE, NOUS ! VINGT-MILLE PUTAIN D'EUROS LA SOIRÉE ! »

Je fais un petit signe de la tête en lui adressant un sourire.

« Je m'amuse comme un dingue ! Toi aussi ? me demande-t-il en agitant les mains en l'air.

— Ouais, pas mal », dis-je.

Il prend une bouteille de Crystal et me la passe.

« Ça te dit de prendre une photo, on la poste direct sur Instagram ? me hurle-t-il à l'oreille.

— Quel est l'intérêt de mettre une photo sur Instagram si tu t'amuses comme un dingue ? », je réplique, en hurlant.

Il me regarde ahuri, comme s'il n'avait pas compris la question, puis répond :

« Parce que les gens doivent le savoir !

— C'est qui, les gens ? je lui demande, toujours en hurlant à cause de la musique trop forte.

— TOUT LE MONDE ! hurle-t-il en m'embrassant. TOUT LE MONDE DOIT SAVOIR QU'ON S'AMUSE, SINON C'EST COMME SI ON S'AMUSAIT PAS !

— Plus tard, peut-être, lui dis-je.

— Couille molle ! », me crie-t-il, avant de se mettre à boire directement au goulot.

Ensuite, comme Blanc auparavant, il appelle le photographe et se fait prendre en photo, tandis qu'il renverse du Crystal par terre ou sur sa Rolex.

Il se tourne à nouveau vers moi et, dans un éclat de rire, il me montre un type et hurle :

« OH ! LUI C'EST CHICCO, TROP FORT LE GARS ! REGARDE CE QU'IL EST EN TRAIN DE FAIRE ! »

Chicco tient une flûte de champagne et s'amuse à distribuer des hosties autour de lui. Il les trempe dans le champagne et les introduit dans la bouche des filles qui passent. Il a l'air de trouver ça très amusant.

« Il EST PAS GÉNIAL, PEUT-ÊTRE ?

— Si, si », dis-je.

Je m'écarte un instant pour m'asseoir sur la banquette. J'écoute la musique tout en regardant Kar qui mixe, toujours avec son air blasé. Coco me montre son prof d'économie, un homme grand, chauve, qui danse avec l'une de ses camarades de classe.

« Et dire que sa petite femme l'attend sagement à la maison ! », s'exclame-t-il en riant.

Une chauffeuse de salle, sur un cube, à moitié nue, harangue la foule : « VOUS ÊTES CHAUDS BOUILLANTS, CE SOIR ? »

Les gens hurlent.

« ET ALORS *JUST MILAN* ON LÈVE LES MAINS ! », crie-t-elle.

Et tout le monde lève les mains et hurle.

Ferrari est assis sur une banquette, en face de moi : il est en train de rouler des pelles à une nana, et je remarque que sa main va et vient entre ses cuisses, sous sa robe... de temps en temps, la fille s'écarte et gémit dans le creux de son oreille. Ou du moins, c'est ce qu'il me semble.

Les filles dansent, complètement perchées, comme si le monde n'existait pas.

Je fume, tranquille, puis je me remets à penser à Liza.

Où est-elle ? Qu'est-elle en train de faire ?

Sur l'écran géant de la discothèque, on peut lire des messages de ce genre : « Ferrari est toujours en soirée ! Coco, tu payes ta bouteille de champagne ? » et autres messages similaires avec le nom des types qui nous accompagnent, dans la salle privée. Ils attendent de voir leur nom apparaître sur l'écran pour le prendre en photo.

Chicco est toujours en train de distribuer les hosties. Un videur a chopé par la nuque un gars qui essayait de se faufiler dans la salle privée. Coco s'amuse à lancer des verres, remplis de glace pilée, au milieu de la piste. L'un des verres percute en pleine tête une personne, qui s'écroule au sol. À ce spectacle, Blanc éclate de rire et embrasse Coco en hurlant : « EN

PLEIN DANS LE MILLE ! ». Sur la piste, des filles échangent des garçons à n'en plus finir ; depuis que je les observe, elles doivent s'en être passés au moins six.

Je prends la bouteille de Dom Pérignon et m'en descends quatre flûtes coup sur coup.

Après quoi, Arianna me prend par la main et m'emmène voir un type, la cinquantaine, et me hurle dans l'oreille qu'il s'agit d'un producteur de télé ; le producteur me fusille du regard, alors je dis à Arianna que je m'en tape et elle me lance à son tour un regard assassin. Je reconnais un footballeur assis à côté de notre table. Je sniffe un rail, à la vue de tous.

Kar a lancé une chanson que je ne connais pas, mais que toute la salle chante à tue-tête. Les paroles scandent :

*Moi j'veux juste être eas...*
*J'm'en balance de la crise*
*J'tourne au gin feez.*

Et Coco, tout en chantant, asperge les filles avec des magnums de trois litres, tandis que Ferrari fait entrer un groupe de nanas dans la salle privée, bien qu'elles n'aient pas le tampon.

Mon regard se pose à présent sur Giovanna qui dort, étendue sur la banquette.

Je m'approche d'elle, lui souffle quelques mots à l'oreille, mais elle ne réagit pas. Sans que les autres ne me voient, je prends son bras et l'examine : il y a des veines gonflées, bleuâtres, et cinq petits trous juxtaposés.

*Moi j'veux juste être eas...*
*J'm'en balance de la crise*
*J'tourne au gin feez.*

Je retourne m'asseoir.

Je regarde mes mains et je pense à Liza. Je pense à elle, peut-être parce que j'aimerais me convaincre qu'en dépit de tout, la beauté subsiste, quelque part.

Va savoir.

Coco passe me prendre vers quatorze heures trente, et me demande de l'accompagner à notre ancienne école, le Lycée G., afin d'arranger une histoire de notes pour son frère.

« Comment ça, de notes ?

— Il est au rattrapage, il a trois exams à passer et nous devons… disons que nous devons lui donner un p'tit coup de main », répond-il tranquillement.

Lorsque nous descendons de sa Ferrari, l'air est étouffant et je me rends compte que je suis plutôt ivre et stone, bien que nous soyons seulement en début d'après-midi.

Je suis ébloui par le soleil et je scotche devant l'entrée du lycée. Les souvenirs se mélangent, confus, las.

Je n'ai pas envie d'entrer et de revoir les classes, le secrétariat, les profs, la cour, mais Coco me rassure en disant qu'il s'agit d'une affaire de quelques minutes, pas plus, le temps de régler deux trois bricoles.

Nous entrons donc et l'une des secrétaires, qui nous a reconnus, nous demande ce que nous sommes devenus maintenant que nous sommes « grands ».

Je reste silencieux et Coco répond que « tout va pour le mieux », puis l'informe de son rendez-vous avec le proviseur.

Elle remonte ses lunettes et déclare que, dernièrement, il est vraiment surmené, qu'il devrait se reposer, puis nous accompagne jusqu'à son bureau.

Nous entrons et le proviseur, un prêtre de Communion et Libération, nous dévisage, surpris, puis nous serre la main à tous les deux.

« Bonjour jeunes gens, dit-il.

— Bonjour », répond Coco.

Moi, je ne réponds pas, parce que je ne suis plus au lycée, et je considère que je ne dois plus rien à cet homme, désormais.

« Alors, comment allez-vous ? Et vos camarades ? Blanchini ? Ferrari ? Arianna ? demande-t-il.

— Tout le monde va très bien, le rassure Coco.

— Et ton ami Jo ? », me fait le proviseur.

Je le regarde. Je serre les dents et je le toise de la tête aux pieds avec un air de mépris.

« Il s'est suicidé », dis-je lentement.

Son front se ride, soulignant un embarras qu'il peine à dissimuler.

« Oh, je suis désolé… murmure-t-il, déconcerté. J'en avais peut-être eu vent, mais… vous savez, avec tous les élèves qui passent ici. »

Je souris.

J'aimerais lui cracher au visage. J'essaie de ne pas sortir de mes gons et je dis à Coco qu'il vaut mieux que je l'attende dehors.

Je sors de la pièce et j'entends Coco lui dire :

« Veuillez l'excuser, il est un peu bizarre ces derniers temps. »

Je vais dans la cour, où des enfants sont en train de jouer au foot. Je m'assieds sur la balançoire et je les observe avec attention, avec une pointe de curiosité, comme si j'avais oublié que moi aussi j'y jouais, autrefois.

J'entre dans mon ancienne salle de classe et j'ai comme une impression de déjà-vu déplaisante : toute la scène de Caspiri me revient à l'esprit.

Des chiffres sont écrits sur le tableau et je m'assieds à ma place, cherchant à raviver quelques souvenirs, mais j'ai l'impression que tout est insipide, flou.

Sous la table, mon nom, que j'avais gravé avec une paire de ciseaux, est toujours visible.

Je sors de la classe. Dans le hall, j'examine le tableau des rattrapages, avec les noms de ceux qui sont passés et de ceux qui ont été recalés.

Coco, qui vient de sortir du bureau du proviseur, me donne une tape sur l'épaule et me montre le nom de son frère : « Admis ».

« C'est réglé, dit-il, satisfait, on s'arrache ?

— Vas-y, moi j'ai rendez-vous avec quelqu'un, dis-je en mentant.

— Qui ça ?

— Une meuf.

— Ah ouais ?

— Bah ouais… »

Il hausse les épaules et s'en va.

Je sors du lycée et je vais prendre un café dans le bar d'en face. Je commande une bouteille d'eau et un déca et je m'efforce, petit à petit, de raviver mes souvenirs.

Je scrute la grille d'entrée.

Bientôt, nous serons en septembre et des nouveaux élèves débarqueront, d'autres partiront. J'ai encore en mémoire le jour où je suis entré pour la première fois.

J'avais cette étrange sensation que les choses n'auraient plus jamais été les mêmes.

Les gens n'arrêtaient pas de répéter des clichés banals et insipides :

« Profite de cet âge car il est impossible de revenir en arrière, une fois que tu seras grand, tu le regretteras ».

Des platitudes du genre. Peut-être dit-on ces choses au nom de la nonchalance et de l'insouciance qui caractérisent les années lycée. De quinze à vingt ans, tout peut arriver. D'un moment à l'autre, tout peut basculer. Vous pouvez faire un tas de choses qui sembleraient ridicules à quarante ans.

Quand vous êtes jeune, vous pouvez vous amuser, traîner tard le soir, rire, tomber amoureux. Ces choses vous sont permises. À cinquante ans, vous devez veiller sur votre famille, payer les crédits, et le reste de votre vie se passe dans un bureau qui pue la photocopieuse et les surligneurs neufs. Il ne vous est pas permis de rencontrer une nouvelle femme et d'en tomber amoureux, à moins de divorcer (si toutefois c'est un problème, car pour mes parents et ceux de mes amis, ça ne l'a pas été) et d'accepter de voir vos enfants une ou deux fois par semaine. Jeune, on se sent libre, on surfe sur les événements. Aucune facture à payer, aucun enfant à nourrir, pas besoin de se casser le dos au travail. Votre seul objectif est de passer dans la classe supérieure, voilà tout. Le fait est que le lycée, ce n'est pas que cela. Le lycée, c'est bien plus que cela. Au lycée, il faut s'habiller d'une certaine manière, parler d'une certaine manière et se comporter d'une certaine manière. La manière des autres, la manière dont la majorité dicte sa loi. Sans quoi, on vous exclut, et vous devenez un pestiféré traînant l'étiquette de « loser ».

Soit vous êtes avec eux, soit vous êtes contre eux. C'est simple.

Se faire exclure de toute relation sociale pendant cinq ans, c'est l'assurance d'un aller sans retour pour la dépression nerveuse. Et si par malheur vous deviez raconter ce genre de choses à quelqu'un, si vous deviez vous plaindre de la manière dont elles se passent, on vous répondrait toujours la même chose : qu'il vaut mieux se taire et remercier d'être né ici plutôt qu'en Afrique ; que nous avons tout, nous, et donc qu'il n'y a aucune raison de ne pas être heureux. D'une certaine manière, les gens ont raison, mais il est tout aussi vrai que la vie peut être difficile, même si l'on n'est pas né en Afrique. Le fait que les autres aient des vies bien pires que la mienne ne saurait en soi me consoler, même si ce perpétuel étalage de la souffrance d'autrui est, pour beaucoup, un motif de satisfaction.

D'un point de vu scolaire, c'est un peu comme quand l'un de vos camarades a une plus mauvaise note que vous. Quand bien même vous vous efforcez de le consoler, au fond de vous, vous êtes heureux de ne pas être à sa place.

Les gens se délectent du désespoir des autres.

Je continue à regarder le lycée, et oui, les souvenirs affleurent.

Les prières du matin avant de se taper une ligne à la récré, les cours de religion et les filles qui enfilaient des bas, les affiches de Communion et Libération, sans oublier cette classe acariâtre, déprimée, frustrée, inutile, torturée, meurtrie, soumise, arrogante, égocentrique, avide, inutile, fourbe et obtusément complaisante et hypocrite que forment les professeurs.

Le seul qui soit parvenu à me transmettre quelque chose fut mon professeur d'italien ; des autres, je ne me souviens que la nullité. Au cours de leur vie, ils auraient aimé pouvoir poursuivre leur ambition débordante de transformer le monde, capturer l'âme de la nature humaine (des foutaises de Communion et Libération, camouflées sous une forme d'exhibitionnisme sentimentaliste, afin que nous fermions les yeux sur les pots-de-vin que les chefs de ladite organisation se mettaient dans la poche – sans parler des traitements de faveur comme celui auquel je viens tout juste d'assister) et puis les habituels papotages dans les classes. Et la masse, et les nouvelles chaussures, et le samedi soir en boîte, et vas-y, et qu'est-ce qu'on se marre, et si t'es pas avec nous, t'es qu'un loser. Et toujours, toujours, toujours les mêmes personnes. Toujours les mêmes têtes fétides et nauséabondes.

Chaque jour, à toute heure. À vous faire venir la nausée à force de les regarder. Désenchantées et blêmes, de marbre. Toujours à arborer ce même petit sourire, sous prétexte que le samedi soir, ils se sont retrouvés à la table d'une célébrité, ou en compagnie de quelqu'un d'important.

Je n'avais aucune autre possibilité que celle de suivre la meute.

Car de deux choses l'une : où vous parvenez à résister dans votre coin pendant cinq ans, ou bien vous finissez par faire partie de ce qui, il y a tout juste deux ans, représentait tout ce que vous détestiez.

Je pense aux élèves qui arriveront au lycée en septembre, parce que leurs parents veulent les protéger des *mauvaises fréquentations*, eux qui ignorent qu'en moins de deux ans ils seront accros à toutes les drogues possibles et imaginables et dépenseront tout leur argent dans des bouteilles en boîte. Le lundi matin, ils se pointeront au lycée et, avant toute chose, ils se vanteront de leurs beuveries du samedi soir.

Cela me fait plutôt rire que des parents, pour protéger leurs rejetons, les envoient précisément dans l'endroit le moins à même de leur offrir cette protection.

Si l'on examinait le cerveau d'un adolescent de quatorze ans qui se trouve ici, on y trouverait probablement un sablier. Un sablier qui ne cesse de rappeler que le temps passe, qu'il faut être à la mode, qu'il faut se défoncer et baiser le plus possible et au plus vite.

Il faut tout faire, tout de suite, au nom d'une existence qui pourrait être définie comme une perpétuelle attente du samedi soir.

Et quand bien même quelqu'un qui entrerait dans un contexte similaire prétendrait qu'il n'a rien à faire du jugement des autres, tôt ou tard il finirait lui aussi par s'acheter un nouveau vêtement de marque, et un premier sachet de blanche.

Toutefois, il y en a qui résistent et qui tracent leur route.

Pour ma part, je n'ai pas été assez fort. Pourtant, au départ, j'ai essayé de me foutre du regard des autres, mais par la suite, inexplicablement, j'ai commencé à en faire partie. Sans même m'en rendre compte. Et c'est à cet instant que j'ai perdu quelque chose. Des fringues, je suis passé aux bouteilles, des bouteilles aux prostituées, des prostituées à la cocaïne.

Disons qu'il y a six ans, lorsque je suis entré au lycée, je n'imaginais pas la tournure qu'auraient pris les événements.

Deux femmes viennent juste d'amener leurs rejetons à l'école, s'assoient à une table et commandent un café. Le genre de mères toutes refaites qui déposent leurs fils à l'école comme s'il s'agissait de paquets, puis passent le reste de leur journée à ragoter sur les gens.

Je lève les yeux et je sens que je suis redevenu sobre ; à la télé, à l'intérieur du bar, je vois que la Cinq diffuse un reportage spécial sur une mère qui a tué son fils, en l'étranglant avec des câbles électriques. La présentatrice, tout sourire, trépigne d'impatience à l'idée de révéler de nouveaux scoops.

Les gens se délectent du désespoir des autres.

Je décide de commander quelques verres.

Nous sommes assis dans un bar, avenue Como, depuis dix minutes. Personne n'a encore pipé mot, sauf au moment des saluts, à notre arrivée. Et pour cause : nous avons tous le nez collé à notre iPhone. Nous consultons Facebook et Twitter pour voir ce qu'il y a de neuf, même si les nouvelles sont toujours plus ou moins les mêmes.

Hier soir, il y avait la finale d'*As-tu du talent ?* Une émission où des candidats sélectionnés par un jury se défient en chantant. Un talent show, comme on dit. La page d'accueil de Facebook est remplie d'avis sur celui qui, selon les gens, aurait dû gagner, sur celui qui était le meilleur et sur ceux qui, à l'inverse, n'avaient rien à faire en finale. Les commentaires n'ont rien d'original :

« Mais c'est pas possible, c'est une blague ? »

« Qui peut m'expliquer comment Stefano a pu gagner ? »

« Gloria, t'as sucé combien de bites pour arriver en finale ? »

« Vraiment incroyable, Gloria je t'aime ! »

« Gloria, tu nous fais rêver, t'es grandiose ! »

« Andrea, tu es fantastique, la chair de poule à chaque fois que tu chantes ! »

« Vous comprenez que dalle, c'est Andrea le meilleur ! »

« Vous comprenez que dalle, c'est Gloria la meilleure ! »

« Vous comprenez que dalle, c'est Stefano le meilleur ! »

« Vous comprenez que dalle, c'est tous des bites ! »

« Ni Gloria ni Stefano, c'est Andrea qui devait gagner ! Andrea tu seras toujours le meilleur ! »

« Gloria, c'est injuste, tu vaux tellement plus que les autres ! »

Les gens s'étripent et se disputent en répondant aux différents commentaires ; ils se traitent d'imbéciles, d'ignorants et ainsi de suite. Des disputes virtuelles, qui éclatent de toute part.

Naturellement, il y a ceux qui, en lisant tous ces propos, cherchent à faire les indifférents, jouent les anticonformistes, et écrivent des commentaires ou des tweets du genre :

« Tiens ! Ce soir y'a la finale d'*As-tu du talent* ? Je savais pas, ça ! »

« Ah bon ? C'est Stefano qu'a gagné ? Qui l'eût cru, à en juger par vos commentaires ! »

En quelque sorte, ils les méprisent, ils les prennent de haut ; et toutefois, ils contribuent, par ces avis soi-disant dissonants, à nourrir la faune haute en couleur de ce tribunal virtuel que constitue un réseau social, et dans lequel chacun s'autoproclame juge suprême. Un bar virtuel où les personnes s'insultent mutuellement sur la base… de rien. Après dix minutes de lecture de messages plus enragés les uns que les autres, Arianna fait une réflexion tout à fait inattendue et ô combien géniale sur ce qui s'est passé la veille :

« Vous avez vu que c'est Stefano qui a gagné ? », lance-t-elle en faisant défiler la page.

Blanc la regarde avec suffisance et lui répond :

« Ferme-la, putain.

— Connard », lui rétorque Arianna, le regard fixé sur son iPhone.

— Tout le monde ne parle que de ça, ça fait dix minutes que j'essaie de commérer sur les gens, mais ils ont tous suspendu leur privacy pour parler de cette salope de Gloria ou de Stefano », coupe Ferrari.

Arianna lève les yeux.

« D'abord, c'est pas une salope, elle est trop d'la balle cette meuf, s'emporte Blanc.

— Tu regardes ça, toi ? l'interroge Ferrari.

— Tout le monde regarde, réplique Blanc, qui a lui aussi les yeux rivés sur son iPhone.

— Toi aussi, Coco ? », lui fait Ferrari.

Coco a posé son téléphone pour boire quelques gorgées de son *negroni*, mais il le reprend immédiatement.

« J'ai pas vu les premiers épisodes, par contre j'ai pas manqué les six ou sept derniers, quand les candidats étaient déjà moins nombreux… c'est une émission intéressante », conclut-il.

Ferrari fait une moue à la fois contrariée et perplexe. Son front se ride légèrement et il se gratte le côté gauche de la tête.

« Mouais… faudrait peut-être que je regarde, alors. Toi, Adam, t'as regardé ? me demande Ferrari.

— En fait, non », dis-je.

Arianna et Francesca lèvent immédiatement les yeux.

« Non ? Comment ça, non ? me demande Arianna indignée, avec une expression ahurie.

— Bah… j'avais pas envie.

— Tu sais pas ce que t'as raté !

— J'imagine…

— Attends, j'ai la vidéo de la finale, je te fais voir l'annonce du vainqueur », poursuit Arianna.

Même si je lui disais non, elle insisterait pour me la montrer, alors j'accepte en priant en mon for intérieur pour que ça ne dure pas trop longtemps.

« OK, lui dis-je.

— Voilà, c'est bien », glousse-t-elle en me faisant un clin d'œil.

Elle s'approche avec son iPhone et je commence à regarder la vidéo. On y voit les deux candidats qui s'embrassent, tandis que le présentateur fait le point de la situation.

« Ce sont ces deux-là qui sont arrivés en finale ? je demande.

— Bah oui, qui veux-tu que ce soit ? »

Je hausse les épaules.

« Je sais pas, peut-être…

— Tais-toi, regarde », m'interrompt Arianna.

L'animateur, ou le présentateur, le visage sérieux, déclare :

« Ils sont arrivés jusqu'ici : ils ont lutté, ils ont pleuré, ils ont souri, ils ont souffert, ils ont exulté avec nous. Ils nous ont fait rêver, ils nous ont accompagnés tout au long de ce parcours, et nous avons été à leurs côtés jusqu'à la fin, prêts à les soutenir, à les encourager, à leur donner la force… Mais à présent l'Italie a choisi : l'Italie a choisi qui a VRAIMENT du talent. Seulement l'un d'eux gagnera, seulement l'un d'eux empochera les cent-mille euros et signera un contrat avec une très grosse maison de disques ; seulement l'un d'eux entrera dans l'Olympe de la chanson italienne ! »

« Mais, attends… dis-je encore.

— Tais-toi bordel, regarde, répète Arianna, assise à côté de moi, en m'indiquant le téléphone.

« Seulement l'un d'eux parviendra à toucher le ciel de ses doigts, seulement l'un d'eux verra sa vie… continue le présentateur, en désignant les candidats, aujourd'hui, sa vie changera pour toujours, elle ne sera plus jamais la même ! ».

Soudain, l'animateur se tait. Gros plan sur les cinq juges qui ont le visage fermé.

Les deux finalistes s'embrassent.

« Mais pourquoi ils s'embrassent s'ils sont l'un contre l'autre ? », je demande à Arianna.

Arianna écarquille les yeux et soupire bruyamment :

« Adam, tais-toi et regarde je t'ai dit ! », s'impatiente-t-elle.

À présent, l'animateur se dirige vers une autre personne.

« L'enveloppe est-elle prête ? », demande-t-il.

Un type se pointe et lui remet l'enveloppe.

Le public applaudit et hurle comme s'il était sur le point d'assister à une exécution.

Le présentateur ouvre l'enveloppe. Il pousse un soupir et déclare :

« Le suspense est à son comble, le moment que nous attendons tous est enfin arrivé : l'Italie a décidé. C'est vous qui avez décidé ».

Le public bout et hurle encore plus fort qu'auparavant.

« Le vainqueur… de cette édition d'*As-tu du talent* ? est… ».

Le public pousse des « Ohhhh », comme au football, lorsque le joueur est sur le point de tirer son pénalty.

La caméra zoome sur les juges, qui se couvrent les yeux ou se cachent le visage dans leurs mains.

« Le vainqueur… est… STEFANO ! ».

Les gens explosent alors en ce qui ressemble fort à un orgasme collectif. Il y en a qui dansent, d'autres qui hurlent, pleurent et crient :

« Stefano, je t'aime ».

Dès qu'elle entend les cris de la vidéo, Arianna me lance un regard lubrique, presque bestial, et dit :

« Il est canon, ce que j'aimerais me le taper ! »

Francesca lève les yeux de son téléphone et confirme qu'elle aussi elle aimerait bien se le taper.

Elle susurre quelque chose à l'oreille d'Arianna, puis elles éclatent de rire.

« Ouais, c'est clair, c'est clair », fait Arianna en ricanant avec Francesca.

Je continue à regarder la vidéo.

Stefano est assailli par tout un tas de personnes qui sont probablement sorties des coulisses.

« Et eux, c'est qui ? je demande.

— Bah, les autres candidats, qui veux-tu que ce soit ? répond Arianna.

— Mais attends, pourquoi est-ce qu'ils l'embrassent s'ils ont perdu ? Pourquoi font-ils semblant d'être contents pour lui, s'ils auraient aimé être à sa place ?

— Oh, bordel, intervient Blanc, qui pendant toute la durée de la vidéo flânait sur Twitter, t'en a des questions ! Qu'est-ce que ça peut bien te foutre ? »

J'allume une cigarette et je bois une gorgée de mon *negroni*.

« Je m'en fous, c'est juste que je ne comprends pas l'intérêt de faire une chose pareille, enfin… ils viennent juste de perdre et ils l'embrassent, pourquoi ?

— Mais qu'est-ce que j'en sais, bordel ? Bois et arrête de casser les couilles, répond Blanc en indiquant mon verre.

— Alors, qu'est-ce que t'en dis ? me demande Arianna.

— Je sais pas, je ne les ai même pas entendus chanter, j'ai juste vu que l'un d'eux a gagné… ce Stefano, il chante bien au moins ?

— Oui, mais qu'est-ce que ça peut faire, s'il chante bien ou pas ? c'est un beau gosse et il est plus sympa que l'autre conne ! Et… il *a du talent*… soupire sensuellement Arianna.

— Et depuis quand ça t'intéresse, toi, de savoir si quelqu'un a du talent ? je lui demande.

— Qu'est-ce que tu veux dire ? m'interroge Arianna, stupéfaite.

— Rien, laisse tomber.

— Non, non, explique-moi, insiste-t-elle.

— Rien, je ne voulais rien dire, laisse tomber.

— Bon, tant mieux, rétorque-t-elle en m'envoyant un baiser. En tout cas, à partir de jeudi, y'a une nouvelle saison qui commence, sans compter que dès mercredi, y'a l'autre sur le câble ! », ajoute-t-elle. Je bois une gorgée de mon *negroni,* et je pense que ce gars, aujourd'hui, pourrait se taper la moitié du pays. Mais une chose est sûre : pas pour son talent. Car le talent, le jeune homme devait probablement en avoir tout autant avant de participer à ce jeu ; pourtant, s'il était allé sous la fenêtre d'Arianna lui jouer une sérénade avec les dents, je doute fort qu'elle aurait eu la moindre intention de se le taper. Certes, c'est une bonne idée qu'il y ait un programme où le talent d'une personne est récompensé, malheureusement certains font passer l'image de la personne au premier plan, comme dans ce cas précis. La vidéo se poursuit et j'y jette à nouveau un coup d'œil – il s'agit des vingt dernières secondes : le présentateur est au premier plan, face à la caméra, tandis que le vainqueur, en arrière-plan, est jeté en l'air par tous les autres candidats.

L'animateur fixe la caméra et dit en guise de conclusion :

« C'est la fin de cette édition d'*As-tu du talent* ? Bientôt, les castings pour la nouvelle saison vont commencer. Si vous aimez chanter et souhaitez réaliser le rêve de votre vie, inscrivez-vous et vivez votre passion jusqu'au bout. Nous vous attendons, car nous sommes à la recherche de personnes comme vous, qui peuvent relever et gagner ce nouveau défi – il indique la caméra – mais avant cela, vous devrez répondre à cette question : AVEZ-VOUS DU TALENT ? »

Et la vidéo se termine sur ces mots. Ça n'a rien d'une question banale. Je regarde un instant autour de moi. Un garçon avec un t-shirt échancré, tatoué sur l'avant-bras, est en train de dire à un autre, assez bronzé et baraqué, qu'à Ibiza, ça baise grave. Un autre, avec des lunettes de soleil Hawkers, chemise

Ralph Lauren et Jeckerson, pense qu'il nous faudrait un nouveau Mussolini pour ces putains d'immigrés. Et une fille raconte à ses amies quelque chose à propos d'un book photographique et d'un shooting incroyable qu'elle a fait pour *Femme Actuelle*.

À une autre table, un type en chemise blanche et veste de chez Burberry confie à l'un de ses potes, vêtu d'une veste Prada et d'une chemise Saint-Laurent, qu'il a conduit complètement bourré hier et qu'il veut renouveler l'expérience dès ce soir, sauf que cette fois il ne s'arrêtera pas à 190.

« Bon, nous on va aux chiottes ! », s'exclame Francesca, sérieuse, en faisant signe à Arianna, qui se lève et la suit.

— Je me demande bien ce qu'elles vont toujours foutre aux chiottes, dis-je à Blanc, en observant les deux filles se diriger vers les toilettes.

— Ho, Adam, elles vont vomir, qu'est-ce que tu veux qu'elles foutent ? s'exclame-t-il, sérieux.

— Et depuis quand elles vont vomir aux toilettes ? je lui demande.

— Depuis toujours, réplique-t-il en toute tranquillité.

— Ah bon », dis-je.

Deux types se tenant par la main entrent dans le bar. Ils sont bien habillés, en veste et en chemise, et s'assoient à une table.

« Tiens, tiens, t'as vu qui est là ? fait Blanc

— Oh, rien à foutre, répond Coco.

— C'est qui ? je demande.

— Claude et Willy... l'autre soir, je me suis tapé Willy. C'est une tantouse tailleuse de tifs chez *Coppola.* »

Arianna et Francesca sortent des toilettes et s'arrêtent pour saluer les garçons. Elles leur claquent deux bises puis reviennent s'asseoir avec nous.

« Hé, t'as vu le gars, là ? », glisse Coco à l'oreille de Blanc en lui indiquant un garçon avec un t-shirt bleu échancré, complètement tatoué, qui porte un pantalon moulant avec des ourlets au niveau des chevilles, et les toutes dernières Nike en imprimé léopard.

« Ce type est une vraie buse, fait Blanc à Coco.

— Ouais, mais il a du style, coupe Ferrari.

— C'est qui ? je demande.

— Il s'appelle Amedeo, c'est le boss d'une boîte de nuit, qui marche fort en ce moment. Sur Instagram, ses photos prennent au moins quatre-mille J'aime et il est suivi par plus de cinquante-mille personnes, explique Ferrari. Il paraît qu'il a tout un tas de contacts avec des réalisateurs de cinoche, et parfois il organise des soirées avec des grands noms du football.

— En tout cas, il se sape comme un naze, avec ses ourlets de pédé aux chevilles, laisse tomber, quoi… lâche Blanc. Au fait, me demande-t-il, ce soir, tu viens chez Chris ?

— Oui, je pense que oui.

— Cool », lâche-t-il.

Ensuite, chacun retourne sur son réseau social, histoire de commérer un peu sur la vie des autres. Sur ma page d'accueil, la vidéo de la finale d'*As-tu du talent ?* passe en boucle. Je regarde à nouveau l'épisode, en coupant le son. Lorsque la vidéo se termine, je reste silencieux pendant quelques minutes, en me tournant les pouces, et je continue à regarder autour de moi.

*As-tu du talent ?*

Un type à la table d'à côté affirme que le vol Singapour-Milan en classe économique, c'est un truc de feuj, et qu'il faut absolument voler en business. À une autre table, une fille confie à l'une de ses amies qu'elle est dégoûtée que Francesco de *Hommes et Femmes* ait choisi Valentina, au final ; pendant ce temps-là, la fille qui racontait son shooting pour *Femme Actuelle* parle elle aussi d'*As-tu du talent ?* et assure qu'à partir de jeudi, Dieu soit loué, y'a *Masterchef* qui recommence, parce que sans cette émission, franchement, sa vie n'a plus aucun sens.

« La mienne non plus ! », s'exclame l'autre, sérieuse.

Je bois une gorgée de mon *negroni* et je réfléchis sur cette histoire des talent show. On dirait que dernièrement tout est devenu un immense talent show. Les émissions demandent, et exigent même, la participation assidue du public. Elles lui font croire qu'il est indispensable, que c'est lui, le public, qui décide. Elles lui attribuent le titre de juge virtuel, engrenage ô combien essentiel du système, cellule primordiale s'il en est. Et ainsi les candidats alternent et la faune du monde fourmille çà et là, entre les clowns et les enfants prodiges. Entre l'imbécile et le génie. Entre celui qui a du talent, et celui qui n'en a pas. Le tout soumis au jugement infaillible du public.

L'infaillible, le dogmatique, le véridique, l'essentiel, le prophétique jugement du public. Un public qui rit et plaisante, et qui veut seulement se détendre. S'émouvoir. Que ce soit lorsqu'il rit de l'imbécile ou lorsqu'il pleure face au talent incommensurable de l'artiste.

Je sens une sorte de spasme et de vide en moi. J'ai comme la sensation que ma vie, lentement, se dérobe, sans direction précise, entrecoupée, rythmée par les programmes télévisés, les bars et les réseaux sociaux. Comme s'ils me tenaient en laisse, comme s'ils cherchaient à me convaincre de leur importance, de leur nécessité. Et cette fille, à présent, est justement en train de le confirmer, elle dit que, Dieu soit loué, jeudi ça recommence avec un nouveau talent show, et je me dis qu'il doit être bien triste, tout de même, de passer sa vie à attendre les émissions du soir.

J'essaie de me détendre, de me convaincre qu'il n'y a rien d'anormal, que tout va pour le mieux. J'inspire profondément à plusieurs reprises, sans me faire remarquer. Je bois une gorgée de mon cocktail et je me tourne vers Ferrari, je le scrute alors qu'il appuie compulsivement sur son téléphone… Sur le ton de la plaisanterie, je lui demande :

« Hé Ferr, t'as du talent, toi ? »

Il hésite un instant. Il sourit.

« Je sais pas, en tout cas j'ai les moyens de l'acheter », lâche-t-il dans un rire sarcastique, tout en s'étirant sur sa chaise.

Il émet un rire désinvolte, et le regard levé au ciel, il met ses lunettes de soleil *Independent* et, doucement, il répète ce qu'il vient de dire :

« Eh ouais, mon pote… j'ai les moyens de l'acheter. »

Il se redresse et semble me dévisager, derrière ses lunettes.

« Et toi Adam, t'as du talent ? », me demande-t-il, avec un sourire ironique.

Je le regarde en lui rendant son sourire. Une autre gorgée de mon *negroni*, je finis mon verre, une énième cigarette que j'allume avec le mégot de celle que je viens juste de griller. Je reluque les cuisses fuselées et bandantes d'Arianna moulées dans sa petite robe blanche, et je me garde bien de répondre à la question.

*Le père de Jo vint à l'école pour nous parler de finances et de politique, étant donné qu'il venait d'être élu député. Nous en fûmes tous émerveillés et la rencontre, du fait des nombreuses questions qui spontanément étaient venues à tous nos camarades, avait duré une heure de plus que prévu. À la fin de la rencontre, le père de Jo avait été encerclé par de nombreux élèves, dont Blanc, Ferrari et d'autres qui voulaient faire une photo avec lui.*

*Jo était resté à l'écart pendant toute la discussion. Une fois terminée, il s'était éclipsé, seul.*

*Lorsque je lui demandai pourquoi il n'était pas resté, il me répondit qu'il savait déjà tout ce dont son père avait parlé et que, malheureusement, il en savait même davantage.*

*« C'est-à-dire ? demandai-je.*

*— Laisse tomber », répondit-il.*

*Et après m'avoir salué, il partit.*

Il y a cette maison, pas loin de chez moi, où un homme assassina brutalement sa femme. Il la cloua au mur et lui amputa les mamelles, à la place desquelles il enfila les doigts de la pauvre femme qu'il avait tranchés avec un couteau. Après cela, il versa de l'essence sur son corps puis y mit le feu. Les volets sont fermés et scellés depuis longtemps, personne n'est autorisé à entrer. Quelqu'un m'a dit que si vous regardiez intensément les fenêtres, vous pouviez voir dégouliner le sang de la femme crucifiée au mur et, avec *un peu de chance*, vous pouviez même entendre ses hurlements de terreur, alors que son corps était la proie des flammes.

J'étais en train de regarder la maison, quand un couple est arrivé, mari et femme, et ils se sont mis à examiner la demeure, une carte à la main. L'homme a demandé à sa femme :

« T'es sûre que c'est ici ? »

Et elle a répondu :

« Oui, pas de doute ».

Ils se sont alors mis l'un à côté de l'autre, après avoir sorti leur téléphone de leur veste, et ont commencé à se faire des selfies.

Après quelques tentatives, l'homme a dit à sa compagne :

« Non, chérie, comme ça, on n'arrivera jamais à avoir la maison. Voyons un peu si ce jeune homme accepte de nous prendre en photo. »

La femme est venue vers moi et, comme si de rien n'était, elle m'a demandé si je pouvais les prendre en photo devant la maison.

« Veuillez m'excuser, il faut que je file », ai-je prétexté.

Et je suis parti.

*Il y a quelques années de cela, un matin, je sortis de chez moi très tôt – il devait être six heures – en conduisant au hasard des rues ; Moscova, Cordusio, Castello et d'autres quartiers. Un vent glacial soufflait, de ceux qui vous pétrifient les os. En passant par la Piazza del Duomo, alors que les éboueurs ramassaient les poubelles, un chat détala, abandonnant la popote qu'il était parvenu à se dégoter. Quelques sud-américains, je crois, en passant devant le* Rocket, *ou à* Santa Tecla, *bondirent sur une voiture, une Fiat, et l'un d'eux, après avoir uriné dessus, brisa un rétroviseur. Lorsqu'ils remarquèrent ma présence, l'un d'eux me menaça du regard, et je déguerpis en vitesse. Je pris mon petit-déjeuner à la* Rinascente, *vers sept heures, cappuccino et croissant. Le vent, lorsque je sortis fumer ma Marlboro Light, soufflait vraiment fort. Le long des galeries Vittorio Emanuele II, un clochard qui exhibait sa jambe amputée, arborait un carton portant les mots : « Aidez-moi ».*

*Deux gitanes qui se lavaient dans les toilettes de* Spizzico *éclatèrent de rire lorsque j'entrai pour me laver les mains. Un policier avait fait évacuer un jeune homme qui jouait de la guitare à Cadorna, il y avait des skins, aussi, avec un pack de* Nastro Azzurro *sous le monument de Vittorio Emanuele II, et une fille blonde, avec des lunettes de soleil, se faisait une couette dans sa décapotable.*

*Un peu plus tard, je rejoignis Alessandro, un top-modèle, au* Fashion Cafè *pour choper de l'herbe et je me mis à fumer un peu trop, de sorte que la ville, sous mes yeux, devint de plus en plus étroite, et surpeuplée. Et plus je marchais, plus il me semblait que les personnes faisaient exprès de me bousculer, comme si elles ne me voyaient pas. Une foule de gens qui marchaient sans s'arrêter, irrésistiblement, rapidement, voracement, mécaniquement.*

*Un ciel gris et nuageux enveloppait toute chose. Une grisaille métallique et fétide.*

*Au moment où j'achetai des cigarettes et des feuilles, des cantonniers étaient en train d'asphalter la route et les vapeurs du goudron me bouchèrent les narines, et me donnèrent une forte migraine.*

*Une vieille dame, au bar-tabac, avec sa* Muratti *consumée jusqu'au filtre, grattait un millionnaire.*

*Elle n'avait rien gagné, mais continuait, machinalement, à gratter.*

Nous sommes chez Blanc avec Francesca, Jessica, Giovanna, Ferrari et Tommy.

La télé passe en boucle les images d'un ouragan qui est en train de dévaster des maisons. On voit des gens assis par terre, les mains sur le visage, désespérés. Coco me demande si j'ai envie de l'accompagner chez Sonia, plus tard, pour prendre un truc.

« Quel truc ?

— Du speed.

— Pourquoi du speed ?

— Pour changer, et puis je dois lui laisser une invitation pour une soirée.

— OK. »

Je me lève du canapé et, après être passé dans le salon puis dans le couloir, je remarque que Blanc cherche désespérément quelque chose dans sa chambre.

« Qu'est-ce que tu cherches ?

— La coke, cette putain de coke de merde.

— Où est-ce que tu la caches d'habitude ?

— Sous le lit », confie-t-il.

Il a le visage écarlate.

Il sort de sa chambre, rouge de colère, et se dirige droit vers la piaule de sa sœur. Il ouvre brusquement la porte et la frangine, du haut de ses quatorze ans, est connectée sur Facebook et écoute de la musique sur son iMac.

« Où est-ce que t'as foutu ma coke ? lui demande-t-il.

— Quoi ?

— T'as très bien compris, où est ma putain d'coke ? insiste-t-il.

— Je l'ai pas prise, ta putain d'coke », répond-elle.

Blanc l'attrape par la nuque, la faisant presque choir de sa chaise. J'essaie de tourner la tête et j'hésite à m'en aller.

« Dis-moi où t'as mis ma coke ou j'te défonce », la menace Blanc, en scandant chaque mot.

La fille, sur le point de s'étouffer, le visage pourpre, indique la commode à côté du lit, sur laquelle est posée une guitare.

Accrochés au mur, des photos de *OK Podium*, des posters de *Star Club, Fan 2, Vanity Fair et Vogue.* Blanc relâche son étreinte et récupère la cocaïne cachée dans la guitare.

Sa sœur se masse la nuque, sous le choc.

« Ne t'avise plus de carotter ma coke, t'as pigé ? T'as qu'à te l'acheter avec ton argent, papa t'en file autant qu'à moi », lui hurle Blanc.

Nous sortons de la chambre et Federica, la sœur, nous claque violemment la porte au nez.

« Désolé pour la scène », s'excuse Blanc. Je hoche la tête, comme si j'étais calme.

Il me donne une tape sur l'épaule et je file dans la salle de bains de sa mère. Dans le petit meuble, au-dessus du lavabo, je prends la boîte de Valium. J'examine la pastille bleue et je l'avale. Je retourne dans le salon, en attendant de partir pour la fête de Chris.

Chris assure que l'on peut faire tout ce qu'on veut : ses parents sont en vacances à Santa Esmeralda, donc bon, y'a vraiment aucun souci à se faire. Il habite dans un golf club, à la périphérie de Milan, dans l'une de ces villas en lotissements qui sont empilées les unes à côté des autres, toutes identiques, toutes spacieuses, et toutes avec des Porsche, des Ferrari ou des Audi garées devant.

« C'est pas notre genre ! », fait Blanc en rigolant.

Nous pénétrons dans l'élégante demeure et la situation est toujours la même. Les gens dansent, la musique est forte, et nous sommes tous sous l'emprise d'une drogue ou d'une autre.

À une table, nous retrouvons Ferrari et deux potes à lui, Arianna et Francesca avec Giovanna et Jennifer et enfin une nana, une certaine Anna.

« Nous voilà », dit Blanc, en prenant une chaise.

J'ai l'impression d'avoir déjà vu cette Anna, quelqu'un m'avait fait voir son profil sur Facebook : on raconte qu'elle s'est fait dépuceler à treize ans.

« Ce type, m'assure Blanc, en désignant Andrea, ce type s'est tapé Noemi Marizi ! La Marizi quoi ! J'sais pas si tu t'rends compte ? », s'exclame-t-il en écarquillant les yeux.

Marizi est l'une des filles les plus canons de Milan. On dit que si vous n'êtes pas footballeur, acteur ou ne disposez pas d'un revenu d'au moins huit-cent-mille euros par an, c'est même pas la peine d'essayer.

« Sérieux ? lui dis-je.

— Théoriquement, je l'ai même foutue enceinte, s'exclame Andrea, pas peu fier, en ajustant son t-shirt Givenchy.

« Comment ça, théoriquement ?

— Bah… explique-t-il, sérieux, parce que je me suis vidé dedans, tu vois… et le matin, elle a dû prendre la pilule du lendemain… D'ailleurs, elle voulait que je l'accompagne ! explique-t-il, indigné, en passant sa main dans ses cheveux plus courts d'un côté.

— Et du coup, tu l'as accompagnée ?

— Tu plaisantes ou quoi, y'avait le match de la Juve, j'pouvais pas rater ça, quand même ! », objecte-t-il en ricanant. Tout le monde éclate de rire.

« Bon, arrêtez de parler de pilule et d'avortement, y'a des gens que ça pourrait blesser ici, lâche Blanc, en cherchant à étouffer son rire.

— Va t'faire foutre, répond Anna en riant.

— Pourquoi ? je demande à Blanc.

— Elle a déjà avorté trois fois », affirme-t-il en donnant une tape sur l'épaule d'Anna.

Anna me regarde et, dans un soupir, s'exclame :

« Ça va, on va pas en faire un plat, hein ? »

J'acquiesce de la façon la plus convaincante possible.

Tandis que les autres discutent, je me dis qu'il est tout de même curieux qu'on m'ait révélé que cette fille, dont j'ignorais l'existence il y a encore trente secondes, a subi trois avortements dans sa vie.

« Oh Adam, me fait Blanc en me touchant l'épaule.

— Quoi ?

— Qu'est-ce que t'en penses ? », me demande-t-il en me montrant les ourlets de son pantalon, remontés à hauteur de ses chevilles.

Je regarde les jambes des autres et je constate qu'ils se sont tous fait des ourlets.

« Mais ! c'était pas un truc de pédé ? je lui demande, surpris.

— Et qui a dit ça ? proteste Blanc, vexé.

— Toi ! Aujourd'hui même !

— Non, non, j'ai jamais dit ça, tu dois confondre avec quelqu'un d'autre », réplique-t-il en haussant les épaules. C'est donc bien vrai, me dis-je, il suffit qu'un type un peu en vogue lance une mode pour que les gens le suivent, comme des moutons bêtes et méchants. Je jette un regard autour de moi et je remarque une fille brune, les yeux bleus, particulièrement jolie. Je la dévisage pendant quelques minutes ; elle est avec deux amies, entourée par un groupe de garçons avec qui elle discute. Elle porte des collants, des bottines avec des clous et une mini-jupe. Un haut qui lui descend juste au-dessus du nombril.

« Pas mal, hein ? me glisse Coco qui s'est rendu compte que j'étais en train de la reluquer. Elle s'appelle Lidia. Tiens, regarde ça... », dit-il en sortant son iPhone de son pantalon.

Il fait défiler les photos d'un groupe WhatsApp.

« Là voilà ! », exulte-t-il, plein d'enthousiasme.

Il me tend le téléphone avec la photo de Lidia complètement nue, la vulve rasée, mis à part une petite ligne, au milieu, divisant son pubis. Je lève les yeux vers Lidia, qui rit en ce moment même avec ses amies, puis j'examine à nouveau la photo. Oui, pas de doute, c'est elle.

« Comment t'as fait pour l'avoir ? Tu te l'es faite ? je lui demande, en examinant la photo.

— Mais non, lâche-t-il, sache que j'ai déjà vu à poil toutes les filles qui se trouvent ici ce soir. Ou, plus exactement, leur photo d'elles à poil.

— Comment ça ?

— Eh bien, c'est très simple, explique-t-il en dégustant son cocktail. Imaginons que tu fréquentes une fille, tu lui demandes qu'elle t'envoie sa photo, nue... et donc elle te l'envoie et, soyons clair – dit-il en me fixant droit dans les yeux – elle te l'envoie parce que presque toutes les filles d'aujourd'hui envoient des photos nues ou presque nues à leurs amies ou connaissances, toutes ! Surtout celles qui prétendent le contraire. Et évidemment la fille l'envoie à une autre amie, le gars l'envoie à son pote et toi... – il s'arrête, ouvre les bras, puis tape dans ses mains – et toi, eh bien, tu as sa photo pour toujours ! Même après l'avoir larguée ou une fois que t'as fini de la baiser... et puis cette photo, tu peux la vendre aussi, ou la diffuser dans un groupe ou des trucs comme ça, afin que tout le monde puisse l'avoir. Il suffit que tu me dises de quelle fille nue tu voudrais avoir la photo, et moi je te la procure. C'est comme ça que ça marche, aujourd'hui... Imagine combien de chaudasses tu peux faire chanter ! s'exclame-t-il, avec un rire malade.

— La vache », dis-je, tout en fixant Lidia.

Je me demande si elle se doute ne serait-ce qu'une seconde qu'une personne comme moi, avec qui elle n'a jamais échangé la moindre politesse, vient juste de la voir complètement nue.

« Eh ouais... reprend Coco, sauf qu'une fois on a eu chaud aux fesses, précise-t-il en baissant d'un ton, car Alessio, le mec d'une certaine Carolina, avait une photo d'elle complètement nue et une vidéo qu'il avait tournée pendant qu'ils baisaient. Il l'a envoyée à tout un tas de personnes et, à la fin, un type l'a même chargée sur internet sauf que... elle... bah... elle s'est suicidée. Elle s'est balancée, la meuf. De but en blanc. Comme ça, du jour au lendemain. »

Je sens un frisson me glacer les chevilles. Jo. Où es-tu, Jo ?

« Et cet Alessio, qu'est-ce qu'il est devenu, après ça ? dis-je.

— Bah, comme avant... On le croise de temps en temps en soirée, il est sympa, super cool, explique Coco, qui range son iPhone et sniffe un rail de poudreuse. Au fait, reprend-il, si ça te dit, à la prochaine soirée, tu pourras être le spectateur privilégié d'un truc... d'un truc vraiment mortel... fait-il en ricanant.

— Quoi donc ?

— Tu verras bien... », répond Coco en allumant une clope. À notre table, Blanc, Leonardo et les filles continuent de parler d'Instagram et des likes qu'ils ont obtenus.

Anna affirme qu'avorter peut sembler horrible mais qu'au final c'est bien moins douloureux que ça en a l'air. Il suffit d'y aller et de faire comme si de rien n'était. *Et faire comme si de rien n'était, tout compte fait, c'est pas si compliqué,* affirme-t-elle, en souriant. Après quoi, elle explique à Leonardo que l'Italie est un pays de merde, qu'elle a trop hâte de retourner en *England,* que les Italiens on les reconnaît au premier coup d'œil, même à l'étranger, et qu'elle a eu sa dose, elle, que ce pays n'est pas fait pour la jeunesse, qu'il n'y a aucun futur, ici. Leonardo la fixe et acquiesce gravement, après quoi il extrait de sa poche un peu de coke et la dispose sur une soucoupe en argent avec sa carte de crédit. Ils se tirent tous deux une ligne et Leonardo, en regardant le plateau, s'exclame :

« Ça, c'est l'futur ! »

Je me lève pour aller aux toilettes m'envoyer un rail.

« Tu veux que je t'accompagne ? me demande Coco.

— Non, c'est pas la peine », dis-je en lui faisant signe de rester assis.

Je passe par le salon où sont disposées quatre banquettes en cuir noir, sur l'une desquelles un couple est en train de faire l'amour ; sur une autre, des types sniffent de la coke étalée sur une table basse en verre, tandis que sur les deux dernières, placées devant la télé, des types sont en train de regarder une émission et se fendent la poire à qui mieux-mieux. Je m'approche des banquettes et de la télé, et un mec que je ne reconnais d'abord pas, se retourne et me salue.

« Adam ! », s'exclame-t-il, surpris de me voir.

Je le dévisage mais sa tête ne me dit rien.

« C'est moi, Lore, on s'est connus à une fête, assure-t-il en me tendant la main.

— Ah oui, maintenant que tu le dis… dis-je en mentant. Ça va ?

— Super bien, et toi ?

— Ça va, qu'est-ce que vous regardez ?

— En fait, on était en train de mater un film de cul, mais là on vient de zapper sur cette émission, *Mille manières de mourir*, répond-il-t-il en se retournant vers la télé.

— Et en quoi ça consiste ?

— C'est trop mortel, explique Lore, c'est l'histoire de ces gens qui meurent de manière absurde et imprévisible ! Genre, juste avant, y'avait un gars, trente-deux balais et encore puceau, qui décide de se taper une prostituée, mais bon… pas n'importe quelle prostituée : une dominatrice. Et donc, la dominatrice en question, pendant qu'elle le punissait, lui ordonne d'enfiler un pantalon en latex et de gober une *ball gag*, tu vois ce que c'est, non ? me demande-t-il, comme s'il s'agissait d'une évidence. Sauf que le mec, chose qu'il savait pas, bah, il était allergique au latex, et du coup il a badé direct ; oui mais voilà, ses cris étaient étouffés par la *ball gag*, et la dominatrice, elle, elle pensait que le type était juste en train de kiffer, et non pas d'appeler au secours… et au final le keum… il a explosé ! Il a clamsé, truc de fou ! », s'exclame Lore, mort de rire.

Il allume une cigarette.

« Quand même, tu te rends compte ? y'a des tarés partout », conclut-il en hochant la tête.

Je reste silencieux et j'essaie de sourire.

Je me tourne à nouveau vers la télé. À présent, on voit un patient en train de se faire faire un scanner du cerveau, mais le docteur et l'infirmière commencent à baiser dans la salle de contrôle. Pendant qu'ils forniquent, ils appuient plusieurs fois par erreur sur le bouton de réglage de l'exposition aux rayons, et la quantité de radiations à laquelle le patient est soumis devient létale.

Ils éclatent tous de rire, et il y a même un type qui se roule par terre, les larmes aux yeux.

« Trop bien, non ? lance Lore, exalté.

— Ouais… bon, je te laisse, bonne soirée », dis-je pour couper court, car je sens l'appel de la coke pulser dans chacune de mes veines.

« Ça marche, à la prochaine, Adam », dit-il en me serrant encore une fois la pince.

J'acquiesce et je trace dans la salle de bains, où je me fais une ligne, puis je me regarde dans la glace.

Le miroir est complètement embué. J'élimine la vapeur à hauteur de mes yeux. Et je continue à les fixer, mais je ne vois rien. Rien de rien. Je sors de la salle de bains et je retourne à notre table, où il n'y a plus personne. Arianna explique qu'ils doivent aller à l'hôpital parce que Silvia, celle de l'Université Catholique, la fille du concessionnaire automobile, est en train de perdre du sang par les oreilles, à cause du speed.

« Tu viens à l'hôpital ? », me demande-t-elle.

Je lui dis non et Arianna se limite à répondre :

« Comme tu veux. »

Je prends un journal dans la cuisine et je cherche des nouvelles sur l'avion qui s'est volatilisé dans le néant, mais je n'en trouve pas. Mes mains tremblent. Arianna passe avec Silvia, le visage découvert ; de la bave dégouline de sa bouche, elle est secouée de spasmes. Oublie tout. Qu'allons-nous devenir à présent ?

*Un soir, dans l'appart d'un certain Manuel, situé derrière le Dôme, il se produisit quelque chose de bizarre. J'étais en train de fumer de la beuh avec des potes de Blanc, lorsque l'on entendit le bruit d'une fenêtre qui se brisait. En me retournant, je vis une fille, de mon âge, par terre. Ses bras étaient déchiquetés par les bris de verre de la porte-fenêtre et elle avait des tessons transparents qui lui lacéraient le corps. Elle avait couru de toutes ses forces, après avoir pris son élan, contre la porte vitrée. Une fois debout, elle se mit à hurler comme une folle puis s'élança pour se jeter du balcon, mais un type parvint à la retenir in extremis, l'empêchant ainsi de se tuer. La fille, dont j'ignore aujourd'hui encore l'identité, criait comme une damnée, au point de se briser la voix. Rauque, profonde, tranchante. Je crois que l'un de ses amis l'avait prise à part afin de l'aider à se ressaisir. Le lendemain, on m'avait raconté qu'elle avait pris un acide, et qu'après sa tentative de suicide avortée, elle s'était arraché les cheveux puis avait payé quelqu'un pour qu'il la roue de coups au niveau du ventre, car elle avait peur d'être enceinte et de la réaction de ses parents. J'ai souvent pensé à cette fille, après cette histoire. Certains disaient qu'elle s'était enfuie, d'autres qu'elle avait accouché, d'autres enfin que l'enfant était mort à cause des coups de poings qu'elle avait reçus. Quoi qu'il en soit, je ne la revis jamais plus.*

*Je me souviens également que quelques mois avant que je ne parte, trois filles avaient tué une bonne sœur en lui infligeant dix-neuf coups de couteau.*

*Un homme lia une femme à une chaise et lui trancha les mains et les pieds, après quoi il s'assit dans un fauteuil, et la regarda mourir, terrifiée, en se vidant de son sang.*

*Des jeunes gens torturèrent un garçon pour la simple et bonne raison qu'ils le trouvaient trop gros. Ils lui enfilèrent un pistolet à air dans l'anus qui réduisit ses intestins en bouillie. Une plainte fut déposée, mais leurs parents les défendirent en affirmant qu'ils « voulaient seulement s'amuser ».*

*L'un des plus importants prélats du Vatican a été pris avec des centaines de photos pédopornographiques.*

*Lors d'une fête, dans un quartier adjacent au nôtre, des types passablement éméchés ont versé quatre litres d'alcool sur un de leurs amis, et se sont mis à le chahuter avec des briquets allumés, jusqu'à ce que l'un d'eux, s'approche un peu trop. Le jeune homme prit feu et brula vif, et ceux qui assistèrent à la scène ont affirmé qu'ils n'oublieraient jamais l'odeur de ses yeux qui se consumaient.*

*Des adolescents d'environ seize ans tabassèrent à mort un trisomique de quatorze ans.*

*Alors que toutes ces nouvelles paraissaient dans les journaux, je me disais que si quelqu'un les avait écrites avant qu'elles n'aient effectivement eu lieu, personne n'aurait raisonnablement voulu y croire.*

Il est dix heures du matin et je suis chez Ferrari. Je n'ai pas fermé l'œil de la nuit, à cause de la coke et de Silvia, aussi. Vers six heures du matin, j'ai erré au volant de ma voiture, sans savoir où aller et, au final, j'ai atterri chez Ferrari. Dans la piscine, sa sœur et deux de ses amies piquent une tête tout en sirotant une bouteille de vodka à la menthe. Après dix minutes, la mère de Ferrari débarque, au volant d'une Porsche Carrera. Elle se dirige vers la piscine puis me salue avec une grande courtoisie, sans prêter attention à mes yeux rouges profondément cernés.

« Comment vas-tu ? me demande-t-elle, en dénouant ses cheveux.

— Très bien », dis-je.

Une amie de la sœur de Ferrari s'allonge sur un matelas gonflable, et remue son verre de vodka à la menthe. Le soleil embrasse ses cheveux humides et crépus.

La mère regarde sa fille et lui dit :

« Virginia, combien de fois dois-je te dire de ne pas boire à cette heure ? »

Virginia ricane en haussant les épaules et lui dit que Fede et ses potes ne vont pas tarder.

La mère me regarde en souriant et hoche la tête.

« Moi, je sors un peu et je ne sais pas à quelle heure je rentrerai, faites en sorte de ne rien casser », prévient-elle en essayant d'être sévère.

Ensuite, elle se met à me parler de son horoscope, de son astrologue qui est vraiment géniale et qui lui a ouvert de nouveaux horizons et lui a permis de se *retrouver*.

Après cela, je dis à Ferrari que je vais faire un tour et il me demande :

« T'es au courant que Silvia est tombée dans le coma ?

— Non, dis-je, en frissonnant.

— Bah si, ajoute-t-il, avec un ton plus excité que navré. Elle est entre la vie et la mort. »

Je le salue et je monte dans mon Audi.

Nous sommes allongés sur un canapé en cuir, chez un ami de Blanc qui se fait appeler Craig.

Craig est dans la cuisine en train de couper la blanche. À la télé, on passe un épisode de *Hommes et Femmes* que personne n'a l'intention de rater.

« Au fait, vous saviez que Chiara a tourné dans une pub ? demande Arianna, en clignant des yeux, presque incrédule.

— Ouais, j'en ai entendu parler, confirme Coco.

— C'est qui Chiara ? demande Blanc.

— C'est celle qui s'est tapé Tommy, puis qu'a enchaîné direct avec Fede, explique Francesca, une grosse salope, quoi. »

À la télé, un candidat du nom d'Alessio explique qu'il est incapable de jouer avec les gens, que dans la vie il a toujours travaillé dur pour obtenir ce qu'il voulait et qu'il lui est impossible de sortir avec Valentina parce qu'il kiffe trop Marisa, c'est une question de principe, tu vois. Le public applaudit.

« Bien dit, Ale, intervient Francesca en applaudissant à son tour, le regard rivé sur l'écran. Si seulement les mecs pouvaient tous être comme ça ! poursuit-elle – et le pire, c'est qu'elle est sérieuse.

— D'ailleurs, elle s'est fait troncher après une soirée au *Gatto* par un type d'une trentaine d'années qui n'était autre que le père d'Andrea, alors qu'elle était encore avec Fede, poursuit Arianna, toujours à propos de Chiara.

— Et Fede ?

— Il s'est tapé Ramona. »

Je me lève et me dirige vers la porte-fenêtre qui donne sur la piscine. Le soleil brille et il fait chaud. Sur une chaise longue, au bord du bassin, je remarque une fille en monokini blanc en train de se faire bronzer, lunettes de soleil sur le nez, un cocktail à la main. Fatiguée et pâle, elle trempe le bout de ses lèvres dans le verre, puis retourne s'allonger sur la chaise longue, une main sur le front, comme aveuglée par le soleil. L'eau est limpide, le bleu clair du ciel est magnifique à voir.

La fille pose son verre sur une table basse et plonge dans la piscine.

« C'est la meuf de Craig, me fait Ferrari, qui s'est levé du canapé.

— Ah ouais ?

— Elle est diplômée en droit. Elle a obtenu ses examens avant tout le monde, parce qu'elle couchait avec le prof. »

Je continue à l'observer. Elle sort de la piscine et s'étend à nouveau sur la chaise longue. Elle sèche lentement ses cheveux blonds. On dirait une sirène décatie.

« Et Craig, il est au courant qu'elle se tapait son prof ?

— Il faut parfois ruser pour parvenir à ses fins, tu crois pas ? me demande Ferrari, en posant une main sur mon épaule. De toute manière, son père est à Bruxelles, donc elle aurait été admise de toute façon. »

Nous retournons nous asseoir sur le canapé et une domestique étrangère dépose trois cocktails sur la table basse.

Arianna sort son iPhone de son sac à main et demande à Craig de l'avertir quand ils seront prêts.

« Qu'est-ce que vous fabriquez ? je demande à Craig.

— Rien de spécial, dit-il en haussant les épaules, on va les vider cul-sec et charger la vidéo sur Facebook.

— Pourquoi ?

— Bah, j'sais pas, c'est la dernière mode. Les gens tournent des vidéos où on les voit descendre leur verre cul-sec… après, c'est au tour des autres, tu vois. Le truc, c'est que si l'un de tes potes te désigne, t'es obligé de le faire. *Easy* ! »

Blanc, Coco et Craig s'assoient à la table et descendent leur verre cul-sec en cinq secondes.

« Bravo les gars ! », exulte Arianna en applaudissant.

Craig s'essuie la bouche et demande si la vidéo est potable.

« Super, super ! s'extasie Arianna.

— Comment ça se fait que tu ne l'as pas fait, toi ? je demande à Ferrari.

— Je l'ai déjà fait, en fait », répond-il avec un clin d'œil.

La domestique étrangère débarrasse les verres.

« De quelle nationalité elle est, ta bonne ? demande Ferrari à Craig.

— J'en ai pas la moindre idée… ses parents sont morts dans un camp de concentration, précise-t-il, elle doit sûrement avoir des origines slaves, à tous les coups c'est une manouche de merde.

— Ah ouais ?

— Ouais, j'crois bien.

— On pourrait brancher l'iPhone sur la télé et lancer une vidéo d'Hitler ? propose Blanc, en cherchant à réfréner son envie de rire.

— Ah ah ah, s'esclaffe Craig, fais comme chez toi, mon vieux. »

Blanc branche son iPhone sur la télé et lance une vidéo sur Hitler.

Deux minutes plus tard, la servante repasse dans le salon et s'immobilise, attirée par l'écran. Son regard se vide, comme épouvanté. Elle retourne dans la cuisine.

« J'crois que ça va la faire réfléchir », lâche Craig, ironique.

Je me lève et je file aux toilettes m'envoyer une ligne. En passant par la cuisine, je vois que la domestique regarde par la fenêtre. J'ai l'impression qu'elle pleure. Dans la salle de bains, je tire deux rails puis je retourne au salon. Quelqu'un a changé de chaîne, c'est l'heure du JT.

Une fille a porté plainte contre ses propres parents pour harcèlements sexuels.

Lors de l'interrogatoire, elle a finalement éclaté en sanglots et avoué qu'elle avait tout inventé parce que ses parents ne voulaient pas qu'elle fasse un book de top-modèle. Elle a déclaré, en larmes, que « devenir top-modèle était le rêve de sa vie ».

« Elle a bien fait, quels connards, s'insurge Arianna, indignée.

— Y'a vraiment des parents de merde, lui accorde Francesca.

— À propos, vous avez appris pour la mère de Giacomo ? demande Craig.

— Ouais, c'est une vieille histoire ça… soupire Francesca, ennuyée. Tu vas pas me dire qu'elle s'est tapé Luca, le meilleur pote de Giacomo, maintenant ? »

Blanc me regarde et me fait un signe complice, étant donné que lui-même couche avec la mère de Ferrari.

Le JT se poursuit et la présentatrice affirme qu'il n'y a toujours pas de nouvelles de l'avion volatilisé dans le néant. Le pape continue à twitter contre la guerre. Il est également question des quatre-vingts euros que le Premier Ministre entend donner comme bonus à ceux qui ont un salaire inférieur à la moyenne, et du procès de l'ancien Président du Conseil pour ses petites fêtes au cours desquelles plusieurs mineures étaient conviées.

« Alors vous voyez, intervient Blanc, tout sourire, on fait rien de mal, j'veux dire… on ne fait rien de plus que ce que notre ex-Président a fait lui-même », conclut-il en sortant la coke de sa poche.

Tout le monde éclate de rire.

« Ouais, t'as bien raison », soutient Coco, en bâillant.

Je continue à regarder les infos et ce qui m'inquiète le plus, c'est que lorsque je suis parti, il y a six mois, il était déjà question au journal télévisé des quatre-vingts euros et de ce procès. Comme quoi rien n'a changé, en Italie, absolument rien.

Il est environ vingt-trois heures trente, je suis encore chez Craig, soûl et stone, et je suis incapable de me lever du canapé. Tout semble trouble. Blanc et les autres viennent juste de partir en soirée à l'*Armani* et Craig doit avoir fini, maintenant, de sauter Francesca. Moi, je suis sur le canapé avec Giulia, une nana qui me parle de la Bocconi, ou du quartier de la Bocconi, même si j'ai beaucoup de mal à la suivre. Elle raconte qu'avec l'arrivée du printemps, les petites robes à fleurs vont être très tendance, qu'elle va devoir passer tout un tas d'exams, réviser dans le « bunker » avant de se défoncer à la coke ; d'ailleurs, y'a beaucoup de coke là-bas, y'en a beaucoup comme partout en fait, même si « j'veux dire, j'sais pas pourquoi j'te dis ça, tu l'sais mieux qu'moi, quoi ! ». Elle me parle également de son passage de l'Université Catholique à la Bocconi, du fait que maintenant « la situation est vachement plus *easy* », et qu'elle doit s'occuper de son *Exchange* et tout et tout, tu vois l'genre ?

Moi, je ne comprends rien et quand je ferme les yeux, j'ai la tête qui tourne comme une toupie, alors je m'envoie deux rails de coke et le mal s'estompe. Lorsque vous êtes trop perché, la cocaïne vous donne une lucidité momentanée, elle vous revigore. Giulia me regarde, offensée, et s'exclame :

« Bah alors ? On partage pas ? »

Je lui prépare quelques rails et elle, après les avoir sniffés, part dans une quinte de toux et s'inquiète de savoir où j'ai chopé cette came.

« Dans la rue, je marmonne, distrait.

— Oh, faut faire gaffe, y'a beaucoup de merde dans la rue, affirme-t-elle.

— Ah ouais ?

— Bah, ouais. »

Je l'embrasse.

Elle s'arrête et raconte quelque chose à propos des Lamborghini et me demande si j'en ai une.

« Mon père, oui.

— Sérieux ? rétorque-t-elle, en posant sa main sur ma cuisse.

— Ouais. »

On s'embrasse encore et je commence à lui toucher la vulve, mais j'ai envie de vomir, j'ai la nausée et la bouche pâteuse, à cause des cocktails et de la marijuana, alors je lui demande de m'excuser une seconde et je vais aux toilettes me faire un bain de bouche.

Lorsque je reviens dans le salon, je m'arrête devant un tableau vraiment étrange : on y voit un diable plongé dans les flammes et, au milieu de ce feu, il y a une douzaine d'enfants qui brûlent : le démon leur arrache la tête, et la dévore.

« C'est le Moloch, lance Craig, qui vient de sortir de la cuisine, et qui enfile une veste élégante.

— Le quoi ?

— C'est une divinité antique. Au temps des Égyptiens ou des Phéniciens, ils lui offraient des sacrifices.

— Ah ouais ?

— Ouais, on raconte qu'après les avoir égorgés, les parents jetaient leurs enfants, sur un bûcher perpétuellement alimenté, de sorte à les transformer en divinités. »

J'examine attentivement le tableau et le feu qui dévore les joues des enfants, massacrés et sans tête.

« J'aimais bien le dessin, voilà tout », conclut Craig en haussant les épaules.

Francesca nous demande si nous sommes prêts et Craig nous dit qu'il descend chercher la voiture.

Je regarde le tableau, Giulia s'approche et me demande ce que j'y trouve de si intéressant.

« J'sais pas, dis-je.

— Ça fait quarante minutes que tu scotches dessus.

— N'importe quoi, Craig s'est pointé au moment où je sortais des toilettes.

— Non, Craig est arrivé une demi-heure après que tu es sorti des toilettes, t'es resté à scotcher devant le tableau pendant trente minutes.

— Mais qu'est-ce que tu racontes…

— J'te jure », insiste-t-elle en me montrant l'heure sur son iPhone.

Le téléphone indique minuit quinze. Elle a raison.

« On y va, mon chou », fait Giulia en me caressant la nuque.

Je rassemble mes affaires et je monte dans la voiture de Craig en me demandant comment j'ai pu rester une demi-heure devant ce tableau, à scotcher.

Nous nous retrouvons dans un pub « artistique », *naïf* selon les mots de Giulia, quartier Brera. La lumière des néons se reflète sur les murs et m'aveugle, tandis que la coke et l'alcool se mélangent dans ma tête ; je me sens vraiment bizarre et nous sommes en compagnie d'une nana, une certaine Elenoire, à l'accent français et l'air empoté, plutôt timide, malgré sa robe léopard. Giulia me présente un top-modèle, je crois, qui me conseille de faire un tour à la salle de sport et me propose même d'y aller avec lui.

Je lui fais signe que non, merci bien. Elenoire, la fille empotée, explique qu'elle doit se faire refaire le nez pour la troisième fois, à cause de « cette putain de cocaïne de merde ».

J'ai la tête qui tourne et le corps douloureux et, sans savoir trop ce qui me prend, j'embrasse à nouveau Giulia. Elle me glisse un truc du genre :

« Ah ouais… t'es un mec sensible, en fait. »

Je lui réponds que oui, puis je l'embrasse encore, et j'ai envie de commander un autre verre. Au comptoir, il y a cette fille plutôt mignonne qui me tourne le dos, mais à en juger par ses traits masculins, je comprends qu'il doit s'agir d'un trans. Le barman, qui porte des lentilles de contact blanches et un béret Carhartt, me sourit et je lui commande un *negroni.* J'entends alors une voix qui m'interpelle :

« Adam ! »

Je me retourne et me retrouve face à une fille de petite taille, quatre piercings noirs sur le visage, un pansement sur une pommette et des cheveux fuchsia, qui me regarde avec stupeur.

« Tu m'reconnais pas ? me demande-t-elle.

— Non, dis-je en payant mon *negroni.*

— Je suis Aurora. »

Et alors je me souviens, oui, nous étions ensemble à l'école primaire. J'ai ce vague souvenir d'elle, cheveux lisses, bruns, petites chaussures blanches, et qui jouait à la corde à sauter. Je la regarde mais ma migraine est à son paroxysme et la marijuana m'a rendu la bouche si pâteuse que je n'arrive pas à discuter, je n'en ai pas envie. Je réalise alors que cela fait neuf ans que je ne l'ai pas vue.

« Comment vas-tu ? dis-je, non sans difficulté.

— On fait aller », soupire-t-elle.

Deux filles, de l'autre côté du bar, portant des chapeaux d'artiste, un verre de blanc à la main, remuent les lèvres et j'essaie de comprendre de quoi elles parlent.

« Et toi ? me demande Aurora.

— Ça va, on s'était pas vus depuis neuf ans… dis-je, sans trop savoir pourquoi.

— Eh ouais.

— Neuf ans…

— Qu'est-ce que tu fais dans la vie ? me demande-t-elle tandis qu'elle se roule une American Spirit.

— Neuf ans, dis-je encore, tout en louchant sur son pansement. Qu'est-ce qui t'est arrivé à la pommette ?

— Oh ! Rien de bien méchant, répond-elle en touchant son piercing avec le bout de sa langue. Des histoires avec mon copain, des disputes, des engueulades, mais bon, j'veux dire… je l'aime, bien sûr, je l'aime. »

Je ne sais pas quoi dire car je suis complètement ivre et les images défilent dans ma tête à la même vitesse que les lumières au néon scintillent dans le bar, et je répète :

« Neuf ans. »

Elle reste silencieuse, en continuant à toucher son piercing avec sa langue et marmonne un « oui », suivi d'un « bon, et qu'est-ce que tu deviens ? » mais moi je suis incapable de dire autre chose que « neuf ans ».

« C'est fou ce que les choses changent en neuf ans, hein ?

— Oui, ça va, j'ai compris, répond-elle.

— Neuf ans… »

Aurora me toise avec circonspection, tandis qu'une de ses amies aux cheveux verts, un pin's avec la faucille et le marteau épinglé sur sa chemise en jean, nous rejoint. Elle s'appelle « Rouge ». Je la regarde et je ne trouve rien de mieux à lui dire que « neuf ans… ».

Elle demande à Aurora si j'ai un problème et cette dernière, en me dévisageant avec une drôle de moue, lui répond :

« J'sais pas, il doit être foncedé. »

Je la regarde et j'éclate de rire, cette fois de manière vraiment excessive et j'ai l'impression que tout le monde s'est retourné, alors je hurle « neuf ans ! ».

Aurora, au final, fait comprendre à son amie qu'il est préférable qu'elles s'en aillent.

« Bon bah, à la prochaine, Adam ! », fait-elle en me claquant la bise.

Je les regarde s'éloigner, intrigué par son pansement, puis j'entends des filles, un petit groupe, parler d'un célèbre candidat de télé-réalité. Je m'approche d'elles et leur lance :

« Excusez-moi, c'est mon cousin, si ça vous dit, j'peux vous le présenter… »

Elles font une mine à la fois étonnée et incrédule et l'une d'elle s'exclame :

« Mais faites-le dégager, ce connard ! ».

Je sors mon iPhone de ma poche, comme pour lui montrer le numéro du candidat, et toutes m'encerclent, y compris celle qui avait demandé à me faire dégager.

Je remets l'iPhone dans ma poche et je leur crie :

« Bande de salopes ! »

Un type de leur bande me pousse et me fait tomber par terre. Le videur me chope et me voilà viré du bar ; je me retrouve seul, dans la rue.

J'appelle un taxi et je monte, en précisant l'adresse de mon domicile. Neuf ans, neuf ans, neuf ans.

Demain, je ne m'en souviens que maintenant, j'ai rendez-vous avec ma mère pour le déjeuner.

Neuf ans. Je suis vraiment resté quarante minutes à scotcher devant ce tableau ?

Déjeuner aux *Giardini* avec ma mère, l'un des restaurants les plus chics du quartier. Elle porte une robe à fleurs et des chaussures à talons. J'ai commandé quelques hors-d'œuvre et une bouteille de vin.

Elle me demande comment je vais.

« Bien, dis-je, sans toutefois retirer mes lunettes de soleil.

— Raconte-moi ton voyage, suggère-t-elle en souriant.

— C'était pas mal, ouais, pas mal du tout…

— Et qu'est-ce que tu as aimé le plus ? Tu as rencontré des gens intéressants ? Comment est la vie, là-bas ? »

Je suis sur le point de répondre, mais son téléphone sonne. Elle me fait signe de l'excuser et se lève.

« Attends, deux p'tites secondes... », me souffle-t-elle en souriant, tandis qu'elle s'éloigne avec son téléphone.

Un serveur élégant, chemise blanche et pantalon noir, me demande si je désire quelque chose d'autre à boire. Je hoche la tête et le remercie.

Il y a une famille à côté de notre table. Le mari, la femme, et leurs deux enfants. L'homme lit son journal, les deux rejetons, qui ne doivent pas avoir plus de huit ans, jouent avec leur iPhone, alors que la femme, elle, a le regard cloué sur son assiette.

Depuis que nous sommes assis, ils n'ont pas échangé un seul mot.

« Excuse-moi, déclare ma mère, en s'asseyant en face de moi, c'était le boulot...

— J'avais bien compris.

— On en était où ?

— On parlait du voyage.

— Ah oui ! Et donc, c'était comment ? demande-t-elle, visiblement curieuse.

— Bien, c'était bien... »

Ma mère sort un journal de son sac à main et se met à lire.

« Bon bah, raconte quelque chose, quoi ! insiste-t-elle, tout en épluchant son canard.

— Bah... comme je te disais, c'était cool. J'aimerais... je crois que j'aimerais y retourner.

— Mais Adam, tu ne peux pas y retourner ! Tu viens tout juste... »

Elle n'a pas le temps de finir sa phrase qu'elle s'exclame :

« Oh mon Dieu ! C'est pas possible !

— Que se passe-t-il ? », je lui demande, alarmé.

Elle a le regard posé sur le journal, les yeux écarquillés, et se met à hocher la tête.

« Qu'y a-t-il ? », je lui demande à nouveau.

Le journal est un supplément sur la ville de Milan.

« Lis ça, fait-elle en me le passant. Je lis le titre :

« Une jeune fille de dix-neuf ans, dans le coma, entre la vie et la mort ».

Je lève la tête, son visage trahit une expression inquiète.

« Mais tu te rends compte ? s'insurge-t-elle en ouvrant grand les yeux.

— De quoi ?

— Mais comment ça, de quoi, Adam ? réplique-t-elle choquée. Cette fille, cette Silvia… elle va mourir à dix-neuf ans. Morte, à cause de la drogue. Tu te rends compte des gens qu'on trouve ici-bas ? » poursuit-elle toujours en secouant la tête, incrédule. J'acquiesce puis je la regarde. Aujourd'hui, elle s'est fait des bouclettes et ses cheveux châtains brillent sous la lumière du soleil.

« Où ça ? je demande.

— De quoi où ça ?

— Où est-ce qu'ils se trouvent ces gens, à ton avis ? C'est qui, pour toi, ces « gens » ?

— C'est quoi cette question ? réplique-t-elle, nerveuse. Ce sont probablement des cas sociaux, ou bien des malades mentaux… Une chose est sûre, ils ont été très mal élevés, s'insurge-t-elle en reprenant son journal en main.

— Et à ton avis, pourquoi est-ce qu'ils font ça ? », je lui demande.

Elle se caresse les cheveux et je remarque qu'elle porte deux bagues à l'index, mais naturellement, elle a retiré son alliance.

« J'ignore pourquoi ils le font, Adam, probablement parce qu'on les a élevés ainsi, ou bien parce qu'ils ont ça dans le sang. Je ne crois pas qu'il y ait une explication…

— À mon avis, dis-je presque en murmurant.

— À ton avis ? reprend-elle en maintenant le regard sur son journal.

— À mon avis, on est tous un peu comme ça.

— C'est-à-dire ? me demande-t-elle, le regard toujours rivé sur les pages du journal.

— J'sais pas, on est tous un peu… apathiques, finis-je par lâcher, et pendant que je le dis, je me rends compte que je n'ai pas utilisé le mot « apathique » depuis au moins deux ou trois ans.

— Mais Adam, j'espère que tu plaisantes ! s'exclame-t-elle, irritée. C'est sûrement une fille paumée… Heureusement, le milieu dans lequel nous vivons n'est pas comme ça – elle fait une pause et lève les yeux – Tout dépend des personnes que tu rencontres dans la vie, Adam, voilà pourquoi je t'ai toujours dit de bien choisir tes fréquentations.

— Oui, tu as raison… »

Le garçon nous sert les hors-d'œuvre que nous avons commandés.

« Mais peut-être que… dis-je.

— Peut-être que quoi ?

— Peut-être que ce n'est pas arrivé. Peut-être que ce n'est pas vrai.

— Qu'est-ce que tu veux dire ? demande-t-elle, décontenancée, tout en prenant une bruschetta tomates-basilique.

— C'était peut-être une fille normale. Une personne comme moi. En vérité, il est si difficile pour nous d'accepter que ces choses puissent être commises par des personnes que nous considérons innocentes et "propres", que même la certitude de ce qui est réel cesse de l'être. Car si une chose n'est pas acceptable, on l'élimine, on n'en parle pas, on la cache sous le tapis… et donc, jusqu'où peut-on dire qu'elle est réelle ? dis-je d'un seul trait.

— Adam, mais qu'est-ce que tu racontes ? s'exclame-t-elle, en fermant les yeux et en hochant la tête. Veux-tu cesser ces discours ? C'est toi qui lui as vendu ? Ou l'un de tes amis ?

— Non, dis-je sèchement.

— Alors, arrête ! tranche-t-elle. Tu ferais mieux de goûter à cette délicieuse bruschetta », ajoute-t-elle en me passant l'assiette. Je regarde la bruschetta dans le plat. J'allume une cigarette et j'observe à nouveau la famille à côté de nous. Personne n'a encore échangé le moindre mot.

C'est donc bien vrai, me dis-je, tout en avalant lentement la fumée de ma cigarette.

Désormais, ce qui existe et ce qui n'existe pas n'a plus d'importance. Tout ce qui s'est passé, la violence avec laquelle c'est arrivé, cela n'a plus d'importance. Tout est masqué, renié par l'incrédulité des gens, par leur incapacité à accepter et à affronter les choses. Moi, je suis ici, le mal qui a été commis m'accompagne. Mais personne n'en parle, personne n'y croit… et pourtant il est bel et bien présent. Ne pas croire à cette dépravation suffit donc à garantir notre probité. Ce qui n'est pas acceptable, ce qui est impossible à concevoir, et surtout à suspecter, cesse ainsi d'être réel.

Je regarde autour de moi : il y a des gens qui meurent de faim, qui sont exploités, et nous, nous nageons en pleine inconscience en faisant fi de tout. En sachant pertinemment que tout cela est licite, puisqu'on nous l'a permis. C'est licite, bien sûr, car depuis tout temps cela nous a été concédé. Et il n'y a pas de jouissance plus grande que de regarder cette pauvreté depuis le balcon de notre bien-être, cette pauvreté qui nous repaît et nous comble, et dont nous nous sentons détachés, tout en en méprisant la naissance, l'existence et la mort. Le monde est à nous, il a été créé pour nous. Nous avons tout, et pourtant ce n'est pas encore suffisant. Ce ne sera jamais suffisant.

Et quand bien même les choses se sont réellement produites… quand bien même elles se produisent quotidiennement… pas même un instant, pas même une seconde, l'un de nous a eu le courage de… les considérer… comme réelles.

« Je t'ai déjà dit de ne pas fumer, c'est mauvais pour ta santé », s'agace ma mère en me passant le cendrier.

Je la dévisage.

« Tu as raison », lui dis-je.

Et j'écrase ma cigarette.

*Il y a trois ans, un après-midi, j'étais allé chez mon grand-père. Ça faisait un petit bout de temps que je ne lui avais pas rendu visite, et il me manquait. Lorsque j'arrivai chez lui, je le trouvai seul, devant la télé. Étendu sur le canapé, les yeux fermés, une couverture de laine sur le corps.*

*« Hé… Papy », murmurai-je.*

*Il ne réagit pas et je l'appelai plus fort : il ouvrit les yeux, puis me sourit, surpris de me voir là. Il m'offrit un fanta et un sandwich, puis me demanda comment ça allait à l'école et à la maison depuis le divorce.*

*Je lui dis que tout allait pour le mieux et il fit semblant de me croire.*

*Ensuite, je lui demandai comment il allait, lui, et le regard rivé au sol, il m'avoua que ma grand-mère lui manquait.*

*« Elle me manque aussi », le consolai-je.*

*Nous fîmes quelques parties de cartes, que je perdis l'une après l'autre.*

*Il se mit à pleuvoir à verse et il se rappela qu'il devait couvrir le jardin.*

*« Tu te souviens quand tu jouais dans le jardin avec Ettore ? me demanda-t-il, en souriant.*

*— Bien sûr », dis-je, en repensant à notre vieux berger de Maremme.*

*Nous allâmes couvrir le potager et, de retour dans la maison, mon grand-père, une fois ses bottes gorgées d'eau retirées, faillit perdre l'équilibre. Je l'avais retenu in extremis et il s'était exclamé :*

*« Heureusement que tu es là, ma roche. »*

*J'ignore pourquoi, lorsqu'il prononça ces mots, je faillis fondre en larmes.*

*Ensuite, il m'emmena dans sa chambre et, dans le dernier tiroir de la commode, il prit un paquet de lettres qu'il avait écrites, comme il m'expliqua, à ma grand-mère lorsqu'ils étaient jeunes.*

*« Tu n'écris pas de lettres à une fille, toi ? me demanda-t-il, avec ironie.*

*— Pas vraiment, dis-je.*

*— Moi si, ce que j'ai pu lui en écrire à ta grand-mère, me confia-t-il, en feuilletant quelques pages. Il sortit un petit billet d'une enveloppe, qui disait : « J'aimerais que ce soit comme ça après la mort ». Les yeux embués, il me le tendit en disant :*

*« C'est elle qui me l'a écrit, nous étions très amoureux. »*

*Il s'arrêta, fit une profonde inspiration.*

*« Tu sais, parfois, même si nous avons été mariés pendant cinquante ans, j'ai l'impression de ne pas lui avoir tout dit. »*

*Je l'embrassai et il fondit en larmes. À cet instant, je compris que mon grand-père, à l'égal de Jo, était la personne la plus importante de ma vie.*

*Nous retournâmes dans le salon pour regarder la télé. Lorsqu'il s'endormit, je relus plusieurs fois le billet que ma grand-mère lui avait écrit.*

*Il commença à grêler. Je regardai une dernière fois mon grand-père, seul, fragile. Je lui donnai un baiser sur le front et le couvris avec sa couverture de laine.*

*Je sortis de la maison et me mis en route pour Milan. Pendant tout le trajet, je me demandai quel sens donner au temps, à la mort, à la douleur, sans toutefois trouver de réponse à ces interrogations.*

*La pluie s'abattait sans trêve.*

*Il y eut un accident sur l'autoroute.*

Je suis dans ma chambre et je n'ai plus de cocaïne. Douleurs atroces à l'estomac, sensations de vertige, mes bras, mes mains et mes jambes sont en proie aux tremblements. Mon cœur bat frénétiquement. Je sens les nerfs de mon visage se contracter convulsivement, ma respiration s'étouffer dans ma gorge. Je ne parviens pas à me lever du lit, ma vue se trouble, la peur m'envahit des pieds à la poitrine, les frissons me paralysent, comme si j'avais quarante de fièvre. J'ai des sueurs froides, une quinte de toux ébranle mes bronches. Je jette un coup d'œil par terre où j'ai craché des glaires de goudron mêlées de sang. Et j'ai peur, je respire mal.

Je me lève et m'assieds sur une chaise, afin de reprendre mon souffle. J'ai peur, j'ai peur de mourir, je suis terrifié par l'idée infondée que d'ici peu je m'évanouirai, seul, sans souffle, par terre. Un frisson me glace le visage et je voudrais que mon corps s'arrête, je voudrais le tranquilliser, mais j'ai peur de prendre quelque chose, quelque chose d'autre que de la cocaïne et j'ai envie de chialer, j'ai envie de chialer, putain. Un côté me démange et je me gratte, au point de m'arracher la peau avec mes propres ongles et je hurle, je crie, je vocifère ; je hurle pour me calmer, mais dans cette maison, il n'y a personne qui puisse m'entendre et je sens la fin arriver. Mourir seul, hanté par mille images, mille reflets : Caspiri, les bouteilles, ma mère et son amant, et ce pauvre gamin de treize ans drogué, utilisé comme cobaye. Je ne parviens plus à respirer. Je cours vers la salle de bains et je vomis, j'ai la certitude que d'ici peu je mourrai, seul, à vingt ans à peine, et je veux m'en aller, je dois sortir, fuir, loin de Milan, loin de l'Italie et je prie parce que je tremble, parce que je vois trouble. De la bile jaunâtre coule de mon estomac et je ne sais plus depuis combien de temps je n'ai pas pris de repas normal, je ne me souviens même plus de ce qu'est un parfum, parce que j'ai le nez désintégré, pulvérisé, tuméfié par cette merde blanche qui m'a rongé les narines ; j'essaie de me le frotter, mais il est complètement anesthésié. Je ne sens rien. Rien !

Je me regarde dans la glace : du sang coule ; et plus j'essaie de le gratter, de le toucher, moins je le sens sous mes doigts. Je n'éprouve aucune douleur, aucune sensation, je vois seulement le sang couler et la peur m'envahit à la seule pensée que je puisse avoir perdu toute sensibilité. Mes crampes d'estomac sont plus fortes que jamais, je retourne dans ma chambre : à la télé, il est question d'un énième viol d'enfant, et sans même y penser, je donne un violent coup de poing dans l'écran. J'ai la main en sang, endolorie et tailladée, je dois partir, fuir, il me faut disparaître.

Je saute dans ma voiture et je conduis au hasard. Je me souviens que j'ai un sachet de cocaïne sous mon siège et je m'en propulse un rail dans les narines.

Je reprends mon souffle, lentement.

Je reprends mon souffle.

Je me calme.

Je réalise que non loin d'ici se trouve l'école maternelle, où j'allais avec Jo. Je décide de m'y rendre pour voir ce qu'elle est devenue. À ce qu'on m'a dit, ce n'est plus une école à présent, mais un vieux bâtiment délabré.

Je me gare non loin de l'entrée et, une fois devant la grille, je me mets à la fixer, quelques minutes, sous cette pluie qui me tombe sur la tête. Je décide de l'escalader. En deux temps trois mouvements, me voilà dans la cour, là où, tout petits, nous jouions au foot.

Maintenant, les buts sont rouillés et sans filets. J'ai l'impression de revoir Jo qui gambade, heureux et souriant, tandis que les gouttes de pluie continuent à mourir sur l'asphalte.

Sur le mur du bâtiment, je reconnais le *murales* où Jo, les autres enfants et moi avions laissé les empreintes de nos mains pleines de peinture, petites et frêles. Nous étions petits, nous étions curieux. Nous ne savions pas ce qu'était la vie, mais nous savions que nous l'aurions vécue ensemble… à l'âge innocent, à l'âge ingrat, à l'âge adulte… en véritables amis. Où sont-elles, aujourd'hui, ces espérances ? Comment a-t-il pu, cet enfant si souriant, commettre un geste aussi absolu dans sa culpabilité, aussi inexplicable dans son innocence ? Pourquoi ? Où débute le chemin de la solitude ? Qu'est-ce qui a changé en chemin ? Et tes petites mains chaudes, où sont-elles aujourd'hui ? Et l'amour que tu cherchais, où s'est-il égaré ? L'amour aurait-il suffi, au fond, à te sauver ? À te sauver pour de bon ?

Je pose ma main sur l'empreinte de Jo. Je la caresse, comme s'il était encore ici, avec moi, pour m'accompagner, à petits pas, vers un jour nouveau. Ma main est maintenant plus grande que son empreinte, et c'est comme si elle l'avalait avidement.

À côté des mains des autres enfants, quelqu'un a tagué des bites, a écrit des insultes et une inscription en noir qui occupe une grande partie du *murales* :

« Les enfants aussi mourront ».

Je caresse une dernière fois l'empreinte de Jo et j'essaie de respirer calmement. La pluie, à présent, s'abat lourdement sur ma tête, et je cherche à m'abriter sous un pan du toit. J'observe l'empreinte de Jo, délavée et minuscule, fouettée par les gouttes de pluie.

*Il passa me prendre vers neuf heures, et déclara qu'il devait me faire voir quelque chose d'important.*

*« Rien de grave, j'espère ? », m'inquiétai-je au téléphone.*

*— Si », répondit-il.*

*Lorsque je montai dans sa voiture, je remarquai qu'il était particulièrement inquiet, froid et affligé. J'essayai d'engager la conversation mais il se contentait de répondre par monosyllabes.*

*« Qu'est-ce que tu veux me montrer ?*

*— Attends cinq minutes. »*

*Nous arrivâmes devant une clinique, une maison de repos qui accueillait des personnes âgées, des malades mentaux et autres patients souffrant de graves pathologies physiques et psychiques.*

*Nous traversâmes un long couloir dans lequel j'aperçus une file de lits où reposaient des vieillards. Des tuyaux perforaient leur poignet, des bonbonnes étaient ancrées au pied de leurs lits. Je sentis mes mains trembler et la peur m'assaillir, j'essayai de repousser de toutes mes forces l'idée obsédante qu'un jour, moi aussi, je serais devenu vieux.*

*Nous nous arrêtâmes devant une porte et une infirmière, souriante et aimable, salua Jo. Elle nous ouvrit la porte et lorsque j'entrai dans la chambre, mon cœur se glaça. Ma respiration se figea.*

*J'essayai de déglutir… Impossible. Devant nous, un jeune homme attaché sur un fauteuil roulant, la bouche béante, s'agitait compulsivement.*

*Jo s'approcha de lui, lui caressa le visage.*

*« Je suis là, rassure-toi », lui chuchota-t-il, en l'embrassant sur le front.*

*Je dévisageai le garçon, innocent et malade. Désespéré et agité, il ne pouvait ni bouger ni se lever. De sa bouche sortaient des gémissements occultes et sourds. Des plaintes poussives qui témoignaient d'une agitation tourmentée et perpétuelle.*

*« Il souffre d'une rare forme de la maladie de Charcot. Il ne peut pas bouger ni parler », m'expliqua Jo en le regardant dans les yeux. Le jeune homme lui rendit son regard. Je pus déceler un sourire de gratitude, un pacte secret, une entente affectueuse et tacite.*

*« Adam… je te présente mon frère. »*

*Je fus bouleversé et j'ai encore en mémoire l'expression de Jo. Ses yeux brillants. Le garçon remuant les lèvres, et encore et toujours cette sensation de vertige, le vide de l'angoisse, le battement glacial de l'injustice, pointu et aiguisé comme une lame de couteau.*

*« Hein ? je… je ne comprends pas, balbutiai-je, le souffle coupé.*

*— C'est mon frère, Adam. Après leur divorce, mes parents ont décidé de le placer dans cette clinique. Ils préfèrent payer afin qu'il bénéficie d'une bonne assistance, plutôt que de la lui offrir eux-mêmes. Certains ont conseillé à mon père de ne pas ébruiter l'affaire, de crainte que cela ne freine sa carrière politique. »*

*Je scrute à nouveau le jeune homme.*

*« C'est mon frère », répète Jo, en s'essuyant les yeux.*

*Je n'arrivais plus à respirer. Incapable de parler, je me mis à trembler, et rien ne fut plus terrible que les mots vides qui brûlaient dans ma tête, que ces questions qui tourmentaient mon esprit. Pourquoi ? Pourquoi lui ? Pourquoi cette maladie ? Pourquoi ? Ce n'est qu'un gamin, pourquoi ?*

*Je regardais cet être, jeune et infirme. Abandonné à lui-même, dans l'attente de la mort, seul et rejeté de tous. Jo l'embrassa, je sortis de la chambre et courus me réfugier aux toilettes. Je pleurai. Pendant de longues minutes. Invoquant la pitié d'un Dieu inexistant, d'une justice aveugle, d'un monde inique. Je me mis à donner des coups de poing dans le mur, au point de m'abîmer les mains.*

*Seul et désespéré, me sentant coupable de ne rien pouvoir faire pour aider Jo, pour aider son frère.*

*Un frère dont j'ignorais l'existence, dont je n'aurais jamais pu ne serait-ce qu'imaginer la souffrance.*

*Je me sentis faible et inutile, et je vomis des prières toute la journée. Des prières adressées à quelqu'un, à quelque chose, à n'importe quoi, afin que ce garçon puisse guérir, se sentir mieux. Afin qu'il puisse vivre. Mais rien n'y changea.*

*Le retour en voiture fut des plus silencieux et, en présence de Jo, je m'efforçai de retenir mes larmes.*

*Avant de descendre de la voiture, je l'embrassai, me mordant les lèvres pour ne pas fondre en larmes.*

*Il me dévisagea, m'embrassa à son tour, puis il déclara :*

*« Quoi qu'il arrive, promets-moi que tu iras toujours de l'avant. »*

*— Pourquoi dis-tu ça ?*

*— Promets-le moi, c'est tout.*

*— J'te le promets ».*

*Il m'embrassa une dernière fois et me murmura :*

*« Je t'adore, mon ami. »*

*Puis, dans un dernier sourire, avec un dernier salut de la main, il partit.*

*Ce fut la dernière fois que je le vis. Le jour même, il se donnait la mort, ne laissant qu'une lettre et le vide incommensurable et aveuglant que procure la perte de la personne la plus importante de votre vie. Un poids constant, glacial, une pensée fixe dans la tête, une question sans réponse au cœur.*

*Le frère de Jo s'agitait sur sa chaise roulante, incapable de parler, de rêver…*

*Jo s'était donné la mort.*

*Tout était terne et flou, froid, empli d'une nausée, d'une apathie qui, à compter de ce jour, s'entortilla autour de ma vie. Plus rien ne fut comme avant.*

*Paolo commença une psychothérapie.*

*Jo se suicida, et deux mois après son geste, son frère s'éteignit. Je crois qu'ils étaient indissociablement liés. Jo, peut-être, ne l'avait pas compris, il n'avait pas compris combien il était important, la seule personne importante pour son frère. Et peut-être que le vide qui emplissait son âme était trop immense, et sa souffrance trop profonde pour pouvoir être guérie.*

*Je partis, n'emmenant avec moi que la lettre d'adieu de Jo, me promettant de ne plus jamais revenir.*

« Mais alors tu n'as raconté ce qui s'est passé ni à ta mère, ni à personne ? me demande Paolo, en regardant par la fenêtre.

— Non, dis-je en soupirant. Je pense que personne n'y aurait vraiment cru.

— T'aurais quand même dû essayer », rétorque Paolo en se retournant.

Il s'allonge sur le lit et allume une cigarette.

« Les gens acceptent la réalité du monde telle qu'elle se présente, c'est très simple.

— Merci Truman ! », s'exclame Paolo, dans un sourire ironique. Il recrache la fumée et se redresse sur son lit, en se frottant le visage :

« Je sais bien que les gens ne vont pas au-delà des apparences, ou plutôt, précise-t-il, après une quinte de toux, la grande majorité des gens ne va pas au-delà des apparences et ne croirait pas une seconde à ce qui est arrivé, à tout ce qui arrive... et donc ? Qu'est-ce que tu comptes faire ? Te murer dans ton silence et risquer d'être aspiré par ce tourbillon, ou bien t'en éloigner ? me demande-t-il avec gravité.

— J'en sais rien... je voudrais juste m'en aller... partir. »

Nous restons silencieux pendant quelques secondes. On entend le bruit de la pluie qui s'abat au dehors.

« J'ai connu une fille, je crois que j'en suis amoureux... dis-je soudainement, sans réfléchir.

— Comment s'appelle-t-elle ? me demande Paolo, pas franchement curieux.

— Liza... elle s'appelle Liza.

— Et comment se fait-il que tu sois tombé amoureux de Liza ? Tu lui a déjà parlé, à Liza ?

— J'en sais rien... Non, je lui ai jamais parlé.

— Alors c'est sûrement ton âme-sœur, ironise Paolo. Et Jo ? t'as été le voir ?

— Je voulais justement y passer avant d'aller à la soirée.

— En quoi consiste t elle, cette soirée ?

— Y'a une teuf, chez Jack... j'irai, sans doute. »

Paolo se met à rire puis hoche la tête :

« Et toi qui prétends être fatigué de tout et de tous… ça ne t'empêche pas d'aller faire la fête chez Jack, à ce que j'vois… marmonne-t-il, sur un ton sarcastique.

— Qu'est-ce que tu veux dire ?

— Rien, Adam, laisse tomber… Je me dis juste que si on veut que les choses changent, c'est à nous de faire en sorte qu'elles changent, au lieu d'attendre en se plaignant, dans l'espoir qu'elles changent d'elles-mêmes. »

J'observe la pluie tomber de l'autre côté de la vitre et je décide de filer. J'en ai assez de parler.

« T'as raison, dis-je en essayant de sourire. Il faut que je file, maintenant. »

Et je me lève du fauteuil.

« Comme tu voudras ! », rétorque-t-il en s'allongeant à nouveau sur son lit.

Je lui serre la main et me dirige vers la porte et, au moment même où je m'apprête à l'ouvrir, je l'entends m'interpeller.

« Adam, fait-il, les mains sur les yeux, la tête tournée vers le plafond.

— Quoi ? dis-je en me retournant.

— Si tu détestes autant cette ville, pourquoi es-tu revenu ?

*Cher Adam,*

*Je t'écris cette lettre alors qu'il est trop tard, maintenant, pour faire machine arrière. Alors que j'ai pris ma décision et que l'espoir m'a définitivement abandonné.*

*Depuis combien de temps nous connaissons-nous, toi et moi ? Environ quinze ans… quinze ans, ça en fait un bout de temps… Je me souviens comme si c'était hier de ce jour où nous nous sommes connus, à l'école maternelle : toi avec ton cartable Tarzan horrible, moi avec ma coupe au bol absolument indécente. Et aujourd'hui, nous en sommes là, à l'aube de nos vingt ans, condamnés à devoir nous dire adieu. Ne trouves-tu pas ça terrifiant ? Avoir tout partagé, aimé, adoré, et devoir soudainement nous dire adieu ? Devoir disparaître dans l'oubli, comme si nous n'avions jamais existé ?*

*Je me souviens, à l'école primaire, lorsque je t'aidais à faire tes devoirs de maths, de cette maîtresse folle qui me mettait au coin. Merde ! Comment peut-on mettre un enfant au coin sous prétexte qu'il aide son ami ?*

*Et toutefois, il s'agit d'un si beau souvenir, un souvenir qui n'appartient qu'à nous. Comme tant d'autres, du reste.*

*Vois-tu, même si demain je ne serai plus là, je m'en vais avec de nombreux souvenirs, des souvenirs magnifiques de ce « chemin » que j'ai parcouru. Je suis sûr qu'à la fin, seules les belles choses demeurent. Et je suis convaincu que c'est le bien qui finira par vaincre, en dépit de tout.*

*J'imagine que tu te demanderas pourquoi, dans ces conditions, j'en suis arrivé à me donner la mort.*

*Adam, ne va pas croire que je me suis suicidé parce que « la vie est horrible ». Ne crois jamais ça. Promets-moi de ne jamais le croire. La vie est harassante, ingrate, difficile… et tout autant magnifique, radieuse, et exceptionnelle. Unique.*

*Il existe tellement de choses pour lesquelles la vie vaut la peine d'être vécue que je pourrais ne jamais finir d'en faire la liste. Par exemple, lorsque je jouais au foot, il y avait ce joueur sénégalais qui faisait dix kilomètres aller et retour en vélo pour venir à l'entraînement ; juste pour s'entraîner !*

*N'est-ce pas formidable, qu'un individu puisse transformer l'impos-*

*sible en possible, au nom d'une chose qu'il aime inconditionnellement ? Qu'un homme donne sa vie pour ce qu'il aime ?*

*C'est comme les films de Sorrentino. Toujours magnifiques. Pleins d'une beauté mélancolique, comme l'est la vie, au demeurant : belle et mélancolique. Je ne crois pas qu'il puisse y avoir de beauté sans douleur, ni de joie sans souffrance. Ce sont les deux pôles de l'existence, indispensables et impondérables, comme la vie et la mort.*

*Une photo de Doisneau. Ces baisers volés sur les lèvres de l'objectif, renaissant des cendres de l'amour. Une mère qui embrasse son fils.*

*Il y a tant de beautés dans ce monde que j'en suis bouleversé. J'en reste… foudroyé. Comme si je n'étais pas capable de l'accepter, comme si j'étais incapable de… me l'expliquer.*

*Et cette incapacité à comprendre le sens de tant de beautés n'a d'égal que mon inaptitude à supporter la férocité de la douleur. À mes yeux, tout n'est que contraste ; un contraste âpre, ineffable, qui m'emprisonne et m'assujettit, et qui par-dessus tout… me laisse sans forces.*

*Tu sais, un jour, lors d'un voyage en Alaska, j'ai vu un ours magnifique qui avait attrapé un saumon. Majestueux et élégant, méthodique et féroce. Entre-temps, ses deux oursons l'avaient rejoint, affamés, et la maman ourse (je crois) les avait laissé faire ripaille.*

*Je sais que c'est une image un peu stupide, et même mielleuse ; et pourtant c'est l'une des scènes les plus émouvantes qu'il m'ait été donné de voir au cours de ma vie. Car face à ce partage plein d'amour, face à cette grandeur d'âme, quelles explications pouvons-nous donner ? Qui est l'architecte de tant de merveilles ? À qui devons-nous tout cela ? Peut-on raisonnablement croire que tout n'est qu'un simple coup de dés, lancés au hasard ?*

*Et puis… le revers de la médaille. Le drame de mon frère et de ma famille. Pourquoi moi ? Comment l'architecte de tant de beautés peut-il se faire le chantre de tant de cruautés ? Me voilà ainsi réduit, triste et bipolaire, seul, en proie à la confusion… et plus impuissant que jamais. Impuissant !*

*Impuissant face au monde, à la société, à mon frère… Je me sens incapable et impuissant, inutile.*

*Et c'est pour cette raison qu'il ne m'est plus possible de faire machine arrière. Avec cet ultime salut, je voudrais te rappeler que la vie, parfois, commence par une grande douleur. Mais c'est la douleur elle-même, comme je te l'ai déjà expliqué, qui nous ouvre les yeux sur la vérité d'une émotion.*

*Comme l'amour. L'amour est fort, superbe, sain – et en même temps déchirant. Comme celui que j'éprouve pour mon frère. Un amour si inconditionnel qu'il m'aveugle, qu'il mutile chaque jour un peu plus mon âme, et me rend encore plus vulnérable à ses yeux.*

*Il n'y a rien de pire que notre impuissance à aider une personne qu'on aime, et que notre incapacité à sauver cette personne.*

*Il n'y a rien de plus atroce que de tout faire, avec la meilleure volonté du monde, pour l'aider, et de voir cet effort se dissoudre dans l'espace, cédant sous l'inéluctabilité de la maladie.*

*Je ne résiste plus, Adam, je n'en peux plus. Pardonne-moi. Je n'arrive plus à regarder les gens dans les yeux sans les haïr pour leurs plaintes continuelles, pour leurs attitudes, pour les abus dont ils se rendent coupables. Je sais quel genre de vie nous avons menée jusqu'à présent, je connais le monde où nous avons grandi : l'alcool, les soirées, la prostitution et l'argent, l'argent, toujours l'argent.*

*Je serais de mauvaise foi si je te disais que l'argent n'a pas d'importance dans la vie… mais il n'est pas tout. Ce n'est que de l'argent. L'argent ne peut pas empêcher la maladie, le divorce, la tragédie, la mort. L'argent ne soigne pas la douleur, il n'atténue pas l'angoisse ni ne guérit la dépression.*

*L'argent ne pourra jamais acheter le sentiment que l'on éprouve face à un coucher de soleil, à un film de Sorrentino (excuse l'obsession) ou même à des enfants qui jouent en riant.*

*L'argent rend aveugle, il fait de nous des esclaves. Il y a tant de choses qui ne pourront jamais être achetées. Et pourtant, lorsque je regarde autour de moi, lorsque j'observe la vie, c'est précisément ce contraste qui m'assassine, et lacère mon âme. D'un côté, une vie dictée par les apparences, dans laquelle les « likes » définissent une personne ; de l'autre, des gens qui meurent de faim, des gens sans espoir, des gens dévorés par l'asphalte sec et poisseux.*

*Toujours cette sempiternelle et inexplicable dichotomie.*

*Je ne sais pas si tu me comprends… après tout, ce ne sont là que les mots d'un suicidé ; mais ce que je voudrais te dire, ce que je t'ordonne de faire… c'est de partir. Pars Adam, va-t'en. Car il y a autre chose, au-delà de ce pays. Le monde ne se résume pas aux apparences, à l'obsession médiatique, aux excès à vau-l'eau. Il y a bien plus, loin d'ici. Loin de l'Italie, loin de tous ces clics virtuels.*

*Fuis, sers-toi de la douleur que je suis sur le point de t'infliger comme prétexte pour partir.*

*Pour moi, il est trop tard : je me sens aride, faible, sans forces.*

*Et je n'éprouve qu'un dégoût nauséabond envers toutes les personnes que j'ai connues, envers les modes, envers les soirées auxquelles nous avons participé, envers tout ce qui a fait partie de mon adolescence. Je sais que le moment est venu d'en finir.*

*J'ai essayé de m'en éloigner, de m'en détacher, mais les souvenirs me tourmentent. Je ne peux plus faire semblant de posséder une force qui m'a abandonné depuis trop longtemps, désormais. Je ne peux plus faire semblant de sourire, de rire et d'aimer.*

*Tu sais… l'idée du suicide m'avait déjà effleuré quand j'avais quatorze ans. Je pensais que la vie était horrible, mais j'étais curieux d'en savoir plus sur moi-même, curieux de savoir si je pouvais, si j'allais changer au fil du temps.*

*Et aujourd'hui, c'est le contraire : je comprends que la vie, en dépit de sa cruauté, est magnifique ; mais j'en suis séparé et je ne peux plus m'enfuir… car il est inutile de partir à la recherche de la liberté, si la plus grande des prisons a dressé ses barreaux dans votre propre cœur.*

*Je sais que malgré toutes les promesses de joie que l'avenir aurait pu m'offrir, rien ne pourra mettre fin au souvenir, au tourment et à la douleur inextricable qui déchire mon âme, chaque fois que je pense à mon frère, à notre réalité… Je ne pourrais jamais m'en faire une raison. Une douleur cesse lorsque l'on parvient à lui donner un sens. Quand on en comprend les causes, les tenants et les aboutissants. Pour ce qui est de ma douleur, de la douleur de mon frère, il n'y a pas de sens.*

*Il n'y a pas de réponse. Il n'y a aucune explication. Je suis devenu ma propre prison, tourmenté et condamné par ce sentiment qui m'assaille de ne jamais me sentir à ma place.*

*Ce sentiment que les gens m'ont inculqué, et par lequel ils stigmatisent les autres en les montrant du doigt. Le temps est fini. Il n'y a plus rien à dire…*

*Fuis mon ami, échappe-toi en faisant pousser dans ton cœur les souvenirs vivifiants de l'espoir. Ce gamin sénégalais qui pédalait pendant dix kilomètres, ce père qui embrasse son fils… ces petites touches de beauté qui colorent le monde, plongées dans le silence, éternelles au milieu du chaos. Le souvenir des prairies verdoyantes d'Irlande, des lions d'Afrique, des glaciers, de l'aurore et bien plus, bien plus encore ; l'inéluctable abondance de l'espoir, précurseur du bonheur. Une beauté enterrée par l'aveuglement, entrevue à travers un œil de verre. La graine d'une rose. Un baiser sous la pluie. Et le chemin, cette fille française et moi, toi et Martina sur la plage, se promettre le futur, en y croyant pour de bon, ô jeunesse désenchantée et pourtant si douce… allongés sur le lit dans un éternel présent, se tenir la main, la respiration du feu, l'alcool, « qu'est-ce que tu veux faire plus tard ? ». L'envie de disparaître, la rage, les larmes, et à nouveau le ciel, et à nouveau les étoiles, et Modugno chantait : « la nuit s'en allait finissant, et moi je te sentais encore, saveur de la vie, merveilleuse, merveilleuse, merveilleuse ». La vieillesse eschatologique mais lointaine, et nous courions et nous colorions notre imagination avec les pastels de nos rêves. Et elle me tenait la main, et tu me tenais la main, et nous étions à l'abri de tout, immortels, héroïques, amoureux, grands. Mais reviendras-tu pour moi ? une lueur infime, sourde, un coup de feu et la course. Courons plus vite, pendant qu'il en est encore temps… Nous est-il resté un peu de temps, tout de même, pour aimer ? Nous avons encore un peu de temps pour aimer…*

*Lorsque tu auras grandi, lorsque tu te souviendras de toute cette histoire, sans haine, alors souviens-toi de moi, aussi. Car tu es et resteras mon meilleur ami, mon meilleur ami à jamais.*

*We made a promise*
*We swore we'd always remember*
*No retreat, believe me, no surrender*
*Like soldiers in the winter's night*
*With a vow to defend*
*No retreat, baby, no surrender.*

*N'abandonne pas… jamais !*
*Qui t'aime : Jo.*

Ta sépulture est grise, balayée par le vent soufflant dans le ciel de ce septembre finissant. Les feuilles mortes croupissent aux pieds de ta tombe. Le silence des morts ressemble à un bavardage désespéré aux frontières d'un rêve, d'un cauchemar dont tu as été la victime. Ta photo, dans ce cadre délavé qui la renferme, est pâle. Et toi, où es-tu ? Où es-tu, toi, si ce n'est dans le vent qui embrasse l'espace ? Tu as disparu. Tu étais mon meilleur ami, et tu m'as abandonné, ne laissant qu'une poignée de mots... et rien d'autre.

Tu es parti comme tu as vécu : entre silence et désespoir. Tu as disparu, tu t'es dispersé... sous la terre boueuse qui te recouvre. Cette terre te recouvrira pour l'éternité. L'éternité de Jo.

Tu as renoncé à tout. Pourquoi avoir ainsi renoncé ? Pourquoi ne t'es-tu pas donné la peine de partir ? Partir loin, avec moi peut-être, ou alors avec une fille... Si nous étions partis ensemble, nous ne serions plus jamais revenus. Nous aurions tout laissé derrière nous. La famille, les boîtes de nuit, le masque des gens, et cette désolation qui étreint le monde. Peut-être serions-nous partis pour l'Amérique... l'Amérique ; l'Amérique de Kerouac, où nous aurions pu courir sur la route, sous le soleil. C'était possible, il suffisait de le vouloir de tout notre cœur. Pourquoi as-tu fait ça, hein ? Pourquoi ? Pourquoi m'as-tu abandonné ? Pourquoi n'as-tu pas trouvé le courage d'affronter la vie ? Et à quoi bon, dans ces conditions, me répéter sans cesse que le monde n'est pas seulement ça, si toi-même tu as renoncé à la possibilité de le connaître vraiment ? Je ne peux pas te juger, je ne peux pas ne pas te comprendre, mais je ne te justifie pas... tu étais mon meilleur ami. Enfants, nous jouions toujours ensemble. Nous nous étions promis d'être toujours là, l'un pour l'autre. Et peut-être n'en ai-je pas fait assez, peut-être est-ce ma faute si tu as poussé le bouchon aussi loin, car j'aurais dû comprendre, j'aurais dû saisir ce que tu essayais de me dire, mais je n'y suis pas parvenu.

Je n'ai pas entendu la douleur immense qui se cachait derrière tes mots, derrière tes regards. Tes parents t'ont tué. Les gens t'ont tué. Les gens qui, afin de masquer leur propre perfidie et leur propre désespoir, raillent celui des autres. Les gens qui se gavent de nullités et d'idioties. Les gens qui ne réfléchissent pas, mais se contentent d'agir. Les gens qui suivent la mode, obsédés par les nouveautés, victimes de l'image. Les gens qui marchent, ruminent et subissent sans chercher à comprendre. Les gens qui forment la masse, les gens qui sont tous pareils, les gens mesquins, par stupidité. Les gens qui avancent sans visage, sans espérances. Les gens qui se piffrent, qui ne comprennent pas, parce que de toute évidence ils ne peuvent pas comprendre. Les gens qui vénèrent l'idole, qui décrètent ce qu'il est juste de faire et ce qui ne l'est pas. Les gens qui disent ce qu'il est juste de penser, et ce qui ne l'est pas. Les gens qui meurent en se critiquant les uns les autres, qui se plaignent entre les quatre murs d'une maison qu'ils détestent, entre les bras d'une épouse qu'ils trompent. Les gens qui existent, qui errent de-ci de-là sur le bas-côté d'une route qui ne mène nulle part. Les gens qui montrent leur prochain du doigt, pour mieux éviter d'affronter leur propre conscience. Les gens ignorants, produits d'une vie sans attentes et sans intérêts. Les gens qui hurlent, offensant le silence. Les gens qui, à petits feux, meurent sans s'en rendre compte. Les gens qui ne sont rien d'autre que des figurants sans culture, sans passion, jetés dans le spectacle du monde afin d'en voiler la beauté.

Les gens sans sentiment, sans amour. Les gens sans vie, les gens que nous avons connus.

Toi, t'es plus là, maintenant, et tu étais la personne la plus chère à mon cœur. Au cœur de Paolo, aussi. Et, maintenant, il ne reste rien de nous. Seulement un jeune homme qui s'est donné la mort, et son ami qui l'a perdu. Il n'y a ni renaissance, ni espoir, ni Dieu.

Et s'il existait un Dieu semblable, un père semblable, qui jette ses enfants dans le monde en attendant qu'ils meurent désespérés et sans force, en proie à la détresse, eh bien moi je préfèrerais ne pas en être le fils.

Jo, je m'approche de ta sépulture et je l'embrasse. C'est tout ce qu'il me reste. Et je sens la peur palpiter dans mes veines, parce que c'est injuste. Je t'aimais, moi, et maintenant tu es parti.

Et je continue à sortir avec les personnes qui t'ont rendu fou, qui t'ont assassiné. Car moi… moi, je ne suis pas assez fort pour fuir, pour essayer de partir. Tout cela n'a aucun sens.

Et pendant que je serre dans mes bras cette pierre tombale, la seule chose que je puisse faire est de m'imaginer que tu n'es pas ici. Que tu es en train de sourire, ailleurs, oui, que tu es ailleurs. Que tu es partout… car, au fond, tu es peut-être partout. Loin d'ici en tout cas.

La coke est étalée sur la table basse comme de la neige tout juste tombée du ciel. Nous sommes chez moi et nous nous préparons pour la fête de Jack.

Coco danse au milieu de la pièce, transcendé par la coca.

« Je te le dis et te le redis, cette soirée finira dans le sang, cette soirée finira dans le sang », répète-t-il en sautillant dans la chambre. Je m'envoie deux rails.

« En tout cas, elle est mortelle ta chambre, je m'en souvenais pas ! Franchement, chapeau ! »

Je le remercie d'un signe de la main.

Il se met devant le poster de Taxi Driver et commence à parodier :

« C'est à moi qu'tu parles, c'est à moi qu'tu parles ? Ouais, c'est à moi qu'il parle ! », s'exclame-t-il, en faisant semblant de se flinguer. Puis il en fait de même avec moi.

Je souris.

« Mon cher Adam, je te le donne en mille : cette soirée finira dans le sang ! C'est moi qui te le dis, c'est moi qui te le dis ! », continue-t-il à rabâcher.

Il prend un livre dans la bibliothèque ; il en feuillette quelques pages puis se met à lire :

« Bien sûr que je suis inquiet pour mon futur, bien sûr. Et puis, j'y ai repensé, pas plus que ça, en fait, pas plus que ça ».

Il éclate de rire et jette le livre par terre :

« Mais qu'est-ce que c'est que cette merde ? Qu'est-ce que ça veut dire, putain de merde ? s'emporte-t-il, en écrasant le livre sous son pied.

— Arrête ! dis-je, d'un air sérieux.

— Ho, ça va hein, calmos ! Bon, la came est prête ?

— Oui, une seconde, dis-je en coupant la poudreuse avec ma carte de crédit.

— Je te laisse finir, je vais deux secondes dans la cuisine », déclare-t-il en disparaissant derrière la porte.

Je continue à couper la came et, de temps en temps, je jette un regard autour de moi : la chambre est en désordre, le lit est défait, des livres jonchent le sol.

Coco est déjà revenu : il a un couteau de cuisine à la main.

« Qu'est-ce qui te prend, t'as pété les plombs ou quoi ? Range ça où tu l'as pris ! je hurle.

— Relax Max, Relax… j'veux t'faire voir un truc trop bien ! m'assure-t-il, en écarquillant les yeux.

— Qu'est-ce que tu racontes, bordel ? Pose ce putain de couteau !

— Relax, relax ! Regarde ça… »

Il se fait une petite coupure sur l'avant-bras, d'où coulent quelques gouttes de sang et les mélange à la coke.

« Qu'est-ce que tu fous, merde ?

— C'est une nouvelle expérience », explique-t-il, enthousiaste, en mettant le nez sur la coke ensanglantée. Sa tête est littéralement projetée en arrière et il tousse plusieurs fois.

« À toi ! », s'extasie-t-il en se frottant le nez.

Je m'exécute.

Le goût âcre du sang m'explose les narines et je me mets à tousser.

« Va te faire foutre, putain, dis-je en réfrénant ma toux.

— She don't mind ! », hurle Coco.

J'ai envie de vomir, j'allume immédiatement une clope et je m'allonge sur le lit.

« Cette soirée finira dans le sang, dans le sang ! Dans le sang !

— À quelle heure ils passent nous prendre, les autres ?
— Dans dix minutes, mon biquet.
— Dans dix minutes… », je répète, lentement.
Le sang m'a donné mal à la tête, je sens que mon crâne explose et la moitié de mon visage est paralysée. Les dents sont empestées par ce goût âcre et métallique.
« Je vais prendre un verre, dis-je à Coco, qui gesticule à travers la chambre.
— Vas-y, vas-y ! », hurle-t-il en riant.
Je descends dans la cuisine et je me prépare un gin-lemon. Ma migraine empire, elle passera probablement un peu plus tard. Je sens encore le goût du sang entre mes narines et ma bouche.
Deux minutes plus tard, Coco me rejoint dans la cuisine. Il a un pansement sur le bras.
« Je t'ai chouré un pansement, me dit-il en le montrant.
— Pas de souci.
— Ah, putain ! s'exclame-t-il en se donnant une tape sur le front. J'ai oublié de te dire un truc qui va trop t'faire plaisir ! lâche-t-il en souriant.
— Quoi ?
— Ce soir… y'aura Liza ! »
Je me fige. Une crampe à l'estomac.
« Blanc a zappé de te le dire, mais elle sera là, ce soir », s'extasie-t-il en prenant la bouteille de gin dont il descend une goulée généreuse.
Je ne dis pas un mot.
« Eh ouais, c'est maintenant ou jamais ! insinue-t-il en me donnant deux calottes sur la joue.
— Ouais… dis-je presque dans un murmure.
— Bon, t'es chaud ? », me demande-t-il en me fixant du regard. Ses pupilles sont dilatées et incolores.
Grandes et noires.
« Plus ou moins, dis-je, plus ou moins ».
On sonne.
« Les voilà, allez, on trace ! dit-il, tout excité, en enfilant sa veste Prada.

— Allez, on trace... », dis-je à mon tour.

Nous sortons de la maison et une Audi Q7 nous attend sur le bas-côté. J'ignore qui est au volant, probablement le chauffeur de Francesca.

Nous grimpons dans le véhicule, en route pour la fête de Jack.

La maison de Jack est blindée de monde. La table basse du séjour est recouverte de MD, de pastilles blanches, bleues, rouges et, surtout, il y a un plateau en argent rempli de cocaïne, avec tout un tas de lames de rasoir sur le bord pour la tailler à volonté. La villa comporte une quinzaine de chambres distribuées sur trois étages. La plupart des gens se trouvent dans le jardin, d'autres sont à l'intérieur en train de regarder un film, ou autour de la table basse, en train de sniffer. Blanc, Coco et Ferrari dansent dehors. Pour ma part, je suis assis sur un sofa en cuir avec une bouteille de Dom Pérignon à ma gauche, et Arianna à ma droite. Sa tête est posée sur mon épaule, elle porte un short en jean très court et un haut rouge transparent, à travers lequel je distingue sa poitrine.

Un type complètement à poil descend l'escalier menant à l'étage, pour se rendre aux toilettes. Il ne porte qu'une Rolex en or autour du poignet. Il me regarde et lève son pouce, tout sourire. Je lève la bouteille de champagne, en lui rendant son sourire.

« Qu'est-ce qu'on s'fait chier, lâche Arianna, en bâillant.

— C'est clair, lui dis-je. Elle est où, Francesca ?

— Avec un type, en haut, je crois, réplique-t-elle, fatiguée et sonnée.

— Je vois...

— T'as l'air un peu triste, susurre Arianna, en posant une nouvelle fois sa tête sur mon épaule.

— J'en ai marre.

— De quoi ?

— J'sais pas.

— T'es pas content d'être rentré ? me demande-t-elle, en bâillant.

— Non, pas vraiment.

— Ça, c'est ballot », dit-elle, toujours en bâillant.

Après quelques secondes, elle s'endort, à cause de l'herbe et du valium qu'elle a ingurgités.

Je me lève, en essayant de ne pas la réveiller, et je pose délicatement sa tête sur un coussin.

Je fais deux pas, puis me retourne une seconde pour la regarder. Je me demande ce qu'il se passerait si je l'étouffais avec ce coussin. Quelqu'un s'en rendrait-il compte ? Jack, peut-être seulement le lendemain, la retrouverait morte et appellerait la police, mais il serait impossible de démasquer le coupable. D'ailleurs, tout un tas de gens devraient finir derrière les barreaux pour les délits mineurs qu'ils sont en train de commettre durant cette soirée. Je devrais peut-être l'étouffer.

Non, à quoi bon ?

Je jette un coup d'œil par la porte-fenêtre du salon et je vois que Ferrari est en train de danser avec une fille et qu'une cage avec des stripteaseuses se trouve au centre du jardin. Sur le pas de la porte, un type est allongé, en train de comater.

Coco bondit dans la maison et me saute dessus.

« T'es prêt ? me demande-t-il, en serrant les dents.

— Prêt pour quoi ?

— Suis-moi », répond-il, en faisant un signe de la main.

Nous passons par le salon, le principal dirais-je, à en juger par la télé quatre-vingt-dix pouces qui se dresse en son centre, devant laquelle des filles et des garçons sont en train de buller.

Coco dit bonjour à quelques personnes, notamment ce type qui s'appelle Brian, si j'ai bien compris. Cheveux blonds, bronzé. Débardeur déchiré.

« Hé Brian, ça va ? lui demande Coco en lui serrant la paluche.

— Super et toi ? réplique l'autre en se levant.

— Mortel de chez mortel ! lui répond Coco, tout excité.

— Très bien, et ce soir qu'est-ce que tu fais ? »

Coco éclate de rire.

« Comme d'hab, je suppose », répond Brian dans un sourire.

Coco lui tape dans la main :

« Je lâche jamais l'affaire, moi ! », dit-il tout en fixant l'écran. Qu'est-ce que vous matez ?

— Rien de spé, répond Brian, c'est une vidéo d'un gars, Billy, j'sais pas si tu le connais ? Celui qui a filmé Maggie, son ex de 2001, pendant qu'elle se masturbait et qu'ils baisaient… il vient de dire qu'il l'a tronchée d'une manière « différente » et on essaie de brancher l'iPhone sur la télé pour mater ça.

« Elle a quel âge, cette Maggie ? demande Coco.

— Elle est née en 2001, donc quinze ans, précise Brian.

— Ça y est ! » s'exclame un type à côté de la télé, en tenant les fils qui relient le téléphone au téléviseur.

La télé s'allume et on y voit une jeune fille en train de se masturber. C'est maintenant au tour d'un jeune homme de faire son apparition, que Brian désigne comme étant Billy : on le voit lui jeter des billets. Après quoi, il positionne la fille à califourchon et, une bougie à la main, lui verse de la cire bouillante sur le dos.

« Et voilà Billy dans ses œuvres, s'exclame Brian, en indiquant la télé. Ça vous dit de mater un peu ? nous demande-t-il aimablement.

— Allez, pourquoi pas ? répond Coco. Un spectacle, c'est toujours ça de pris ! », ajoute-t-il, le regard tourné vers l'écran.

Je me retourne vers la télé et je remarque que le jeune homme, ce Billy, a placé dans la bouche de la fille une sorte de balle munie d'un cordon qu'il a noué derrière sa nuque. Il se met à la gifler. La fille semble hurler, mais ses plaintes sont étouffées par la balle qui lui bâillonne la bouche.

« Quelle grosse chienne ! s'écrit l'un des types sur le canapé.

— Je la cherche tout d'suite sur Facebook », fait un autre.

Ils prennent tous leur iPhone et se mettent à chercher sur Facebook et, une fois qu'ils l'ont trouvée, ils éclatent tous d'un rire atroce.

« Je peux pas y croire ! s'exclame Brian, ahuri.

— De quoi ? », demande Coco.

Brian lui tend son iPhone et celui-ci, après avoir placé le téléphone entre lui et moi, m'invite à regarder. Je vois la photo de profil d'une fille blonde, la même que sur la vidéo, ça ne fait aucun doute, vêtue d'une petite robe blanche, à côté d'un homme qui pourrait être son père. Dans cette candide blancheur printanière, elle semble immaculée et pure. Ses cheveux sont liés par un chignon, ses yeux bleus sont doux et sincères.

« Je peux pas y croire ! hurle l'un des curieux. Incroyable, cette salope qui fait sa sainte-nitouche ! »

Coco passe à une autre photo. Elle représente Maggie enfant, assise sur une balançoire. Elle sourit.

Je tourne les yeux vers la télé et je remarque qu'à présent Maggie a des épingles à linge partout sur le corps, et on dirait qu'elle pleure. Le type est en train de la prendre par derrière mais l'objectif est braqué sur le visage de la fille. Tout en continuant son va-et-vient, il enlève les épingles meurtrissant son corps et, à chaque fois, la fille émet un gémissement étouffé par la balle dans sa bouche.

« Regardez comme elle kiffe, cette cochonne », hurle un gars.

Et tout le monde éclate de rire.

Quatre garçons entrent maintenant en scène et placent Maggie au centre de la pièce.

« Bon, nous on n'a pas que ça à faire, coupe Coco.

— OK, vu que tu dois tracer, si tu veux je t'envoie le lien de la vidéo », propose Brian en se touchant les valseuses.

Je remarque d'ailleurs que la vidéo lui a procuré une certaine érection.

Les protagonistes de la vidéo sont en train d'éjaculer sur le visage de Maggie. Un type enlève la balle de sa bouche et y enfile son sexe.

« OK, merci mec, répond Coco, en lui faisant un clin d'œil.

— Mais y'a vraiment pas de quoi, vu toutes les vidéos que tu m'envoies ! dit-il en riant.

— Ah ah ah ! fait Coco, hilare, sois sûr que d'ici peu, tu en recevras une de toute beauté. Je vais la tourner… de ce pas ! dit-il avec un regard vicieux.

— J'y compte bien, rétorque Brian en lui serrant la main.

— Bon, faut vraiment qu'on monte, au pire on se revoit plus tard, OK ? », dit-il encore.

Brian acquiesce :

« Ça marche, bête de sexe, à plus ».

Il le salue.

Je serre moi aussi la pince de Brian et j'emboîte le pas à Coco dans l'escalier. Au fond du couloir, j'aperçois un homme que je crois reconnaître.

« Hé, Frank ! s'exclame Coco en l'embrassant.

— Ah, très cher Coco, te voilà enfin ! », répond Frank.

Il porte un smoking noir avec une rose rouge dans la pochette de sa veste.

Tous deux s'étreignent une dizaine de secondes.

« Alors ? Comment vas-tu ? lui demande Coco.

— On fait aller, on fait aller », répond l'autre.

Il se tourne vers moi et me tend la main.

« Et il y a aussi Adam pour Liza », dit-il en me souriant atrocement.

J'acquiesce, incapable de sourire.

« Bon, t'es prêt ? demande Frank, en s'adressant à Coco.

— Toujours prêt à mettre les gaz, mon vieux.

— Et toi ? »

J'acquiesce à nouveau, impassible.

En face de nous, une porte.

« Je fais voir à Adam ce que je compte faire et puis je le laisse à sa Liza. Ça te pose problème ? demande Coco.

— Si ça n'en est pas un pour lui, ça n'en est pas un pour moi, répond Frank en haussant les épaules.

— C'est un problème pour toi ? », me demande Coco, en me fixant intensément.

Je regarde ses cheveux blonds et ses yeux marron, sa Rolex et ses mains.

« Non, aucun problème, dis-je sèchement.

— OK, bonne soirée alors ! Euh, Adam… Liza t'attend dans la chambre à l'étage. La première à gauche, précise Frank.

— D'accord.

— Pour l'argent, on voit ça plus tard. L'important est que vous vous amusiez… donc *enjoy* », conclut-il en nous donnant une tape sur l'épaule, avant de s'éloigner.

Coco me regarde et m'embrasse :

« L'heure a sonné ! », s'exclame-t-il, excité, en ouvrant la porte.

Nous entrons dans la chambre où se trouve une jeune fille. Sur les quatorze ans, dirais-je, même si elle fait plus que son âge. Je ne pense pas qu'elle soit droguée. Son regard est réactif et lucide.

Autour de son cou, un collier avec des clous. Elle est attachée à un pied du lit. Par terre, à côté d'elle, une gamelle pour chien.

« Nous y voilà… », murmure Coco.

Je note qu'il y a un autre type dans la chambre, une caméra à la main.

La fille porte des bas noirs, des talons hauts, un soutien-gorge et une culotte blanche. Deux tresses tombent sur ses épaules. Elle nous dévisage en essayant de sourire, mais je perçois dans son regard une forte impression de dégoût : une haine totale à notre égard.

Comme si nous étions sur le point de la tuer ou de la voler. Comme si nous étions des vers de terre, des bourreaux nettoyant les lames tranchantes d'une arme souillée de sang séché. Elle a les yeux vitreux, et le masque livide de la rancœur qui fige son visage est barrée par un sourire macabre et pitoyable. Soumis et lascif, faible et moribond.

« Salut… », lui susurre Coco en souriant joyeusement.

Elle lui rend son sourire.

« Comment te sens-tu ? lui demande-t-il en caressant sa tresse.

— Bien, répond-elle, le regard perdu.

— D'ici peu, moi aussi je me sentirai bien… je me sentirai même très bien », dit-t-il à voix basse.

Coco se tourne vers moi, me sourit puis m'embrasse. Il me chuchote à l'oreille :

« Ce truc va me coûter quatre-mille-cinq-cents boules. »

Il s'éloigne en me fixant dans les yeux. Il s'approche encore, et me souffle à l'oreille :

« Quatre-mille-cinq-cents ! J'ai dû me serrer la ceinture pendant deux semaines, mon pote ! »

Il s'éloigne à nouveau puis sourit. Le sourire le plus sincère qui soit.

Et à cet instant, je perçois dans le regard vivant de Coco, la respiration sadique et lubrique d'une joie démentielle.

Il commence à se déshabiller. Il retire son pantalon et son boxer, puis s'approche du type à la caméra. Je remarque que son sexe est déjà en érection.

« Tu commences à filmer à mon signal, et ne cadre jamais mon visage, lui dit-il, menaçant. JAMAIS ! », répète-t-il avec fermeté.

Le type acquiesce et met la caméra en marche.

Coco s'approche d'elle et commence à l'embrasser. Il lui caresse légèrement les seins, petits et sveltes, lui arrache violemment son soutien-gorge. Il la détache du lit et la promène à quatre pattes dans la chambre, puis il lui enlève son collier et lui ordonne de s'allonger. Elle obéit et il s'étend sur elle, lui retire sa culotte, lui caresse le sexe. Glabre. Immaculé.

Le visage de Coco se transforme en un tremblement d'extase unique.

« Mets-toi à quatre pattes », ordonne-t-il encore à la fille, qui l'écoute et s'exécute, le regard plein d'effroi.

Coco lui caresse à nouveau le sexe, en passant sa main de haut en bas, de bas en haut, tandis qu'avec l'autre main, il lui enfile un doigt dans l'anus. La fille émet un cri de douleur.

Coco continue puis fait un signe au type à la caméra.

« Zoome sur le sang, lui ordonne-t-il, la voix extatique.

— Qu'est-ce que tu comptes faire ? je lui demande, en sentant une boule dans mon estomac.

— Cool Adam, et toi zoome ici, dépêche, ordonne-t-il encore au caméraman.

— OK », réplique celui-ci, avec calme, comme si pour lui ces choses faisaient partie du train-train quotidien.

Coco demande maintenant à la jeune fille de s'allonger sur le lit et, après avoir enlevé toutes les couvertures, il lui monte dessus.

« Bon, commence à filmer et souviens-toi de toujours zoomer », répète-t-il au caméraman.

Puis, brusquement, il commence à la pénétrer.

Mais il se passe quelque chose d'étrange : le visage de la fille se convulse. Elle n'émet aucun gémissement, aucun cri de plaisir. On dirait qu'elle se fait poignarder. Son visage est parcouru de spasmes de douleur silencieuse, tandis que Coco, lui, gémit bruyamment.

La bouche béante, la fille tremble de partout. Ses jambes sont frémissantes.

Je déplace maintenant mon regard sur son sexe et je remarque qu'un liquide dense et rougeâtre en coule, et se répand sur le lit blanc comme une rivière pourpre sur la neige. Du sang. Obscur, charnel. Du sang. La fille était vierge. Le sang continue de couler.

Coco, lui, accélère son va-et-vient, avec toujours plus de violence, tandis que les larmes roulent sur le visage de la jeune fille.

« Salope, salope ! », hurle Coco.

Ses râles de plaisir font trembler les murs de la pièce.

« Salope, salope, chienne, salope », hurle-t-il.

Soudain, il se retire et s'affale sur le lit, exténué.

« Oh putain, oui, oh sa mère… », répète-t-il, les yeux fermés.

La fille s'écarte en vitesse et se réfugie aux toilettes.

Pendant une dizaine de secondes, je n'entends plus rien. Plus aucun bruit. Puis des coups de poing contre les murs de la salle de bains. Un robinet qu'on ouvre, une chasse d'eau qu'on tire.

« Oh sa race, s'extasie Coco, nu sur le lit. Oh ! Putain ! La plus belle baise de ma vie, t'as tout filmé, hein ? », s'enquiert-il auprès du caméraman.

— Bien sûr, fait l'autre.

— T'as bien cadré le sang ? lui demande-t-il.

— Exactement comme tu m'avais dit.

— Super, t'as un peu de coke ?

— Y'en a plein en bas, répond-il.

— Ouais je sais, mais je suis un peu destroy, là... murmure Coco, Adam, t'as ce qu'il faut ?

— Non, dis-je, en essayant de cracher mes mots tant bien que mal.

— Merde... », soupire Coco en se levant d'un bond. Deux secondes, je m'habille et on trace.

Il enfile sa chemise blanche et sa veste, son pantalon griffé et ses mocassins. Il ouvre la porte et s'engage dans le couloir. Il allume une clope et déclare :

« Sa race, quatre-mille-cinq-cents euros, ça en fait de la thune pour un dépucelage, mais il s'agit d'une chose dont on se souvient toute sa vie. Tu comprends, ça ? me demande-t-il en s'étirant de tout son long.

— Non... je comprends pas, dis-je.

— Ben si, je l'ai marquée de mon sceau, s'exclame-t-il en me regardant droit dans les yeux, avec une expression empreinte de cynisme et d'excitation. Elle se souviendra de moi toute sa vie. Elle m'appartient. Je lui ai dérobé la chose la plus importante qui soit, et à présent elle m'appartient ! Et tu sais ce qui est le plus fort ? *Sa douleur.* Sa putain de douleur ! je sentais sa douleur physique et mentale. Physique à travers le sang qui dégoulinait de sa petite chatte, mentale à travers le vol que j'étais en train de perpétrer. Une victime consciente. Je sentais chacun de ses muscles se désarticuler, implorer pitié, demander pardon. Au fond, je crois qu'elle était consciente qu'elle était en train de vendre quelque chose qu'elle n'aurait jamais plus récupéré ; et d'ailleurs, quand j'ai vu ses larmes, quand je me suis rendu compte qu'elle pleurait, putain mec, j'ai juté direct ! Bien sûr, j'aurais préféré que ça dure plus longtemps, mais bon, ça a été un plaisir de fou furieux, une extase même… un orgasme indescriptible, tu comprends ? »

Je ne réponds pas. Je sens une boule dans mon ventre qui me lacère les entrailles. Je sens la nausée qui tenaille mes organes.

« Tu devrais essayer, reprend Coco, d'ailleurs la vidéo je sais pas si je la garderai rien que pour moi… Y'a moyen de se faire un paquet de thunes avec ce genre de choses.

— Comment ça ?

— Y'a beaucoup de *pervers* qui raffolent de ce genre de vidéo. Tu leur vends et le tour est joué, tu récupères l'argent que t'as dépensé, et je suis même sûr que tu y gagnes, explique-t-il, ravi.

— Mais pourquoi ? je demande, le souffle coupé.

— Parce que… bah, parce que y'a des gens qu'ont besoin de ce genre de choses, affirme-t-il en souriant. Bon, bref, je rejoins les autres… je te laisse avec ta petite Liza, amuse-toi bien », me susurre-t-il en me donnant une tape sur l'épaule, toujours en affichant le même sourire.

Il s'éloigne, puis disparaît dans le couloir.

Je sens que je pourrais m'évanouir et je cours en direction des toilettes.

J'entre et je vomis par terre. Deux longues minutes pendant lesquelles je ne cesse de vomir. Les larmes aux yeux, j'ai l'estomac en feu. Mes mains tremblent. Je vomis encore. J'ai l'impression de mourir, et pourtant je dois m'en aller d'ici. Je me relève, je pousse un profond soupir, puis je me lave le visage. En me regardant dans la glace, je remarque que celle-ci est fendue en deux. Quelqu'un a dû la rompre. J'ai les yeux rouges et, soudain, je me souviens que Liza m'attend, à l'étage supérieur. J'aimerais l'emmener loin, loin d'ici. Je me dois de l'emmener loin d'ici.

Je sors des toilettes, je cours à l'étage et m'arrête devant la première porte à gauche. Liza doit être ici. La première porte dans le couloir.

Je suis immobile, mon cœur voudrait exploser dans ma poitrine. J'ai du mal à respirer, mais je dois l'emmener loin d'ici. J'ouvre la porte… et je l'aperçois.

Sublime, plus encore que dans mon souvenir.

Et un instant, un instant seulement, je parviens à oublier tout ce que j'ai vu, tout ce que j'ai fait, tout ce je suis contraint d'accepter. Pour un instant seulement, une minuscule, une indescriptible seconde, je me sens bien. Elle me sourit. Je m'approche en la regardant.

Elle me fait signe de m'asseoir à ses côtés, comme pour m'inviter à me noyer dans ses grands yeux verts.

Je reste immobile. Le poids. Le vide.

Une myriade de petits yeux qui brillent dans la nuit.

Vérité et horreur.

Jo et moi courant sous la pluie.

Elles sont grosses.

Sur les réseaux sociaux, tu peux être qui tu veux.

Il a fait un casting pour *Hommes et Femmes*. Le public applaudit.

Pourrais-tu nous prendre en photo devant la maison ?

Nous sommes dans la salle privée, loin des plébéiens.

Cinq-cent-soixante-douze « j'aime ».

Jo s'est suicidé.

Cinq Dom Pérignon.

Nous, on est riches.

Les autres doivent savoir qu'on s'amuse.

Combien de likes on a pris ?

L'avion s'est volatilisé dans le néant.

La douleur, tu comprends ?

« Hé… », me susurre-t-elle.

Je ne parviens pas à répondre. Les mots s'étouffent dans ma gorge en un sifflement atroce et inintelligible.

Mes lèvres bougent lentement. J'ai la chair de poule… et je suis sur le point de…

« Pourquoi ?

— Pardon ? me demande Liza, le regard confus.

— Pourquoi ? », dis-je, en bafouillant.

Liza semble effrayée. Peut-être l'est-elle vraiment.

« Pourquoi ? », je demande encore.

Je sens les larmes rouler sur mon visage.

« Hé… – elle s'écarte un peu – Ça va ? », s'inquiète-t-elle.

Elle est face à moi, me caresse l'épaule, mais j'éprouve de réelles difficultés à respirer.

Et, soudain, je cache mon visage dans mes mains et j'éclate en sanglots bruyants et désespérés.

Je parviens seulement à la prendre dans mes bras, avec le peu de forces qui me restent.

« Pourquoi fais-tu ça ? Pourquoi es-tu obligée de faire ça, pourquoi ? », dis-je en bafouillant, brisé par les sanglots.

Ma tête repose entièrement sur son épaule. J'aimerais l'emmener loin, l'embrasser, lui tenir la main, maintenant, toujours. La sauver.

« Calme-toi, calme, toi… », me susurre-t-elle en me caressant le dos.

Elle doit probablement me prendre pour un fou.

Je m'écarte et je la regarde dans les yeux. Les plus beaux yeux du monde. Les yeux de la vie ; et tout ce que je parviens à faire est de susurrer ces deux mots, ces mots que j'aurais toujours voulu dire, mais dont j'ignore jusqu'au sens... Et tandis que je sens le vide m'ôter jusqu'à mon souffle, je lui murmure « Je t'aime », je le dis pour la première fois de ma vie.

Je le balbutie entre les larmes et les sanglots, à une personne que je ne connais pas, mais que j'ai toujours cherchée. À une personne qui s'est égarée dans ce tourbillon vorace et subtil qui navigue entre l'indicible et le soi-disant, entre la résignation et l'acceptation.

J'éprouve un amour mort dans l'œuf, un amour pour une fille que je ne pourrai jamais avoir mais que j'aurais pu aimer, comme dans les souvenirs d'un été à la mer ou d'une promenade au clair de lune. L'amour pour une fille qui n'a jamais existé. L'amour pour le désir même d'aimer. L'amour imaginaire et pourtant si réel. L'amour pour Liza.

Et tout à coup, après le dernier regard que je parviens à lui arracher, je m'enfuis de la chambre au pas de course, je dévale l'escalier, sans plus regarder autour de moi, droit sur la porte… Quelqu'un m'appelle mais je l'ignore, les gens dansent et dansent et se tirent le portrait, Twitter, Facebook, l'argent, l'argent, la mode, sa Louis Vuitton est contrefaite, l'amie de l'amie est une salope, et tout le monde se fait l'ourlet, et tout le monde est bien sapé ; et sans plus rien voir, je continue à courir et je cours bien au-delà de la maison de Jack, à en perdre haleine, jusqu'à ce que je trouve un taxi. Je monte, le souffle coupé. Je reprends mon souffle. Je reprends mon souffle. Puis je donne l'adresse de Paolo, convaincu qu'il m'ouvrira, bien qu'il soit presque quatre heures du matin.

Paolo me regarde, inquiet. Je n'arrive pas à parler.

« T'as pleuré, pas vrai ? », me demande-t-il.

J'acquiesce, une cigarette à la main.

« Que s'est-il passé ?

— Liza… », dis-je en étouffant mes sanglots, en faisant tout pour ne pas croiser son regard.

Paolo est silencieux. Il regarde par terre.

« Liza est une prostituée… », dis-je.

Paolo se frotte le front, incapable de dire quoi que ce soit :

« Tu la connaissais même pas, Adam… Je ne pense pas qu'elle soit la cause de ta détresse. Elle est plutôt la goutte qui a fait déborder le vase. »

Je me tais, et j'essaie d'acquiescer.

« Comment te sens-tu ? me demande-t-il afin de relancer la conversation.

— J'sais pas… dis-je à voix basse. J'ai l'impression de ne plus rien sentir. Aucune douleur, aucune tristesse, juste… juste une sensation de nausée. Une sensation de fatigue. Un poids. Envers et contre tout… envers toute chose et… je suis las. Je suis fatigué, Paolo. De tout ça… de cette perversion, de ce mal, j'en ai marre que ce genre de choses ne soit jamais mis en lumière. Que ceux qui paient soient toujours les mêmes, et jamais ceux qui baignent dans l'argent ; je n'en peux plus de les voir tous écrire leurs moindres faits et gestes, ce qu'ils achètent ou ce qu'ils regardent, sur les réseaux sociaux. Je n'en peux plus de voir que les héros des temps modernes sont des beaux gosses à la télé, qui n'en branlent pas une du matin au soir. Des reportages sur les homicides. Je suis fatigué et j'ai peur. J'ai peur de devenir comme eux... Paolo, je n'ai jamais rien fait pour arrêter tout ça. Je n'en ai jamais parlé à qui que ce soit, que devrais-je faire ? Les gens ne croient pas que ces choses arrivent, et pourtant elles se passent chaque jour sous leurs yeux. Et c'est pour cela que ces choses je te les raconte à toi, parce que toi aussi t'es passé par là et tu sais qu'elles existent.

Et Jo lui-même le savait... et il le savait mieux que quiconque, malheureusement. Et moi je suis fatigué. Paolo, j'en ai ma claque, je veux partir d'ici. Je veux disparaître. »

Paolo me regarde et je comprends qu'il ne sait pas quoi me dire.

« Adam...

— Quoi ? dis-je, le nez bouché, les yeux pleins de larmes.

— Il ne faut pas considérer le monde seulement sur la base de ce que tu vois dans un quartier de Milan ou en Italie. Ces choses arrivent, et nous le savons. Mais le monde ne se limite pas à ça. Non ! Le monde ne se limite pas à ce que nous autres connaissons. Il y a autre chose. Et au bout du compte, c'est exactement ce que Jo a essayé de nous faire comprendre. »

Je reste silencieux et j'écoute ses mots.

« Jo lui-même, continue Paolo, Jo lui-même a été heureux, autrefois. Peut-être pas longtemps, peut-être un instant seulement, peut-être juste ce jour où nous sommes allés à la mer, lorsque nous avons piqué une tête aux premières lueurs du jour... Mais il a été heureux. Et ce qu'il a écrit dans sa lettre, ce qu'il nous a dit, même si pour nous cela peut sembler fou, c'est un conseil et même un ordre : celui de commencer une nouvelle vie. Jo s'est suicidé parce qu'il n'avait plus la force, mais il savait très bien qu'il était en train de commettre une erreur. J'ignore pourquoi il l'a fait, je ne le comprendrai jamais. Mais ses derniers mots étaient remplis d'espoir. Il a pensé que pour lui, c'était trop tard, mais… il n'est jamais trop tard. Il y aura toujours une chose pour laquelle la vie vaut la peine d'être vécue. Ou quelqu'un pour qui cela vaut la peine de se battre. Même si ton quotidien n'est que vide, paroles en l'air et néant… ces choses doivent te servir comme point de départ afin de rompre, afin de partir à la recherche de quelque chose d'autre. À la recherche de quelque chose d'authentique. Je crois… je crois que le temps est venu pour toi de partir », lâche Paolo à voix basse, les yeux baissés.

Je le regarde et me dirige vers lui. Je l'étreins. Nous restons ainsi, embrassés, pendant une longue minute, sans rien dire.

« Tu as raison », dis-je, en continuant à l'étreindre.

Il sourit.

« Merci pour tout.

— De rien, Adam, de rien », répond-il.

Je souris encore une fois, puis je marche vers la porte. Je me retourne une dernière fois pour le regarder. Paolo, mon meilleur ami.

« Salut mon pote.

— Salut Adam… », répond-il en me faisant un signe de la main.

Je tourne les talons et je sors. Je regarde ma montre. Il est quatre heures et quart.

D'ici peu, le jour poindra et, pour la première fois depuis longtemps, je sais où aller.

Le sable est humide, la brise souffle légèrement, levant çà et là quelques grains de sable qui dansent dans le vent. Je m'assieds sur la plage, les pieds nus, et j'essaie d'écouter le bruit de la mer. Les bars sont fermés sur le front de mer, orphelins d'un été passé avec des familles gavées de *Paris Match,* désireuses de fuir la routine pendant quelques semaines. Il fait encore nuit, d'ici peu l'aube poindra. Elle arrive toujours par surprise, l'aube, sans qu'on s'en rende compte. Il est cinq heures trente-sept d'un jour parmi tant d'autres.

Lorsque nous étions venus ici ensemble, la dernière fois, tu avais dit que le bonheur ne se trouvait pas nécessairement dans les grandes choses, mais dans notre capacité, au contraire, à aimer les petits riens. Dans notre aptitude à apprécier un ami qui nous aime, un nouveau jour qui arrive ou… l'aube naissante au bord de la mer.

Et moi je suis ici, maintenant, à me remémorer notre amitié, à penser aux gens avec qui je suis sorti, à tout ce qui a fait partie de ma vie jusqu'à aujourd'hui. Je me suis planté sur toute la ligne. Une vie passée à se demander ce que les autres penseront de nous, une vie passée sous le joug du jugement des autres, à essayer d'être apprécié des gens, ce n'est pas une vie. Et pourtant, ce que je peux apprendre de toi, de ton souvenir, c'est que ces méchancetés ne sont rien d'autres que des masques pour cacher le vide qui règne dans le cœur de ceux qui cherchent à dissimuler leur propre désespoir sous les apparences. Apparences, et rien d'autre. Et bien que toi, aujourd'hui, tu ne sois plus ici, ce que tu m'as dit, ce que tu m'as appris… demeure. Et même si maintenant tu n'es plus là, oui, même si tu n'es plus là… moi, je sais que tu es là.

Tu n'as pas voulu te donner une chance de tout recommencer. Mais je le ferai, moi, pour toi, pour moi. Ensemble. Loin de cette réalité qui assassine les rêves des jours.

Parmi les ombres du présent, nous sommes descendus au cœur de la fange muette des mots, mais tout n'est pas fini.

C'est un nouveau départ, loin d'ici.

Oui, un nouveau départ.

Ferrari est en train de raconter quelque chose à propos de la fille qu'il s'est tapée hier soir. Il se vante du fait qu'après l'avoir sautée, il l'a laissée toute seule sur le lit.

« Combien de bouteilles on commande samedi pour faire comprendre aux autres que ce sont des clodos de merde ? demande Blanc à Coco.

— Quinze ? suggère-t-il.

— Va pour quinze, confirme Blanc.

— Vous avez vu la nouvelle photo de Max sur Instagram ? demande Francesca.

— Canon de chez canon ! affirme Arianna, c'est pas un hasard s'il a quatorze-mille likes.

— Fred aussi… sept-mille likes ! D'ailleurs, j'ai vu que Carlotta l'avait liké, dit Francesca.

— C'est qu'une grosse salope, celle-là, elle se la raconte mais en fait… », critique Arianna.

Le téléviseur du *Martini Bar* passe les infos en boucle.

Il est question des quatre-vingts euros que le Premier Ministre entend donner à ceux qui touchent un salaire inférieur à la moyenne. Quant au procès de l'ancien Président, on procède, on procède.

L'avion volatilisé dans le néant a finalement été retrouvé : écrasé sur une île au beau milieu de l'Atlantique.

La journaliste affirme qu'il y avait encore un infime espoir de retrouver des survivants mais qu'ils ont finalement tous péri dans le crash. Je fixe l'écran, immobile.

Je bois une dernière gorgée de mon Martini puis je me couvre le visage de mes mains.

« Hé, Adam, fait Coco en me touchant la jambe.

— Quoi ?

— Qu'est-ce que t'as, t'es triste pour l'avion ?

— En quelque sorte, dis-je, le visage toujours dans mes mains.

— Ha ha ha, s'esclaffe Coco, mais en quoi est-ce triste ? Fallait s'y attendre. »

Il s'arrête, pose ses lunettes de soleil sur son nez et émet un rire sarcastique :

« Quoi ? Tu vas pas me dire que tu t'attendais à un happy end ? »

*Quelques souvenirs d'avant le départ : des hommes qui couraient comme des fous désespérés dans les rues, en se poussant les uns les autres, dans la pollution fétide de la ville. Des slogans publicitaires qui brillaient comme des feux d'artifice sur des panneaux de dix mètres de hauteur, et des filles qui s'arrêtaient pour les regarder, extasiées. Des filles sans visage, les yeux cousus, la langue mutilée. Des vitrines où on exposait les derniers téléphones et les nouveaux téléviseurs, sur les écrans desquels l'incontournable présentatrice télé clamait haut et fort que tout allait pour le mieux. Et, en dehors du magasin, à même le sol, des jeunes qui agonisaient en proie aux vomissements. Des jeunes qui imploraient pitié en proférant des prières glaciales et oubliées, allongés sur l'asphalte, les jambes amputées. Des jeunes réduits à des troncs. Sans âme. Et des parents qui passaient devant eux, sans se rendre compte de rien parce qu'ils admiraient, envoûtés et enjoués, la présentatrice qui répétait à qui voulait l'entendre que tout allait pour le mieux, en Italie.*

FIN